EDITH BIEWEND

KEIN ENGEL STRITT FÜR BÖHMEN

EDITH BIEWEND

Kein Engel stritt für Böhmen

ROMAN

EUGEN SALZER-VERLAG HEILBRONN

Umschlag: György Lehoczky
Satz und Druck: Offizin Chr. Scheufele Stuttgart
Printed in Germany. ISBN 3 7936 0200 1

1

Anfangs hielt man nur für ein Gerücht, was da an haarsträubenden Nachrichten seinen Weg über die Weißen Karpaten und Beskiden hinein ins Ungarische fand, nach Skalitz zuerst und dann nach Puchov, von dort ins Tokajer Bergland zur Residenz Saros Patak, wo Fürst Georg den Kopf schüttelte und dem vor Schmerz und Zorn rasenden Junker riet, er möge doch erst einmal Genaueres abwarten. In Zeiten wie diesen – man befand sich im Mai des Jahres 1647 – entspreche der aus den Fugen geratenen äußeren Ordnung auch immer eine Verwirrung der Geister und eine Neigung, die schrecklichsten Geschehnisse durch Zutaten der Phantasie noch zu übertrumpfen. Und auf den Drabik könne man sich ohnehin nicht verlassen, der sei doch ein Spinner.

Man konnte den Visionen und Weissagungen des Nikolaus Drabik glauben oder nicht –, die Kunde, die er diesmal verbreitete, hatte Hand und Fuß, wie man zu sagen pflegt, und wurde schon bald darauf von den nach Puchov geflüchteten Augenzeugen bestätigt. Ein Trupp kaiserlicher Söldner unter der Führung des Grafen Kajetan von Eggenberg hatte vor einem Monat die Burg Bilina am Wlarapaß gestürmt, hatte sie anzünden, plündern und ihre Bewohner niedermachen lassen: den Burgherrn Jan Evangelista von Budovetz, seine Gemahlin Polyxena geborene Gräfin Smiřicky, ihr vierzehnjähriges Töchterchen Adleta und sämtliche Bediensteten, an die vierzig Seelen. Sie hatten sich mit Verbissenheit bis zum letzten Atemzug verteidigt, gewillt, lieber zu sterben als in papistische Gefangenschaft zu gehen, wo entweder der Kerker oder eine erzwungene Bekehrung auf sie wartete; Märtyrer ihres Glaubens, Bekenner der reinen Lehre aus der Gemeinschaft der Böhmischen Brüder.

Der Junker sann auf Rache. Nicht jeder hieß dies gut in der Residenz, einige rieten sogar dringend davon ab, doch fand man es andererseits verständlich im Hinblick auf seine Jugend und die Umstände, unter denen er aufgewachsen war. Achtzehn Jahre alt wurde er demnächst, der Junker Jan Vincenz von Budovetz und Bilina, im Krieg geboren unter den Zeichen von Ausweisung und Verfolgung und erzogen im siebenbürgischen Exil unter Glaubensgefährten, wohin ihn die Eltern früh gegeben, damit er ungestört in der evangelischen Lehre der Väter unterwiesen werden könne. In den letzten drei Jahren war er einigemale heimlich nach Bilina gereist und jedesmal vom Vater erregt wieder weggeschickt worden: kehr um, reite zurück, es tut nicht gut, daß du hier bist, man wird dich finden und gefangennehmen, und ich will, daß du übrigbleibst, damit es einen letzten Zeugen der Brüder-Unität gibt in unserem Geschlecht. Wir Evangelischen haben nicht mehr viel zu erhoffen, seit Gustav Adolf bei Lützen fiel, der Schwedenkönig, die Lichtgestalt, der gepanzerte Engel aus Norden, der die böhmischen Länder vom Antichrist befreien wollte. Es ist Nacht geworden über Böhmen und Mähren, und alle Weissagungen waren falsch. Geh zurück, mein Sohn, und sorg dich nicht um

uns. Adleta ist nicht bedroht, denn um unsere Töchter kümmerten sie sich nicht bisher.
Bisher. Da war vor allem ein Bild, das den Junker nicht losließ: Adleta, sein Schwesterchen, krausköpfig und mit schwarzen ernsten Augen, in denen er Verehrung las und Stolz auf den großen Bruder, aber auch Angst und Trauer, warum nur mußt du wieder weg, du bist stark und tapfer, du könntest uns beschützen. Adleta, die Zarte und Unberührte, von einem Rohling erschlagen, sich wälzend in ihrem Blut, nach dem Bruder rufend, vergeblich rufend. Und vielleicht sogar geschändet zuvor, das war nicht auszuschließen. Wenn seine Gedanken an diesen Punkt kamen, drosselte Jan Vincenz seine Vorstellungskraft, denn hier stieß er an die Grenze des Erträglichen. Genug, er wußte genug. Man brauchte es nicht bis in die Einzelheiten zu verfolgen.
Besser war es dann schon, sich in Tätigkeit zu stürzen und alle notwendigen Vorkehrungen zu treffen, um das Werk der Rache zu beginnen. Die mußte mit kühlem Kopf geplant werden, konnte mit blinder Wut ihr Ziel nur verfehlen. Das Ziel hieß Kajetan von Eggenberg. Ein Name, ungreifbar vorerst, aber er würde schon Fleisch und Blut annehmen und zur faßbaren Gestalt werden in Zeit und Raum.
Der Oheim, Heinrich Matthias Graf Thurn, zahlte ihm dreihundert Gulden als Vorschuß auf sein Erbteil aus, von denen der Junker zwanzig Stücke in einen Leinenbeutel stopfte, den er sich um den Hals schlang und unter seinem Wams verbarg. Für die restliche große Summe ließ er sich eine Ledertasche nähen. Sie war breit und flach, hatte mehrere Fächer und konnte unter dem Sattel

befestigt werden. Er mußte unterwegs mit Überfällen rechnen; denn neben den durchziehenden regulären Söldnertrupps, die es mit den Gesetzen auch nicht genau nahmen, gab es ja noch herumstreunende Deserteure, Marodeure und mancherlei Räuber und Landstreicher. Da war Vorsicht geboten. Das gesamte Erbteil, auf das er nach Erreichen der Mündigkeit Anspruch haben würde, belief sich auf viertausend ungarische Gulden. Es war wenig, gemessen an den Gütern, die dem Junker von Budovetz rechtmäßig gehörten und die ihm die Habsburger konfisziert und eigenmächtig verschenkt hatten. Es war aber viel, mißt man es an der allgemeinen Armut, die der sich hinschleppende Krieg in den böhmischen Ländern mit sich brachte.

Jan Vincenz, mit der Sorglosigkeit der Jugend in finanziellen Dingen, gedachte mit dem Vorschuß für seine Pläne schon auszukommen, auch wenn er sich auf eine längere Reise einrichten mußte. Daß es Leute gab, die für ihren Lebensabend vorsorgten, hatte er wohl irgendwann vernommen, aber gleich wieder vergessen. Die Zeiten waren auch nicht danach.

Es galt nun, vom Fürsten Abschied zu nehmen und ihm noch einmal für die erwiesene Gastfreundschaft zu danken, dem Georg Rákóczi, Fürst von Siebenbürgen, nicht von Gottes, sondern eher von des Sultans Gnaden, da die Türken dem Land die Glaubensfreiheit gegen Habsburg garantierten. Man muß in solchen Zeiten seine Freunde nehmen, wo und wie man sie findet.

Fürst Georg starrte zum Fenster hinaus, die Hände auf dem Rücken verschränkt. Seine Augen schwammen in Tränen, als er sich dem Junker zuwandte, den der Anblick nicht wenig ergriff. Es ging in diesem Audienzzimmer sonst sehr förmlich zu, kalvinistisch streng, müßte man sagen. Der Patron war ein Glied der helvetischen Kirche und hatte der kalvinistisch gefärbten Brüderlehre aus Böhmen stets viel Verständnis entgegengebracht.

»Nicht daß du wegziehst, Jan Vincenz, bedrückt mein Gemüt, denn mit deinem Weggang mußte ich rechnen. Aber daß dein Beweggrund Rache heißt, will mir nicht schmecken. Aus einer solchen Saat ist noch nie etwas Gutes erwachsen.«

»Ich will nicht säen, Euer Fürstliche Gnaden, ich will ernten und dann zerstören. Eine häßliche und verdorbene Saat ausrotten, wenn der Vergleich erlaubt ist.«

Die Augen des Fürsten blickten müde, die Lider waren schwer und tief herabgezogen. Auch wenn er sein Gegenüber geradewegs anschaute, wirkte es doch immer, als sähe er zu Boden.

»Du ziehst aus, um einen Menschen zu töten«, setzte er beinahe tonlos fort. »Wir wollen die Sache doch lieber beim Namen nennen ohne gleichnishafte Verschleierung. Als dein Vormund und Landesherr, insonderheit als dein Bruder in Christo, müßte ich dir deinen Vorsatz verbieten. Aber ich kann es nicht. Der Friede, den ich vor zwei Jahren mit Habsburg schloß, wurde vom dritten Ferdinand schon einigemale verletzt. Ich bin zu alt und matt, mich dagegen aufzulehnen, und das wissen die in Wien und in Prag und nutzen es aus. Das weiß auch der Kardinal in Brünn, der heuchlerische Dietrichstein, von dem man sagt, daß er jedem Weiberrock nachläuft. Was man dir angetan hat, mein Sohn, übersteigt jedes Maß, und darum will ich mich nicht überheben und dir nicht Sanftmut predigen. Du bist lange genug in der Schrift unterwiesen worden und weißt, daß die Rache des Menschen Teil nicht sein darf. Nur bin ich nicht sicher, ob ich an deiner Stelle nicht ebenso handelte. Ich werde beim Höchsten für dich um Vergebung bitten und darum, daß er dir beistehe. Gott befohlen, mein Sohn!«

»Ich danke Euer Liebden für die verständnisvollen Worte.«

Jan Vincenz wollte sich ein weiteres Mal verbeugen, aber der Fürst nahm ihn beim Arm und zog ihn an sich. Es war das erstemal, daß der spröde Mann sich zu einer Intimität verstand, und es dauerte auch nur Sekunden. Dann ließ Rákóczi sein Mündel los, straffte sich, und die gewohnte Steifheit bedeckte seine Züge so rasch, als habe er nur vorübergehend eine Maske abgelegt.

»Wenn du Geld brauchst, laß es mich wissen. Dein reiselustiger Oheim Thurn wird die Verbindung zwischen uns aufrechthalten.« Ein gnädiges Kopfnicken, und der Junker durfte sich als entlassen betrachten.

Der Abschied von den Frauen lag bereits hinter ihm, von der Fürstin und ihrer Schwester, die beide seine Kindheit mit Wärme und Zärtlichkeit erfüllt hatten, um ihm die fern weilende Mutter zu ersetzen. Feuchte Lippen, fleischige Hände, wabernde Busen – es war lange her, daß ihm das Polster dieser Weiblichkeit als Zufluchtsort behagte. Es war ihm unvorstellbar geworden und überaus peinlich vorhin, dieses Nachklappen einer Gewohnheit, die in ihm keinen Widerhall mehr fand. Bei Sigismund, dem jungen Rákóczi, hatte ein fester Händedruck genügt. Wenn ich wiederkomme, dachte der Junker, wird er hier Fürst sein. Der Alte macht es nicht mehr lange.

Der weite Platz vor der Residenz war um die Mittagsstunde wie leergefegt. Kein Windhauch regte sich. Die Hitze drückte von einem endlos hohen Himmel herab und lag über der kleinen Stadt wie der Deckel auf einem Topf. In der Ferne schimmerten blau die dem Tokajer Bergland vorgelagerten Hügel, zitternd im Sonnenglast, als rollten dort unentwegt hauchzarte Wogen gegen einen unsichtbaren Strand. Die Sommer hierzulande begannen früh, sie waren lang und heiß.

Der Junker verschwand für ein kurzes hinter einer der halbierten Türen des Marstalls, um dem Knecht letzte Anweisungen für die Ausrüstung seines Pferdes zu erteilen, und ging von da aus schräg zu den Gärten hinüber, die das Gestüt von den Gesindewohnungen trennten. Hier befand sich, umgeben von einem Kranz aus Lilienbeeten, die Kapelle der Böhmischen Brüder. Ihr niedriges, von einem marmornen Rundbogen eingefaßtes Portal zeigte im Tympanon einen gemeißelten Kelch. Es war eine rohe Arbeit, mit liebevoller Unbeholfenheit ausgeführt, in der das Können weit hinter der Hingabe zurückblieb.

Die Sakristei war die Wohnung des Brüderpriesters, des Nikolaus Drabik aus Mähren, der sich nach dem Tod seiner Frau mit diesen vier Wänden begnügte. In dem dunklen, eingewölbten Raum blieb man unbehelligt; er war wie eine Höhle, in die man sich vor der Welt verkriechen konnte. Jan Vincenz klopfte ans Fenster, um seine Ankunft zu melden, doch als er die Klinke niederdrückte, fand er die Tür unverschlossen. Der Bruder war wieder einmal betrunken.

Nach der gleißenden Helligkeit draußen hatte man zunächst einmal Mühe, sich in dem abgedunkelten Zimmer zurechtzufinden. Am Schreibtisch saß Drabik, den runden Kopf gesenkt, die Hände über dem Bauch gefaltet. In dieser Stellung verharrte er und blickte den Besucher von unten her an, wobei die Pupille unter seinen Lidern verschwand. Neben der Blahoslav-Bibel stand eine Karaffe mit Wein — mit einem geringen Rest, um es genau zu sagen, er bedeckte eben noch den Boden.

»Ihr wolltet mir für meine Reise weissagen, Bruder Drabik. Habt Ihr Eure Kugel für mich befragt? Hat sie Euch etwas schauen lassen?«

Der Angeredete knurrte und streckte die Hand nach der Glaskugel aus, die auf dem Fenstersims stand. Jan Vincenz gab sie ihm mit schlechtem Gewissen. Zauberei war in der Brüderlehre verboten, und der kalvinistische Landesherr gar wäre angesichts dieser Szene in Weißglut geraten.

Mit einer Geläufigkeit, wie sie Betrunkenen eigen ist, wenn sie sich in ausgefahrene Bahnen begeben, leierte Drabik seinen Spruch herunter und stierte dabei auf die Kugel in seinen tattrigen Händen. »Der Schwede kommt, der gepanzerte Engel aus Norden, der Verteidiger der reinen Lehre, die Lichtgestalt, die für Böhmen streiten wird, und du, Junker von Budovetz, wirst ihm begegnen.«

Jan Vincenz machte eine unwillige Bewegung, seine Miene drückte Enttäuschung und Ernüchterung aus. »Ihr solltet nicht so viel trinken, Bruder Drabik. König Gustav Adolf ist vor fünfzehn Jahren auf dem Schlachtfeld bei Lützen gefallen. Die Poniatovska, die Seherin aus Böhmen, hat sich geirrt, und Ihr macht Euch lächerlich, wenn Ihr an einer Hoffnung festhaltet, die von den Ereignissen längst überholt wurde.«

»Geirrt, so? Lächerlich, so, so?« Die Stimme des Greises, vorher eher monoton und unartikuliert, erklang plötzlich in schneidender Schärfe. Der Junker schien den Grad von Drabiks Trunkenheit überschätzt zu haben. »Wer redet von Gustav Adolf – hab ich Gustav Adolf gesagt, wie? Und die Poniatovska hat sich nicht geirrt, nicht in der Sache jedenfalls, nur im Namen. So billig ist Weissagung nicht zu haben, so deutlich stellt sie sich nicht ein. Der Retter Böhmens kommt aus Schweden, der Bringer des Lichts und der Glaubensfreiheit, der Engel mit dem Friedensschwert. Und wenn du –« er rückte nahe an Jan Vincenz heran, der vor dem säuerlichen Geruch aus dem Mund des Propheten am liebsten zurückgewichen wäre – »wenn du noch einen Gulden zulegst für die Gemeindekasse, will ich dir auch seinen Namen verraten.«

Der Junker griff nach dem Beutel auf seiner Brust, holte ein Goldstück hervor und legte es gedankenlos neben die Karaffe. Hintennach fiel ihm ein, wie beziehungsvoll die Stelle gewählt war. Er würde sich Wein dafür kaufen, der Alte, ohne Zweifel.

Der Priester bedeckte rasch die Münze mit seiner feisten Hand, als sei da einer, der sie ihm wegnehmen könnte, und verfiel wieder in seinen schläfrigen Tonfall: »Der Engel aus dem Norden heißt Johann Christoph Graf Königsmarck, General in schwedischen Diensten und Retter Böhmens vom Antichrist. Du wirst ihm begegnen und an seiner Seite für den wahren Glauben kämpfen. Für den – wahren – den einzigen –«

Sein Kopf fiel nach vorne, seine Rede ging in ein wirres

Stammeln und danach in Schnarchen über. Jan Vincenz verließ die Sakristei mit dem Gefühl von etwas Unsauberem, Klebrigem, das an ihm hängengeblieben war. Er versuchte es loszuwerden, indem er schnell an einer Rechtfertigung bastelte, in aller Unschuld und Unwissenheit, da er zu jung war, um sich selbst so genau schon zu kennen.

Es sind oft — so redete er sich ein — fragwürdige und schwächliche Menschen, die Gott zu seinem Werkzeug erwählt. Der Erzvater Jakob war ein notorischer Betrüger, der Volksführer Moses ein Mörder und Zweifler — warum sollte ausgerechnet der Bruder Nikolaus Drabik aus Straßnitz ein Heiliger sein? Und wenn Kinder und Narren die Wahrheit sagen, konnte Weissagung wohl auch einmal aus dem Munde eines Säufers kommen.

Johann Christoph von Königsmarck, evangelischer Feldherr aus Norden, Streiter für Böhmens Freiheit, an deiner Seite will ich kämpfen. Zuvor aber werde ich mit dem Kajetan von Eggenberg abrechnen.

Am nächsten Morgen, sehr zeitig, nämlich noch vor Sonnenaufgang, bestieg der Junker von Budovetz und Bilina sein Pferd und wandte sich, die Flüsse Gran und Waag überquerend, nach Nordwesten, nach Mähren. Da ritt er nun geradewegs vom Frieden in den Krieg.

2

Woran erkennt man den Krieg?

An seinem Geruch zum Beispiel, wenn man über die Brüderdörfer Puchov und Lednice die Wlara aufwärts nach Bilina reitet und es verschlägt einem den Atem, rauht die Kehle auf, füllt die Augen mit Tränen, obwohl man sich fest vornahm, nicht zu weinen. Der Reiz geht von der Brandstätte aus, die noch immer von kaltem Rauch überlagert wird, den die Windstille festhält und der sich am Waldrand in den frischbelaubten Bäumen verfängt. Hier ist die Grenze, muß man wissen, hier beginnt das habsburgische Mähren. Grenzen sind mitunter sinnlich wahrzunehmen als Gebirgsgrat oder Fluß, dann bleiben sie in der Regel über längere Zeit stabil. Diese gehört nicht dazu. Sie ist veränderbar, unruhig, und wenn sie wandert, so wandert sie mit der Macht. Aber man kann sie riechen, an einem Tag wie diesem.

Der erste, der dem Junker unterhalb der niedergebrannten Burg begegnete, war der Händler Gideon Löwy. Er führte einen kleinen, von einer Zeltplane überwölbten Wagen mit sich, vor den er einen Esel gespannt hatte. Es sah aus, als trüge er sich mit der Absicht, seinen Wagen in Richtung Bojkowitz zu lenken, und es war unverkennbar, daß der Esel diese Absicht nicht teilte. Jan Vincenz sprang vom Pferd, grüßte und ließ sich berichten. Ob es denn wahr sei, daß — —

Er bekam alles bestätigt, das traurige Kopfnicken des bärtigen Alten wollte nicht aufhören. Es trat einer der seltenen Fälle ein, in denen die Wahrheit übertrieb, nicht das Gerücht. No no, schon wahr, leider leider, zu schrecklich sei es gewesen.

»Wo warst du, als die Meinigen erschlagen wurden?«

»Unterwegs, gnädiger Herr, aber nicht mehr weit von hier. Ich hab nur noch helfen können, sie alle zu begraben.«

»Es war der Eggenberg von Böhmisch-Krumau, der Kajetan, sagt man. War es der?«

Der Alte schwieg.

»Ob es der Kajetan war, will ich wissen.«

»Er hat im Auftrag des Kaisers gehandelt. Ich möchte dem jungen Herrn raten, daß er dem Eggenberg nicht nachstellt, es könnte sich sonst ein Leid ohne Ende daraus entwickeln. Wer auf dem Tiger reitet, kann hernach nicht mehr absteigen.«

»Danach hab ich dich nicht gefragt.« Die Gelassenheit des Alten versetzte Vincenz in Erregung. Zum erstenmal spürte er das Bedürfnis, einem anderen weh zu tun, um den eigenen unerträglichen Schmerz abzuwälzen. »Ihr Juden habt ganz gut verdient am Krieg, das sagt man auch.«

Gideon Löwy zuckte die Achseln. »Es gibt solche Juden und andere. Ich hab mir kein Schloß bauen können wie der Bassevi. Der Herr wird sich erinnern, daß mein Wagen einmal größer war. Und von zwei Rössern auf einen Esel umzusteigen, ist kein Zeichen von wachsendem Wohlstand.«

Er tätschelte den Grauen, kraulte ihm hinter den Ohren und redete begütigend auf ihn ein.

Der Junker schwang sich wieder in den Sattel, unschlüssig, ob er sich bei dem Händler entschuldigen sollte, dem er offensichtlich unrecht getan hatte. Er unterließ es, weil es ihm zur Abbitte noch an Weisheit und Selbstvertrauen fehlte. Statt dessen sagte er in freundlichem Ton, der für eine Abbitte stehen sollte: »Ich würde die Rute nehmen, Gideon, sonst lernt er es nie, dir zu folgen.«

»Nein, Herr, der braucht die Rute nicht. Ist eine intelligente Kreatur, mein Grauer, fast wie in Mensch. Und wie ein Mensch wird er bitter, wenn man ihn schlägt.«

Jan Vincenz wurde die Rede zu anzüglich; er beeilte sich, davonzukommen. Nur mehr wenige Minuten trennten ihn von der zerstörten Stätte seiner Herkunft.

Zerstört war eigentlich nur der Kern der Burg, ihr Wohnteil, während von den Wirtschaftsgebäuden und Stallungen im Hintergrund noch einiges stehengeblieben war, wieviel, vermochte Jan Vincenz vom Innenhof aus nicht zu erkennen. Er befestigte die Zügel an dem Eisenring eines Mauerrestes und begab sich zu Fuß durch die beiden Höfe, heftig hustend in dieser noch immer rauchgeschwängerten Luft. Über Steintrümmer und verkohlte Balken stieg er hinweg, von denen einige in der frühen Hitze wieder zu schwelen begannen. Man würde noch einmal gründlich löschen müssen, sofern die Brunnen nicht erschöpft waren.

Das letzte Tor stand noch. Zwar waren die hölzernen Flügel aus den Angeln gerissen und lagen halbverkohlt am Boden, aber der Rahmen hatte sich erhalten mit Pfeilern und Bogen und ragte nun in den Frühlingshimmel hinein, so imposant wie sinnlos. Ein Tor, dem die Mauern fehlten, für die es einst als Bresche gedacht war, als Eingang, Ausgang oder Durchgang, und das jetzt, seiner Bestimmung beraubt, zu nichts mehr hinleitete, es sei denn

in eine mit eintöniger Himmelsbläue angestrichene Leere.
Aber das stimmte nicht ganz. Dieser steinerne Schnörkel in der Landschaft stand auf einer Schwelle, weshalb sich die Perspektive erheblich verschob, als Jan Vincenz sich ihm näherte. Mit jedem weiteren Schritt hob sich vor seinen Augen ein dunkler Gegenstand in den Rahmen des Tors und füllte es schließlich so vollkommen aus, daß es doch noch einen düsteren Sinn erhielt. Es war ein massives Kreuz aus geschwärzten Balken, mehr breit als hoch, mehr dem Boden als dem Himmel zugewandt mit seinen anklagend ausgestreckten Armen. Die aufgeworfene Erde unter ihm deckte ein Massengrab.
Der Junker ballte die Fäuste, knirschte mit den Zähnen.
Ich führe mich kindisch auf, dachte er, mit diesem ohnmächtigen Zorn, der nur dazu dient, mich im Augenblick abzustützen. Eines Tages aber werde ich ihm Macht verleihen und ihn fähig machen zur Tat; dann, Kajetan von Eggenberg, sollst du für alles büßen!
»Ihr seid der Junker von Bilina, nicht wahr?«
Jan Vincenz mit seinem verschleierten Blick bemerkte erst jetzt den zierlichen Jungen, der in der lockeren Erde kniete und reihenweise Vergißmeinnicht hineinpflanzte, die er anderswo mitsamt den Wurzeln ausgegraben hatte. Ein böhmisches Gesicht, wie er es in Ungarn selten angetroffen hatte: hochangesetzte Wangenknochen und dicht darüber die schmalen, schräggestellten Augen, sehr helle Augen zu hellem Haar. Die Nase kurz und ein wenig abgeflacht, der Mund breit und wohlgeformt. Wenn er lacht, wird er schöne und kräftige Zähne vorweisen können. Wie alt mochte er sein? Der Gestalt nach schon vierzehn

oder darüber, aber dann hätte er im Stimmbruch sein müssen, und das war er offenbar noch nicht. Seine Stimme klang hoch und fest wie die eines Kindes. Ein Gesindekind schien er nicht zu sein, er hätte sich sonst erhoben.

»Der Junker, ja, der bin ich. Ich komme von Saros Patak, wohin sie mir die traurige Post gebracht hatten. Und wer bist du?«

»Ich heiße Vlasta.« Er ließ sich in der Arbeit nicht stören, rutschte in seiner geflickten Hose auf den Knien an einer Blumenreihe entlang und blinzelte zwischendurch zu dem Gast empor, in dessen Rücken die Sonne stand. Die Stiefel, die ihm bis zur Wade reichten, waren kostbar und neu.

»Gut, du bist Vlasta. Für eine genauere Auskunft wäre ich dir allerdings dankbar.«

Der Junge ließ für eine Weile die Pflanzen ruhen, wischte sich, immer noch kniend, die Hände an den Oberschenkeln ab und sah finster vor sich hin. Er hatte übrigens große, grobknochige Hände, Männerhände. »Mein Vater war der Gestütsmeister Zitek. Zitek Osvald.«

Also doch ein Gesindekind. Zu dienen – hätte er dann freilich hinzufügen müssen, und daß er nach wie vor kniete, konnte kaum als Zeichen von Ehrerbietung gedeutet werden. Gestütsmeister? Stallbursche wird er gewesen sein.

Gewesen. Wie kann mich mein Schmerz nur so gedankenlos und egoistisch machen. Dieser Halbwüchsige ist ein Trauernder wie ich, Grund genug, ihn seinem frommen Tun zu überlassen und ihm den obligaten Kratzfuß zu ersparen.

»Liegt dein Vater auch in diesem Grab?«
Vlasta schluckte und nickte. »Mein Vater, meine Mutter, meine beiden Brüder und alle anderen. Die Eurigen liegen genau in der Mitte, Herr, gleich unter dem Kreuz. Es war keine Zeit für ein besonderes Begräbnis. Wir haben es zu dritt kaum geschafft, der Prokop, der Gideon und ich.«
»Vom Gideon weiß ich. Aber wer ist Prokop?«
»Unser Stallbursch. Er ist groß und stark; das Kreuz hat er allein in den Boden gerammt. Dabei hab ich ihm kaum helfen können, und der Gideon hat nicht wollen.«
»Ich versteh.«
»Der Prokop hat den ganzen Überfall von Anfang bis Ende miterlebt«, fuhr der Junge fort. »Da hat es ihm die Sprache verschlagen.«
»Kein Wunder. Aber redest du nicht ein bißchen leichtherzig daher? Daß es einem bei solchem Anblick die Sprache verschlägt, ist wohl das mindeste.«
»Ihr habt mich mißverstanden, Junker. Es war nicht redensartlich gemeint, sondern wörtlich. Unser Prokop ist stumm seit jenem Tag. Das müßt Ihr wissen, damit Ihr ihn nicht nach etwas fragt.«
»Dafür bist du, Bürschlein, der Sprache durchaus mächtig, wie ich höre. Werd ich mich also an dich halten. Laß dich in deiner Beschäftigung nicht stören, ich habe Zeit. Für ein Gesindekind drückst du dich sehr gebildet aus. Kannst wohl auch lesen und schreiben?«
Vlasta errötete, nickte, klopfte die Pflanzen fest. »Ich bin zusammen mit dem Fräulein Adleta unterrichtet worden.«
Der Junker zuckte zusammen, rannte einigemale wie irrsinnig hin und her, hielt sich die Schläfen mit den Hän-

den. Dann warf er sich zu dem Jungen auf die Erde. Er entriß ihm die Pflanze, die dieser gerade zwischen den Fingern hielt, und schmiß sie quer über das halbvollendete Beet. Vlasta wich erschrocken zurück.
»Hör zu, Bursche, und wehe, du belügst mich. Wo hast du dich aufgehalten zu der fraglichen Zeit?«
»Da oben.« Der knochige Finger wies zaghaft zur stehengebliebenen Scheune hinauf.
»Wo oben? Wo genau?«
»Noch oberhalb vom Söller, gleich unterm Dach. Dort ist ein Verschlag, von außen schlecht einzusehen. Ich kannte das Versteck, weil ich dort öfter Taubeneier geholt habe.«
»Und konntest du von dort etwas sehen?«
»Ich habe alles mitangesehen, Herr.«
Vincenz betrachtete den Jungen eingehend. Der war nicht mehr vierzehn, ausgeschlossen, mochte es sich mit seiner Stimme wie immer verhalten. In den hellblauen Augen stand eine diamantene Härte, die Lippen, vorhin noch sanft geschwungen, waren bis zur Konturlosigkeit zusammengepreßt. Alle Weichheit war aus dem Knabengesicht geschwunden.
»Meine Schwester – man hat sie getötet, ich weiß. Ich will wissen, ob man sie auch geschändet hat. Die Wahrheit, Vlasta!«
»Man hat sie nicht geschändet. Ich weiß es genau, ich gebe Euch mein Wort darauf.«
Sein Händedruck war fest, und Vincenz glaubte ihm. Zu schwören war in der Brüdergemeinde nicht erlaubt.
»Jetzt möchte ich Euch etwas fragen, Herr. Nämlich, ob Ihr die Absicht habt, die Eurigen aus diesem Grab heraus-

zuholen und in einer eigenen Gruft beizusetzen.« Er sah mit einem flehenden Ausdruck zu Jan Vincenz auf. »Bitte, tut es nicht! Laßt den Toten ihre Ruhe. Denn so, wie sie dort liegen, alle beisammen ohne Unterschied des Standes, so haben sie auch miteinander gelebt nach der Ordnung unserer Unität, in der es weder Herren noch Knechte gibt. Ihr könnt das nicht wissen, Junker, Ihr wart zu selten hier und jedesmal für kurze Zeit. Ich aber bin unter ihnen aufgewachsen und habe lernen dürfen von dem Brudergeist, der einen jeden zum Dienen verpflichtete und keinen über sein Maß erhob.«

Jan Vincenz, schon im Gehen, hörte die wohlgesetzten Worte mit Staunen und Ergriffenheit. »Nein, Kind, die Absicht hatte ich nicht, sei unbesorgt. Die Gemeinsamkeit der Toten wird nicht angetastet. Wozu auch, da der Eggenberg ja nicht einmal die Familienkapelle verschont hat. Pflanz du deine Vergißmeinnicht ruhig weiter ein.«

»Gott wird es Euch lohnen, Herr.«

Zwei, drei Schritte auf den freischwebenden Torbogen zu — und er wandte sich noch einmal um. »Wie alt bist du, Vlasta?«

»Gerade fünfzehn geworden, zu dienen.«

Die angehängte Floskel, deren Fehlen er vorhin noch insgeheim beanstandet hatte, störte ihn. Es war ja gerade der Freimut, der diesen Knaben auszeichnete, und den sollte man ihm erhalten.

Mit der Zerstörung der Burg Bilina hatte der junge Herr von Budovetz auch sein letztes Domizil verloren. Die Besitztümer in Böhmen, darunter Münchengrätz, waren bereits ein Jahr nach der Schlacht am Weißen Berge in die

Hände kaisertreuer Standesherren übergegangen, nachdem des Junkers Großvater, Wenzel Budovetz Freiherr von Budov, neben sechsundzwanzig Leidensgefährten sein graues Haupt auf das Prager Schafott legen mußte. Jan Vincenz erblickte erst acht Jahre nach dem grausamen Ereignis das Licht der Welt, aber in der Brüdergemeinde wußte jedes Kind davon, als wäre es gestern gewesen. Es gingen auch Flugblätter um bei den Evangelischen im Lande, unter der Hand, versteht sich, auf welchen die Exekution am Altstädter Ring bis in ihre schauerlichen Einzelheiten nachgezeichnet war; wie da nicht nur geköpft, sondern auch gefoltert, gehenkt und gevierteilt wurde. Kaiser Ferdinand — es war der zweite damals noch — nahm Rache an allen, die seine Absetzung als König von Böhmen betrieben und einen anderen an seine Stelle berufen hatten. Die Krone Böhmens wiederum auf dem Haupt, als sei sie ihm nie entrissen worden, hielt er sein Strafgericht mit dem Recht des Stärkeren. Der protestantische Winterkönig Friedrich von der Pfalz hatte sich längst aus dem Staub gemacht.

Seither war Krieg, war unaufhörlich Krieg, obwohl ihn eigentlich niemand mehr wollte, weil niemand so recht zu siegen oder auch nur an ihm zu verdienen verstand. Der Krieg hatte sich selbständig gemacht. Manchmal gab es auf beiden Seiten Anstrengungen, ihn zu beenden, aber der sich selbst wollende Krieg blieb stärker.

Sechs Jahre nach dem Prager Strafgericht erfolgte die Ausweisung der Evangelischen aus Böhmen und Mähren. Wer Haus und Heimat nicht verlassen wollte, mußte in aller Form und vor aller Welt seine Rückkehr zur römischen Kirche vollziehen.

Die erste große Welle der Emigration begann: nach Ungarn, nach Sachsen, ins polnische Lissa, in die Niederlande oder nach Schweden, wo überall die Evangelischen nicht gerade willkommen geheißen, aber auch nicht verfolgt und immerhin aufgenommen wurden. Karl von Zierotin, der ehemalige Landesherr Mährens, entwich auf seine schlesischen Güter; der gelehrteste Senior der Unität, Jan Amos Komensky, setzte sich ins evangelische Lissa ab; Wilhelm Kinsky hängte sich an den Kurfürsten von Sachsen, von dem er sich Hilfe für Böhmen erhoffte; die Muhme Margarete Smiřicky lebte in Hamburg und führte unentwegt hartnäckige Prozesse um ihr Erbe, das den Besitzer öfter wechselte. Der Kaiser pflegte die Besitzungen der Smiřickys seinem jeweils tüchtigsten Feldherrn zu überlassen, dem Wallenstein, solange der bei ihm in Gnade stand, und späterhin dem Gallas und dem Piccolomini.

Jan Evangelista von Budovetz und Bilina hatte dem Treiben seiner Verwandten aus der Ferne mit Verachtung zugesehen. Er wählte einen anderen Weg, einen schwierigen, den des Scheinübertritts in die römische Kirche. Die Wirren des Krieges hinderten Habsburg an einer umfassenden Kontrolle; der Herr auf Bilina wurde kühner und unvorsichtiger. Obwohl er gut deutsch sprach wie die meisten Standesherren, war er zu sehr ein Tscheche von Geblüt, als daß er anderswo hätte Fuß fassen und heimisch werden können. Doch ließe sich auch denken, daß er die ihm verbliebene Burg Bilina für seine Kinder Jan Vincenz und Adleta erhalten wollte.

Hatte er deshalb sterben müssen, er und die Seinen? War Mißtrauen im Spiel wegen seiner lauen Bekehrung, oder war es am Ende doch Habgier? Aber es gab bis jetzt kein Anzeichen dafür, daß der Eggenberg sich das kleine Bilina habe aneignen wollen.

Jan Vincenz kannte sich nicht aus, und in dieser Gegend gab es derzeit keinen, der ihn darüber aufklärte. Die wenigen Bauern, die zur Herrschaft Bilina gehörten, schlossen nach dem Überfall ihre Türen zu und noch fester ihre Münder; Vlasta war zu jung, der Stallbursch stumm, und der Jude Löwy verriet bei weitem nicht alles, was er wußte, Angehöriger eines Volkes, das im Erdulden und im Verschweigen erfahren war.

Blieb also, sich vorzubereiten auf die Reise nach Böhmisch-Krumau und sich den Eggenberg vorzunehmen, so oder so. Denn irgend etwas mußte er jetzt tun, der Junker, damit die Spannung in seiner Seele sich löste. Er hätte Bilina aufbauen können, gewiß, und vielleicht wäre dies das Vernünftigste gewesen, weil es das Gegebene war. Aber es lag zu nahe. Er war achtzehn Jahre alt und mit dem Weitblick der Jugend geschlagen, der das Besondere nur in der Ferne entdeckt.

In dem unverputzten Raum neben dem Pferdestall, der als Futterküche gedient hatte, bereitete Prokop das Nachtmahl für seinen Herrn. Der gemauerte Herd an der Schmalseite war im ganzen Anwesen der einzige, den man noch benutzen konnte.

Vlasta trug einen Korb mit Geschirr herein und begann den Tisch zu decken. Eine gefüllte Schüssel brachte er zum Herd. »Getrocknete Schwammerln, Prokop, ich hab sie unter den Vorräten gefunden. Zum Beuschel möchten sie passen.«

Prokop schüttete die Pilze zu den kochenden Fleischstückchen in den Topf, fügte Essig und Kräuter hinzu, rührte mit einem Holzlöffel um und deutete mit der freien Hand mehrmals heftig auf die Tür des Backofens. Der Junge verstand. Schon hockte er davor, öffnete die heiße Tür, pustete auf die Finger und zog langsam das runde Blech mit dem Fladen heraus. Im Nu war der Raum vom Geruch des frischen Backwerks erfüllt, und Jan Vincenz verspürte starken Hunger.

»Wird hier eigentlich nur für mich gedeckt?«

»Der Prokop und ich essen draußen, zu dienen.«

Der Junker bückte sich wortlos nach dem Korb und stellte eigenhändig Teller und Becher für die beiden anderen auf den Tisch. Er tat es ungeschickt, wie jemand, der an solche Hantierungen nicht gewöhnt ist.

Auf dem Grund des Korbes entdeckte er einen Leuchter, auch Kerzen, vielmehr Reste von Kerzen. Vlasta holte vom Herd einen brennenden Span und zündete die Lichter an, Prokop brachte Beuschel und Maisfladen auf den Tisch. Der Korb war leer bis auf zwei schwarzeingebundene kleine Bücher. Jan Vincenz nahm sie heraus und wendete sie in den Händen. Es war das Neue Testament in der Übersetzung des Brüderbischofs Blahoslav und ein brüderisches Kantional, beide schmutzig und beschädigt. Das zweite interessierte ihn besonders, er kannte es noch nicht. Jan Amos Komensky hatte es herausgegeben und erst vor zwei Jahren in Lissa drucken lassen. Der Junker schob es dem Knaben hin.

»Du singst uns etwas daraus!«

»Ich bitte, Herr — ich kann nicht singen.«

»Du kannst singen, mach mir nichts vor. Such dir ein passendes Lied heraus.«

An Stelle Vlastas, der immer noch zögerte, blätterte Prokop im Gesangbuch und brauchte nicht lange, um sein Lied aufzuschlagen. Lesen konnten hier anscheinend alle bis zum ärmsten Knecht, das lag an der Tradition der Unitäts-Schulen. In Saros Patak wäre dies undenkbar gewesen.
Vlasta begann zu singen. Erst leise und noch etwas heiser, dann fester und sicherer werdend, mit einer hellen Stimme, die jeden Ton mühelos und ohne zu schwanken ergriff. Es war die Stimme eines Zehnjährigen, und für einen solchen hätte man ihn, da er klein war, im Augenblick leicht halten können, wären nicht diese großen Hände gewesen.

»Nun lasset uns den Leib begrabn
und daran keinen Zweifel habn,
er werd am Jüngsten Tag aufstehn
und unverweslich hervorgehn.«

Es war nicht die wittenbergische Weise, die Jan Vincenz aus lutherischen Gottesdiensten kannte, sondern eine ältere, etwas eintönige Melodie, hervorgegangen aus dem Fulneker Brüderkreis ein halbes Jahrhundert vor dem Auftreten des deutschen Reformators. Die Reformation in Böhmen hatte eine lange Geschichte. Auch die Blahoslav-Bibel gehörte dazu, das erste Neue Testament in tschechischer Sprache, in einem Tschechisch, von dem bis dahin niemand wußte, wie bilderreich und kangvoll es sein konnte.
Jan Vincenz schlug das achtzehnte Kapitel der Offenbarung des Johannes auf und las laut:
»Und alsbald sah ich einen Engel herniederstoßen aus dem Firmament, angetan mit der Vollmacht des Höch-

sten, und die Erde wurde hell von dem Widerschein seiner Reinheit. Und der Engel rief mit gewaltiger Stimme: Sie ist tief gesunken, die große Stadt Babel, die mit allen Teufeln Hurerei getrieben und die Kaufleute der Erde reich gemacht hat bei Verlust ihrer Ehre.

Vers einundzwanzig: Und es hob der Engel, der sehr stark war, einen Stein auf von der Größe und Schwere eines Mühlsteins und warf ihn ins Meer. Da gingen die Wogen hoch. Und es sprach der Engel: Sehet, in solcher Weise wird mit der Stadt Babel verfahren werden, daß sie versinkt und verschwindet. Amen.«

Prokop und Vlasta zögerten und fragten sich, ob dies denn der Schluß sei. Es war in der Unität nicht üblich, eine Andacht mit einer Drohung zu beenden. Aber der Junker hatte Amen gesagt.

Über den Tisch hinweg reichte ihm Prokop den Teller mit dem Fladen. Jan Vincenz verstand nicht gleich, besann sich, griff dann zu und brach das Brot in drei Stücke. Mit seiner Rolle als Patron war er noch nicht vertraut. In der siebenbürgischen Residenz hatte man ihm als dem Jüngsten keine repräsentativen Aufgaben übertragen, und zu keiner Zeit hätte er dort einen Menschen niederen Ranges bedienen müssen. Der kalvinistische Landesherr hielt den Unterschied zwischen Hochgeborenen und Untergebenen für gottgewollt. Die Böhmischen Brüder dagegen hatten von Anbeginn alle Standesschranken für nichtig erklärt. Davon wußte der Junker wohl, aber es ist ein ander Ding, nach solchen Vorstellungen auch zu leben.

Was sie aßen, war Pferdefleisch, sie hatten keine Wahl. Unterm Löffeln erkundigte sich Vincenz nach dem verbliebenen Viehbestand, vorab nach den Pferden. Prokop spreizte die Finger, acht Pferde waren ihnen verblieben, in gutem Zustand, wie Vlasta versicherte. Als der Eggenberg seine ersten Kugeln abfeuerte, als die ersten Brandfackeln über die Mauern flogen, hatte Vlastas Vater den Pferdestall geöffnet und die Tiere durch das hintere Tor in den Wald gejagt. Einige kamen zurück, die fand man später verwundet auf dem Abhang und mußte sie notschlachten; die restlichen acht hatte der Junge im Wald durch Rufen und Locken wieder einsammeln können, als die Kaiserlichen abgezogen waren. Die Geflügelställe fand man leer und verwüstet. Die Söldner hatten sich am Kleinvieh schadlos gehalten und mitgenommen, was sich mitnehmen ließ. Auch Schätze natürlich, ein paar kostbare Geräte, Silberbestecke, eine Truhe mit Geld. Die stand da herum, der Schlüssel steckte im Schloß, die Plünderer hatten nur hinzulangen brauchen. Man hätte sie vergraben sollen, aber dafür reichte angeblich die Zeit nicht mehr. Statt dessen hatte der Burgherr die verbotenen brüderischen Bücher vergraben, zwölf an der Zahl, davon waren sie so schmutzig geworden. Jan Evangelista von Budovetz hatte in Sicherheit gebracht, was seinem Herzen am nächsten stand.

Wie hieß es in der Schrift über das abtrünnige Babylon? »Und hat die Kaufleute dieser Erde reich gemacht bei Verlust ihrer Ehre.«

Nachdem der Junge den Tisch abgeräumt und abgewischt hatte, breitete Jan Vincenz eine Karte darauf aus, die beinahe die ganze Platte beanspruchte und kaum noch eine Ecke für den Leuchter freiließ. Es war die im Jahre 1627 angefertigte Landkarte Mährens, gezeichnet von Jan Amos Komensky. Der Junker versenkte sich in das Blatt und schien alles andere um sich herum ganz zu vergessen. Durch den Rundbogen des Eingangs, den keine Tür mehr verschloß, dämmerte blau der Abend, drang Kühle ungehindert herein. Der Junker drehte den Zirkel, maß Strekken ab, rechnete Entfernungen aus, legte im Geist schon Meile um Meile seiner geplanten Reise zurück. Er schien nicht zu frieren in seinem Leinenhemd und auch nicht zu merken, daß der kleine Vlasta, der ihm den Leuchter hielt, trotz seiner Joppe zu zittern begann. Vielleicht fror ihn aber gar nicht, vielleicht war er nur aufgeregt wegen der Frage, die er an den Junker richten wollte und von deren Beantwortung so viel abhing, für ihn selbst und andere.

»Wenn Ihr zum Eggenberg reist, Herr, könntet Ihr mich da nicht mitnehmen? Als Euer Knappe wäre ich Euch von Nutzen, und ich reite gut.«

Der Hüne Prokop, der am Herd die Töpfe reinigte, drehte sich um und schüttelte einigemale den Kopf. Vlasta versuchte, ihn mit einer Handbewegung zu beschwichtigen. Der Junker maß und rechnete.

»Vielleicht findet Ihr, daß ich zu jung bin, aber das will nichts besagen. Von früh auf bin ich an Arbeit gewöhnt und nähme mit dem härtesten Nachtlager vorlieb. Außerdem bin ich schmal und flink und wie geschaffen, Schleichwege aufzuspüren und Euch den Spion zu machen. Gerissen bin ich auch; mich fängt man nicht so leicht.«

Ein Lächeln des Junkers bewies, daß er die ganze Zeit zugehört hatte, obwohl er von seiner Karte nicht aufblickte. »Hast du noch weitere Vorzüge? Denk nach! Es könnte ja sein, daß du welche vergessen hast.«

»Ich bin kein Kind mehr, Junker von Budovetz. Erinnert

Euch bitte, daß auch mir der Eggenberg die liebsten Menschen erschlagen hat.«

Jan Vincenz warf den Zirkel hin und wandte sich dem Jungen zu. »Ja, Vlasta, daran dachte ich gerade, und ich halte dich nicht für ein Kind nach allem, was du erlebt hast. Wagen wir also gemeinsam die Reise in Gottes Namen. Es ist mir ganz lieb, nicht allein zu sein.«

Prokop am Herd schlug die Hände vors Gesicht.

»Was hat er?«

»Nichts weiter, Herr. Er ist traurig, weil ich ihn verlassen will.«

Der Stallbursche gestikulierte wild, versuchte krampfhaft, etwas zu sagen, zu erklären, aber es brach nur ein Stöhnen aus ihm heraus. Schließlich gab er auf und schlich gebeugt davon.

Der Knabe Vlasta zeigte sich mit der Komensky-Karte bestens vertraut. »MORAVIAE NOVA ET POST OMNES PRIORES ACCURATISSIMA DELINEATIO, sie ist nicht nur genau, Herr, der Bruder Comenius hat auf ihr den meisten Städten und Dörfern auch ihre böhmischen Namen gegeben, das finde ich gut, Ihr nicht auch?«

»Ich finde es erstaunlich, wie flüssig dein Latein daherkommt, Gesindekind. Wenn wir dem Eggenberg sein Verbrechen heimgezahlt haben, werde ich dich auf die Hohe Schule nach Prag schicken, vielleicht machen sie dort einen Philosophen aus dir. Oder besser nicht, denn im Carolinum herrschen jetzt die Jesuiten, und ehe du dich's versiehst, haben sie dich in eine schwarze Kutte gesteckt, und die würde dir nicht stehen.«

»Ungarisch-Brod, und dann wohin?« drängte Vlasta, den Spott überhörend.

»Straßnitz, Auspitz, Kanitz. Dort bleiben wir einige Tage, weil ich in Brünn einen Auftrag erledigen muß. Danach Eibenschütz, ein kurzer Abstecher zur ehemaligen Unitätsdruckerei Kralitz, alsdann die weiteste Strecke bis Teltsch. Im Böhmischen müssen wir uns ohne Karte durchschlagen, über Landstein nach Krumau, das müßte möglich sein.«

Oder auch: Uherský Brod, Stražnice, Hustopeče, Kounice, Ivančice, Kralice, Telč. In Böhmen: Landštejn und Český Krumlov.

Teltsch könnte man eigentlich auslassen, meinte der Junge, und ohne Umweg nach Südwesten durchreiten. Man sah, er hatte auch die Karte Böhmens im Kopf. Aber der Junker bestand auf Teltsch, weil in dem alten Schloß der Rosenbergs einer hauste, dem er unbedingt einen Besuch abstatten mußte. Eine historische Persönlichkeit, mit der Jan Vincenz obendrein verwandt war. Das interessierte seinen Knappen nicht.

»Werdet Ihr unter Eurem eigenen Namen reisen?«

Jan Vincenz lachte. »Höre Vlasta, du hast immer noch keine Ahnung, worauf wir uns einlassen. Unsere Namen dürfen unterwegs überhaupt keine Rolle spielen. Wir werden auch beim schlechtesten Wetter eher im Freien kampieren als in einer Herberge, wo die Spitzel und Häscher der Kaiserlichen jederzeit Zutritt haben. In den Stützpunkten, die ich eben nannte, erwarten uns heimliche Freunde, die von mir benachrichtigt wurden und uns weiterhelfen. Was ich beabsichtige, kann ich doch nicht ins Blaue hinein tun. Das will bis in die letzte Kleinigkeit vorbereitet sein.«

Die letzte Kleinigkeit — so ging es Vlasta durch den

Kopf — ist dann wohl die Rache an Kajetan von Eggenberg. Wie mochte er sich die gedacht haben? Wollte er den Eggenberg in seinem Schlafgemach aufstöbern und hinterrücks ermorden, wie der Kaiser es mit dem Wallenstein machen ließ, oder glaubte er, ihn zum Duell herausfordern zu können? Sie konnten ja nicht gut zu zweit gegen die Krumauer Burg anrennen. Vlasta hätte es gern gewußt, hielt es aber für geraten, ihm diese Frage nicht zu stellen.

Prokop hatte ihnen nebenan ein Nachtlager aufgeschüttet. In einer Ecke fanden sie frisches Stroh, ein paar Dekken lagen übereinander, zwei Schaffelle zuoberst. Dort schliefen sie zu dritt, bis der Tag anbrach. Kein Hahnenschrei verkündete ihn; es gab keine Hähne mehr in den Trümmern von Bilina. Erst als eine blasse Sonne in den Raum hineinschien und an den Wänden hochkroch, wurden sie wach.

Es regnete den ganzen Tag mit unverminderter Heftigkeit, wie es nach dem Brand geregnet hatte, drei Tage hintereinander. Niemand brauchte zu löschen, das besorgte der Himmel, und die Brunnen wurden nicht leer. Im Stall belud Prokop die beiden Reisepferde mit Mantelsäcken. Viel war nicht darin: je zwei Wolldecken zum Schlafen, etwas Kleidung zum Wechseln, an Proviant eine große Speckseite, die er beim Löwy gegen einen Spiegel eingetauscht hatte — wer brauchte noch einen Spiegel in Bilina? — altbackenes Brot, Nüsse, Dörrobst und getrocknete Kräuter. Vlasta schob eine Tasche mit Verbandsleinen und Arzneiflaschen hinterdrein. Darin kannte er sich aus. Der Gestütsmeister Zitek war hier zugleich der Medikus gewesen.

Jan Vincenz erwog beim Anblick der gut gehaltenen Rösser, ob sie nicht ein drittes als Packpferd mitnehmen sollten, verwarf jedoch den Gedanken wieder. Es wäre zu umständlich und könnte die Bewegungsfreiheit schmälern. Zwischen seinen Brauen nistete ein Ärger, warf sich zu zwei scharfen Falten auf, ließ ihn finster blicken. Es war unerhört, was sich sein Knappe herausnahm. Am liebsten hätte er ihn aus dem Dienst entlassen, den er kaum angetreten hatte. Aber dem Junker war nicht wohl bei dem Gedanken, die Reise allein zu machen. Mehr als äußere Feinde fürchtete er das Angewiesensein auf sich selbst. Er war es gewohnt, seine Erlebnisse mit anderen zu teilen.

»Was hast du dich die ganze Zeit bei dem Juden herumzutreiben!« herrschte er den zurückkehrenden Knaben an.

Vlasta blickte erstaunt. »Ich habe den Gideon gebeten, daß er sich um Bilina kümmert und um Prokop. Einer muß es doch tun, und er kennt sich am besten aus. Wann reiten wir?«

»Am Abend.«

Prokop schickte über den Pferderücken hinweg einen langen vorwurfsvollen Blick zu Vlasta, und dieser senkte den Kopf wie ein Kind, das man beim Lügen ertappte.

Als es dunkel wurde, brachen sie auf. Prokop gab ihnen das Geleit bis zum Torbogen, dessen Umriß sich in den nachtblauen Himmel zeichnete. Am Gemeinschaftsgrab der Erschlagenen hielten sie still zu einem kurzen Gebet. Dann trieb der Junker sein Pferd an, und bald hatte der Wald die beiden Reiter verschluckt.

3

Ein verfallenes Gehöft, zwei Scheunen, eine Flachsdarre mit Resten von vorjährigem Werg, der Lehmboden vom Regen schleimig und glatt. Man ist abgestiegen, muß vorsichtig gehen, um nicht auszurutschen, und das zögernde Pferd fest am Zügel halten. Aber die Pferde haben schon die offene Stalltür erspäht und halten von selbst darauf zu, sie wittern Futter und einen Ruheplatz. Die Sonne steht sicher schon hoch, sie ist nicht zu sehen, der Tag bleibt verhangen und in feuchte Dämmerung gehüllt.

»Wo sind wir hier, Herr?«

»In Nivnice.«

Dies also ist das Brüderdorf, in dem der Senior geboren wurde, der die Exulantengemeinde von Lissa leitet. In dieser Gegend kennt Vlasta sich nicht mehr aus. In den dichten Wäldern um Bilina wußte er Bescheid und hat dem Junker vorausreiten dürfen, heimisch mit jedem Pfad und jedem Steg, ohne seine Ortskenntnis wären sie dort nicht vorangekommen und womöglich abgestürzt. Der Herr hatte nicht mit Lob gespart, und der Knappe war froh und mutig geworden. Inzwischen ist er nur noch müde. Und ortsfremd auch, sein Vorsprung ist dahin. Von nun an muß er sich auf den Junker verlassen, und das macht ihn nicht glücklich. Jan Vincenz von Budovetz hat eine Neigung zum Leichtsinn.

Doch dieser Platz ist gut gewählt und von unsichtbarer Hand zum Empfang vorbereitet. Die heimlichen Freundschaften des Junkers beginnen sich zu bewähren.

Als Jan Vincenz die Tenne betritt, hat sein Knappe die Kleidung schon gewechselt und ist dabei, das regennasse Zeug auszubreiten, über einen Pflug, einen Pritschenwagen, einen Rechen. Er hält ein entfaltetes Leintuch in den Händen.

»Zieht Euch aus, Herr, ich reibe Euch den Körper trocken. Die Pferde können warten.«

»Die Pferde, ja — aber auch du hättest warten müssen, Vlasta. Es schickt sich nicht, daß du schon umgekleidet bist, wenn ich noch in meinen nassen Sachen stecke.«

Der Junge nimmt den Vorwurf hin. Während er den Junker bedient, fällt sein Blick auf einen Krug neben der Tür, der sich noch vor wenigen Minuten dort nicht befand. Er ist bis zum Rand mit frischer Milch gefüllt.

»Wer verpflegt uns hier, Herr? Ich habe noch keinen Menschen gesehen.«

»Ein Freund, Vlasta, ein heimlicher Bruder. Die Unität ist nicht tot, wie ihre Feinde meinen. Sie lebt im Untergrund weiter fort und tut ihr verschwiegenes Werk. Schade, daß unser Wohltäter uns verboten hat, vor der Scheune ein Feuer zu machen. Der Rauch könnte uns und ihn verraten. Ich aber denke, wir sollten es ruhig wagen. Es regnet nicht mehr, wir haben Stroh und Holz, und auf dem weiten Vorplatz verflüchtigt sich der Rauch. Wir könnten die Milch wärmen und unsere Kleidung trocknen, was meinst du?«

»Es wird kein Feuer gemacht«, bestimmte der Junge.

Kein Grund zur Entrüstung, denn immerhin war er gefragt worden, wenn auch mehr aus freundlicher Herablassung als in vollem Ernst, aber das brauchte er nicht so aufzufassen. Die Stimmung war nicht gut, bei der Mahl-

zeit nicht, und auch nicht, als sie sich schlafen legten. Sie sprachen kein Wort miteinander.
Am späten Nachmittag erwachte der Junker, wohlig durchgewärmt in seiner Heugrube, indes die Sonne auf das Scheunendach brannte. Die Grube neben ihm war leer. Aus dem Stall hörte er die Schritte des Knappen, der dort die Pferde fütterte, und bald darauf erschien er unter der Tür, den Arm mit Kleidungsstücken behängt.
»In der Sonne ist alles trocken geworden. Habt Ihr einen guten Schlaf gehabt, Herr?«
»Scher dich — nein, komm her, Vlasta. Noch näher heran, wenn ich bitten darf.« Jan Vincenz umfaßte den Kopf des Jungen mit der Hand. Er hat wunderschönes seidiges Haar, dachte er, gepflegtes Haar. Ob er eitel ist? Laut sagte er: »Wir wollen uns wieder versöhnen, ja?«
»Ich war Euch gar nicht böse.«
Auf die Karte angewiesen, machten sie beide ihre Route aus für die kommende Nacht. Zwischen vier und fünf Meilen gedachten sie hinter sich zu bringen, sich auf mehr einzulassen, wäre riskant gewesen. Solange sie durch Mähren ritten, mußten sie die Dunkelheit wählen, und die Nächte wurden kürzer. Auf den Schlössern und Burgen des südlichen Mähren wußte man, was der Eggenberg in Bilina angerichtet hatte, und der Gedanke lag nicht fern, daß sich der Sohn zur Rache entschließen könnte.
In einer Mühle hinter Straßnitz, auf dem westlichen Ufer der March, wurden sie von einer Brüderfamilie erwartet. Es empfahl sich, den Ort aus Gründen der Sicherheit noch vor Tagesanbruch zu erreichen. Das war leichter gesagt als getan. Denn vorher mußten sie den Fluß überqueren,

und die einzige Brücke, von der Jan Vincenz wußte, schied in Vlastas Überlegungen aus. Ein Herr von Kunowitz, hussitischen Glaubens, hatte sie in der Nähe seines Schlosses Ungarisch-Ostra über die March schlagen lassen, eine feste Brücke aus Stein.

»Das ist fünfzig Jahre her«, rechnete Vlasta aus. »Der Hussit wurde vertrieben, und auf Ostra sitzt der Gundacker von Liechtenstein, gefürstet nunmehr, und trägt die Nase sehr hoch. Mit dem ist nicht gut Kirschen essen. Er hat meinen Vater einmal auspeitschen lassen.«

Jan Vincenz blickte seinen Knappen von der Seite her überrascht an. Wenn man diesen Jungen kräftig schüttelte, purzelten wahrscheinlich eine Menge interessanter Geschichten heraus. Aber dazu war jetzt nicht die Zeit.

»Was also schlägst du vor?«

Vlastas Zeigefinger fuhr auf der von Comenius gezeichneten March entlang und hielt an einer Stelle nordwestlich von Straßnitz. Hier teilte sich der Fluß in mehrere Arme, warf kleine Inseln wie Blasen auf, an solchen Stellen, meinte der Junge, fände man in der Regel Fischerhütten und damit auch Stege, die zu ihnen hinführten.

»Und dann stracks auf Milotitz zu? Nein, Vlasta, da kämen wir vom Regen in die Traufe.«

»Graf Zdeněk würde uns sicherlich nicht —«

»Zdeněk von Zampach ist geflüchtet, wußtest du das nicht? Er konnte sich lange nicht zum Exil entschließen. Auf Milotitz sitzt jetzt die alte Hexe Scherffenberg, eine geborene Harrach.«

»Ist die am Ende auch mit Euch verwandt?«

Sieh an, der kleine Zitek versuchte sich in Ironie. Jan Vincenz schluckte seinen Ärger herunter und entgegnete

kurz: »Nein, nicht mit mir. Aber mit dem Kardinal in Prag, falls dir das etwas sagt.«
Vlasta runzelte die Stirn. »Wir müßten nicht bei Milotitz hinüber, nicht unbedingt. Weiter südlich möchte es auch möglich sein.«
Es möchte sein, aber Genaues wußten sie nicht. Nun ritten sie schon wieder in der Dunkelheit nebeneinander, hintereinander, je nach Beschaffenheit des Weges. Die Wolkendecke riß stellenweise auf, ließ blanke Knöpfe von Sternen in unterschiedlicher Leuchtkraft hindurchscheinen, hinter einem Fleck von milchiger Helligkeit ahnte man den Mond, der sich zu füllen begann. Als der Junker nach Bilina gekommen war, hatte man gerade Neumond gehabt.
Kurz nach Mitternacht kamen sie an das östliche Ufer der March, des mythischen Flusses, der dem fruchtbaren Land seinen Namen gab. Er schimmerte schwarz in seinen sich verzweigenden Betten; es sah aus, als habe man zähflüssiges Pech in mehrere Kanäle geleitet. Kein Rauschen, kein Gluckern — in unheimlicher Lautlosigkeit glitt das Wasser dahin, die Stille der Nacht um sein Schweigen vermehrend. Selbst die Tiere ließen sich davon beeindrucken, denn ihr Schnauben und Prusten war um einiges leiser geworden. Wohin sie den angestrengten Blick auch wandten: von einer Brücke oder einem Steg war nichts zu erkennen. Sie hatten den südlichsten Punkt erreicht, der ihnen erlaubt war, denn nach Straßnitz durften sie nicht hinein.
Der Junker stieg von seinem Fuchs, band die Steigbügel hoch, warf in Eile seine Kleidung ab und verstaute sie im Gepäck, das er auf dem Sattel befestigte.

»Wir werden schwimmen müssen, Vlasta. Du gehst als erster hinein, damit ich dich im Auge behalte und dir notfalls beispringe. Du kannst hoffentlich schwimmen?«
»Ich schwimme gut, aber meine Stute noch besser. Ich werde Euch folgen, Herr, seid unbesorgt.«
Er kann natürlich nicht schwimmen und mag es nicht eingestehen, dachte Jan Vincenz, während er, beide Hände um den Zügel geschlungen, sich mit kräftigen Beinschlägen durch das Wasser vorwärtsbewegte. Ich hätte ihn in Bilina danach fragen sollen. Aber es ging auch so. Vlastas Pferd schien an das Überqueren von Flüssen gewöhnt zu sein, zudem waren die Marcharme seicht, im Hochsommer womöglich ausgetrocknet. Der Junge hielt sich oben, bis zuletzt.
Als sie sicher waren, daß sie sich am Westufer und nicht wieder auf einer Insel befanden, legten sie eine Pause ein, rieben die Pferde ab, stärkten sich mit einem Schluck Branntwein. Einmal schraken sie zusammen. Ein Reiter preschte dicht an ihnen vorbei auf Milotitz zu, vermutlich ein Bote mit einer Depesche. Sie hatten nicht gemerkt, daß die Straße so nahe war. Bevor es richtig hell wurde, gelangten sie, in der Gegenrichtung eines vorher bezeichneten Baches reitend, an die Grundmühle der Brüderfamilie Taborsky.
Drei brennende Kerzen hinter einem Fenster zeigten an, daß es die verabredete Stätte war. Die Lichter wurden bei ihrer Ankunft sofort gelöscht, ein Mann trat aus dem Schatten eines Mauervorsprungs und nahm ihnen die Pferde ab, irgendwo öffnete sich knarrend eine Tür, eine Frau mit einer Lampe erschien auf der Schwelle und winkte ihnen, hereinzukommen. Die Wortlosigkeit gab

dem ganzen Vorgang etwas Spukhaftes. Es schien, als habe der Krieg nicht nur den Prokop zum Stummen gemacht.

Jan Vincenz war arglos, wogegen der Junge sich überaus vorsichtig verhielt. In der warmen Stube roch es muffig, die niedrige Decke konnte man mit der Hand berühren. Auf einem klobigen Tisch stand eine Schüssel mit Hirsebrei, in dem zwei hölzerne Löffel steckten. Auf Geheiß des Mannes langten die Gäste zu, der Junker mit Heißhunger, sein Knappe eher zerstreut und immer noch ängstlich.

Vlasta war im Krieg geboren und mit einer Witterung für Gefahren ausgerüstet, die dem Junker fehlte. Der hatte im windstillen Saros Patak von Greueln und Gemetzel wohl gelesen und gehört, doch selbst den Augenzeugen gerieten ihre Erlebnisse, waren sie erst einmal zur Erinnerung geronnen, in eine falsche Tonart und nahmen unversehens den Klang des Abenteuerlichen an. Man ließ sich berichten und vernahm das Ungeheuerliche mit Grausen, Empörung und geheimer Lust. Vom Grausen und der Empörung war auch Vlasta geprägt, die Wollust des Schreckens jedoch kannte er nicht, dazu war ihm der Schrecken zu nahe gekommen. Sein Teil blieb die Wachsamkeit, die ihm jetzt und hier besonders geboten schien. Sein Vater war in dieser Gegend zu Hause gewesen, im »Land der entleerten Brüderdörfer«. Wer in ihnen zurückgeblieben und nicht emigriert war, hatte mit den Spitzeln der Obrigkeit zu rechnen bei Tag und bei Nacht. Die Obrigkeit trug einen gefürchteten Namen: Kardinal Franz von Dietrichstein.

In der verdunkelten Kammer nebenan schliefen sie bei

geschlossenen Fensterläden, Jan Vincenz auf dem Bett, der Knappe auf einem Schaffell zu seinen Füßen, ein schmaler Streifen Tageslicht sickerte durch einen Spalt herein. Vlasta hatte nur die nassen Stiefel ausgezogen und sie mit Stroh gefüllt, die übrige Kleidung aber am Leibe behalten, und in seinem Schlaf, der unruhig und von wüsten Träumen durchsetzt war, faßte er mehrmals mit der Hand unter sein Hemd. Der Junker lag da wie ein Stein. Seine tiefen und regelmäßigen Atemzüge zeugten von großer Müdigkeit wie auch davon, daß er sich dem Schlaf ziemlich unbekümmert hingab. Vlasta betrachtete ihn von unten her aus seinen schrägen Augen: müde wäre ich schon auch, Junker, nur nicht so sorglos wie Ihr!

Die streitenden Stimmen draußen vor dem Haus jedoch weckten auch den Junker auf, Kommandostimmen, untermischt von den jammernden Beteuerungen der Wirtsleute. Jan Vincenz griff nach seinem Degen, aber Vlasta umspannte mit beiden Händen seinen Arm.

»Seid Ihr verrückt? Wollt Ihr alles aufs Spiel setzen, schon jetzt? Versteckt Euch unter dem Bettzeug und laßt mich die Sache ausrichten!«

Unter einem dicken Federkissen verschwanden Degen, Schaffell und Stiefel, zuletzt auch der Junker. Vlasta begab sich bloßfüßig hinaus, mit Bedacht blinzelnd, sich schlaftrunken zu stellen fiel ihm nicht schwer. Die beiden Taborskys erstarrten bei seinem Anblick vor Entsetzen und gaben schon alles verloren.

»Wer seid ihr?«

Es war der Knappe, der so fragte, und nicht etwa die beiden Leute vom Burggrafenamt, die zu ihrer Verstär-

kung noch den Dorfbüttel bei sich führten. Fragte es mit einer Stimme, die an Sicherheit und Befehlsgewalt nicht zu überbieten war. Die Gastgeber standen daneben, als erwarteten sie, daß gleich der Himmel herniederstürzt.
»Warum belästigt ihr die armen Leute, die mir Quartier gegeben haben?«
»Könnt Ihr Euch ausweisen?«
»Wenn's beliebt.«
Der Halbwüchsige zog unter seinem Hemd ein Schriftstück hervor und entfaltete es langsam. Es war eine Urkunde, die neben dem vorschriftsmäßigen Stempel eine ebenso markante wie bekannte Unterschrift trug.
»Genügt euch das?«
Der Büttel schaute töricht drein, er konnte nicht lesen, es fragt sich, ob er überhaupt imstande war, sein Luntengewehr zu bedienen, mit dem er so bedrohlich herumgefuchtelt hatte. Aber die Männer vom Burggrafenamt erwiesen dem Blatt den schuldigen Respekt. Einer von ihnen — er war Schaffer auf Burg Milotitz — wagte einen Einwand.
»Ihr wart nicht allein, so sagt man.«
»Natürlich nicht. Laßt meinen Diener schlafen, er hat sich genug für mich geplagt. Und richtet euren Spähern aus, daß wir gegen Abend unsere Reise fortsetzen auf der Straße nach Brünn. Eine weitere Kontrolle dürfte sich dann erübrigen.«
Knapp, klar und souverän. Die Behördenvertreter baten um Entschuldigung, grüßten und entfernten sich. Taborsky und seine Frau hatten sich immer noch nicht erholt.
Vlasta tippte auf das Dokument an seiner Brust. »Kein Wort zum Junker über das, was ihr hier gesehen habt.

Er weiß nicht, daß mir der Eggenberg einen Freibrief ausstellte und braucht's auch nicht zu wissen. Vorläufig nicht. Geht wieder an eure Arbeit und ängstigt euch nicht mehr.«

Drinnen im abgedunkelten Schlafzimmer fand Vlasta den Junker mit gezogenem Degen vor, sprungbereit, als gelte es, jeden Augenblick sein Leben in die Schanze zu schlagen. Unter dem dicken Federkissen war es ihm wohl zu heiß geworden, ganz abgesehen davon, daß sich ein solches Versteck weder mit seinem Temperament noch mit seiner Ehre vertrug.

»Ihr könnt abrüsten, Herr«, murmelte der Knappe, diesmal ohne ironischen Unterton, und warf sich auf die Knie zu einem kurzen Gebet. Dann streckte er sich erneut auf seinem Schaffell aus. »Laßt uns noch eine Stunde schlafen, wir können es brauchen. Ich schlage vor, daß wir so früh wie möglich aufbrechen. Das ist kein gutes Land.«

»Wie bist du sie losgeworden, Vlasta?«

»Ich konnte sie davon überzeugen, daß ich nicht gefährlich bin.«

Erstaunlich, daß diese Erklärung dem Junker genügte. Einer, der die Situation in dieser Gegend kannte, hätte sich damit nicht zufrieden gegeben. Was kannte er überhaupt von seiner Heimat, der er so lange entfremdet war? Die Adelssitze, gewiß, zu einem Teil die neuen Herrschaftsverhältnisse, wer da wen abgelöst hatte, denn die waren ja allesamt miteinander versippt und verschwägert und verfilzt, und der Riß der Konfessionen ging mitunter quer durch dieselbe Familie. Auch schuldig waren sie alle geworden mit der Zeit, an einem Menschen, an ihrem Land. Darüber wußte der Knappe besser

Bescheid als der junge Budovetz, der noch von reinen Seelen träumte.

Auf Vlastas Anregung hin sattelten sie schon am Nachmittag zur Weiterreise. Als Jan Vincenz einen Gulden aus dem Beutel zog, um seine Gastgeber für ihren Mut und die ausgestandene Angst zu entlohnen, wollte der Müller ihn erst nicht annehmen: Es war doch Bruderpflicht, Herr, und geschah um Jesu willen. Aber seine Frau grapschte danach und stopfte ihn in die Tasche ihres faltenreichen Rockes, bevor der Junker diesen albernen Prahlhans beim Wort nehmen und sein Geschenk zurückziehen konnte. Die Pferde waren ausgeruht, gut gefüttert und gestriegelt. Auf der Straße nach Brünn lag voll die späte Sonne, wärmte sie und ließ die Pfützen in den Schlaglöchern dampfen. Die Büttel hielten sich fern.

Die Obstbäume an den Wiesenrändern standen in Blüte. Kirschen und Marillen wechselten sich ab, schneeweißer und rosiger Schaum fleckte ihre Kronen, vom scheidenden Tageslicht in magische Beleuchtung getaucht. Die beiden Reiter ließen sich vom Frühling bezaubern und genossen das Schauspiel, obwohl es Frieden nur vortäuschte, im Ernstfall nichts bewirkte, auch im Angesicht von Mord und Blut nur unerregbare Kulisse blieb. Man hätte es beinahe vergessen können, wäre da nicht das niedergebrannte Dorf gewesen, auf der Karte noch vorhanden und mit dem Namen Swatoboritz bezeichnet, in Wirklichkeit aber ausgelöscht und zuschanden gemacht. Seine Hinterlassenschaft waren ein übelriechender Trümmerhaufen, in dem sich die Ratten jagten, ein ausgehöhlter Kirchturm, ein paar geschwärzte Kamine. Und überall dazwischen dieses liebliche Grün, dieses unschuldige

Weiß und Rosa der unzerstörbaren Natur, die sich zart und zähe in einem schmerzlichen Gegensatz zu diesem Boden behauptete.

»Swatoboritz hat keinen Widerstand geleistet, hat sogar Girlanden geflochten dem Befreier zu Ehren, es war ja ein Brüderdorf. Aber Torstenson, so sagt man, habe ein Augenleiden, und da hat er wohl nicht richtig hingesehen. Vielleicht war seinen Söldnern auch der Proviant ausgegangen, dann sind sie nicht wählerisch. Pech für Swatoboritz, das gerade am Wege lag.«

Der Junker fuhr herum, daß sein Gaul für einen Augenblick scheute. »Untersteh dich, Vlasta, diesen Unsinn weiter zu verbreiten! Die Schweden können sehr wohl zwischen Feinden und Bundesgenossen unterscheiden. Sie kämpfen einen gerechten Kampf, und für uns, für die Evangelischen in Böhmen, vergießen sie ihr Blut. Präg es dir ein und vergiß es nicht wieder! Die Kämpfe um Brünn liegen zwei Jahre zurück, da warst du ja noch ein Kind. Und wenn Swatoboritz, wie du behauptest, zu den Brüderdörfern gehörte, so werden es die Papisten angezündet haben.«

Vlasta senkte den Kopf, sein schulterlanges Haar hing ihm wie ein Vorhang vor dem Gesicht. Jan Vincenz hätte gern nachgesehen, ob Trotz darin stand und Verdrossenheit, oder vielleicht doch Scham und Einsicht, wie er es sich wünschte. Aber der Knappe gab nichts mehr preis. Man drängt sich keinem auf, der die Wahrheit nicht hören will.

Dank ihrem vorzeitigen Aufbruch kamen sie bei angenehmem Wetter noch vor Mitternacht nach Auspitz und beschlossen, nachdem der Junker seinen dort ansässigen

Helfer verständigt hatte, den Vorsprung zu nutzen und sich gleich bis Kanitz durchzuschlagen. Auf der letzten Strecke, etwa von Prahlitz ab, mußten sie die Pferde antreiben und befanden sich in einem ungewöhnlichen Wettlauf mit der Sonne, die nicht mit sich handeln ließ.

Unterhalb der Burg, zwischen Igelfluß und Meierei, arbeiteten denn auch schon Leute auf den Feldern. Sie rutschten auf den Knien die Furchen entlang und jäteten Unkraut zwischen jungem Gemüse. Einige blickten hoch, als die Reiter sich näherten, die Männer finster und mißtrauisch, die Weiber unter den schwarzen Kopftüchern mit einem Anflug von Neugier. Alle Gesichter, auch die der Jüngeren, waren hart und von Stumpfsinn gezeichnet. Wenn sich einer erhob, um einen Sack oder Korb heranzuholen, vermochte er den Rücken kaum zu strecken. Dabei war dies eine gesegnete Landschaft, ein guter Boden, der auch für eine mindere Pflege schon mit reichen Erträgnissen dankte. Es kommt darauf an, was einer aus ihm herausschlagen will. Gundacker von Liechtenstein, dem neben Ungarisch-Ostra auch die Herrschaft Mährisch-Kromau übertragen wurde, lebte von jeher auf großem Fuß, und auf einem größeren noch, als der Kaiser ihm den Fürstentitel verlieh. So nimmt es nicht wunder, daß sich die Bauern — und nicht nur die evangelischen — nach seinem Vorgänger zurücksehnten. Aber Berthold von Lipa hatte sich »des Böhmischen Wesens und der Pfälzischen Crönung teilhafftig gemacht«, und dafür mußten sie hier büßen, immer noch, nach siebenundzwanzig Jahren noch, alle und ausnahmslos.

»Mir ist zu Ohren gekommen, daß der Liechtenstein dreimal in der Woche fronen läßt«, sagte der Junker. »Wie sollen die Bauern da ihr Eigentum bearbeiten? Ihre Gespanne werden übermäßig strapaziert und brechen zusammen, aber ihr christlicher Herr läßt nichts ersetzen, stellt nur immer härtere Forderungen. Ein wenig sind sie allerdings selber schuld an den heutigen Zuständen.«

»Wie das?« fragte Vlasta verblüfft.

»Weil sie zu schnell aufgegeben und sich angepaßt haben. Sie hätten sich wehren sollen, sie waren doch viele. Statt dessen ließen sie eine einzige Schlacht über ihr Schicksal entscheiden. Ich bitte dich — nur eine geschlagene Stunde wurde am Weißen Berg gekämpft, und schon duckten sie sich für immer.«

»Nein, Junker, solche Lämmer waren sie nicht. Verzeiht, wenn ich Euch widerspreche und nehmt mich nicht wieder als ein Kind. Ihr wart damals genauso wenig auf der Welt wie ich. Mein Vater hat bei Tabor mitgekämpft als Stallmeister Eures evangelischen Oheims Smiřicky und ist den Kaiserlichen mit knapper Not entkommen. Bis zuletzt haben sie ihnen standgehalten, bis zur Erschöpfung und unter großen Verlusten. Glaubt Ihr nicht auch an den entscheidenden Augenblick, wo sich's herausstellen muß, ob der Preis die Sache noch lohnt? Es sind ja Menschen, die preisgegeben werden.«

»Dafür müssen sie jetzt fronen, und sieh hin, ob das noch ein menschenwürdiges Leben ist! Die Brüder unter den Standesherren hatten die Roboten abgeschafft, vom Baron Zierotin erzählt man, daß er eigenhändig die Urkunden über die Leibeigenschaft seiner Untertanen zerrissen und ins Feuer geworfen habe. Ist diese Freiheit nicht wert, daß man dafür kämpft?«

Vlasta überhörte die Frage, seine Gedanken hielten an einem anderen Punkt: »Die Brüder – ja, Herr, da habt Ihr recht, und Euer eigener Vater hat es bis zuletzt so gehalten. Aber sagt einmal ehrlich, wie Euer reformierter Landesherr von Siebenbürgen mit seinen Leibeigenen verfährt! Die ungarischen Bauern um Saros Patak – müssen die nicht fronen?«

Die Antwort blieb aus, und Vlasta wußte warum. Georg I. Rákóczi, Fürst eines protestantischen Landes, ließ ohne Bedenken fronen, um es genau zu sagen: dreimal in der Woche. Es war das Höchstmaß, das ein Grundherr verhängen durfte.

Sie erklommen den steiler werdenden Hügel auf einem Serpentinenpfad, der nach der letzten Biegung jäh vor einem offenen Tor endete. Das Kopfsteinpflaster des ersten Hofes hallte wider von den Hufen ihrer Pferde. Über ihnen wurde ein Turmfenster geöffnet und gleich wieder zugeschlagen, ein weißhaariger Kopf hatte sich gezeigt.

»Das war Jiři«, erklärte Jan Vincenz, der hinaufgesehen hatte, »ein ehemaliger Brüderrichter aus Eibenschütz. Nach seinem Übertritt versieht er in der Pfarrkirche unten die Dienste eines Mesners. Er hat seit zwei Jahren Wohnrecht in der Burg.«

»Seit der Zerstörung also.« Vlasta sah sich aufmerksam um. »Wurde sie verteidigt?«

»Die Burg hier? Nein, sie stand ja leer, seit der letzte Žabka ins Exil ging. Er soll vorher alles, was sie an Wertvollem enthielt, auf dem Hof demoliert und verbrannt haben, damit es den Papisten nicht in die Hände fiele. Darunter wahre Kostbarkeiten: flandrische Teppiche, maurische Kultgegenstände aus der Zeit der Kreuzzüge, mehrere Gemälde aus dem Italien des fünfzehnten Jahrhunderts, einen Gentile da Fabriano, zwei Stücke von Antonio Pisano, eine Altartafel von Fra Angelico —«

»Und das hat er alles verbrannt, der fromme Bruder Žabka?«

Dem Junker wurde unbehaglich, er rückte seine Schultern unter dem Wams zurecht. »Ah — da ist Jiři. Gott zum Gruße, alter Bruder!«

Der Alte machte ein erschrockenes Gesicht. »Ich hatte Euch erst in der kommenden Nacht erwartet, Herr, und nun kommt Ihr zu früh und bei Tage.«

»Es hat sich so ergeben, Alter. Du schaust drein, als wolle der Liechtenstein in den nächsten Tagen ausgerechnet diese Höhle inspizieren.«

»Der Fürst nicht, aber der Stadtdechant von Kanitz hat sich mit zwei Ministranten für heute bei mir angesagt. Ihr müßt mit Euren Pferden so schnell wie möglich verschwinden. Es sind am Osthang noch Kellerräume stehengeblieben, dort wird Euch niemand vermuten.«

Er ging ihnen voraus mit eiligen, trippelnden Schritten, winkte hastig, legte den Finger an die Lippen, ein ängstlicher kleiner Mann, Gott mochte wissen, was er alles erlebt hatte. Die ganze Burg machte den Eindruck einer riesigen Nuß, die in brüchiger Schale eine verfaulte Frucht enthielt. Sie schritten zunächst durch finstere Gänge, ein anderes Mal durch sonnenerfüllte Arkaden mit geborstenen Säulen, zuletzt ging es tiefer hinab und wieder in Dunkelheit hinein, es tropfte von den Wänden, der Boden wurde schwarz und zusehends feuchter. Einmal schreckte die Stute zurück — vor einer Ratte, wie Vlasta

meinte, bis er erkannte, daß es eine Blindschleiche war, die eilig das Freie suchte.
Als das plätschernde Geräusch, das man schon eine Zeitlang vernahm, sich zu voller Lautstärke vermehrte, ließen die Tiere sich williger führen und fanden sich belohnt: eine Quelle sprudelte aus dem Fels, von einem Brunnen eingefaßt. Am Brunnenrand wiederum das Wappen mit dem Frosch, das man hier allenthalben traf, über den beiden Toren, in mittlerer Höhe des Turmes, an einer Arkadenwand — das Wappen der Freiherren von Žabka. Zur Rechten ein fensterloser Raum, auf dem Boden Stroh, an der Wand eine Futterkrippe. Die Pferde wieherten leise.
»Wer hat hier kampiert?«
»Kaiserliche Söldner, gnädiger Herr. Unlängst Spanier und Kroaten.«
»Dann ist es für uns gerade gut genug«, befand Jan Vincenz grimmig und kroch durch eine niedrige Tür in das Gelaß zur Linken des Brunnens. Drinnen sah es beinahe wohnlich aus, vorausgesetzt, daß keiner sich einfallen ließe, hier sein Winterquartier aufzuschlagen. Die Außenwand nämlich wurde von einer Säulenreihe unterbrochen, durch welche die laue Morgenluft dieses Maientages ebenso leichten Zutritt hatte wie das glutrote Licht einer Sonne, die über den Kamm der gegenüberliegenden Hügelkette zum südlichen Himmel hinaufrollte.
Sonst aber: Pritschen mit Strohsäcken, ein runder Eichentisch, ein paar Stühle, darunter ein Armsessel, auf einem Brett an der Wand Kupfergeschirr und Zinnkannen. An der Längsseite ein Kamin mit Resten von angekohlten Scheiten.

»Ist es erlaubt, hier Feuer zu machen?«

»Zu dienen, Herr, aber erst am Abend. Ich werde Euch Vorräte hertragen, die für eine Woche reichen. Und seid nicht ungehalten, weil ich Euch im Turm nicht unterbringen kann. Der Dechant hat sich ganz plötzlich –«

»Schon gut, Bruder Jiři«, fiel Vlasta ihm ungebeten ins Wort, »Ihr habt Euch große Mühe gemacht, wir sind in Eurer Schuld. Habt Dank, und fürchtet nicht, daß wir Euch durch Unachtsamkeit ins Verderben stürzen.«

Der Junker stand wie vom Donner gerührt.

Es blieb eine ganze Weile still zwischen ihnen, auch als der Mesner sich längst entfernt hatte. Vlasta verrichtete mit ruhiger Hand die ihm zufallenden Dienste. Er füllte Wasser in einen Kessel, tränkte die Pferde, breitete die mitgebrachten Decken auf den Pritschen aus, schnitt Speck und Brot in Scheiben und ordnete beides auf einem Zinnteller an.

»Ihr seht mitgenommen aus, Herr, Ihr solltet essen und dann schlafen. Für Euer Vorhaben braucht Ihr Kraft und Geschicklichkeit. Werden wir wirklich eine ganze Woche hierbleiben müssen?«

»Höre, Vlasta!« Jan Vincenz schluckte noch an dem Brokken Dreistigkeit, den ihm sein Knappe zu kauen gegeben hatte. Er wollte mit einer Strafpredigt beginnen und hob auch schon mahnend den Zeigefinger, aber die blonde Unschuld an seinem Tisch setzte ihn matt. Was hatte dieser Knabe an sich, daß man ihm immer wieder verfiel? Woher kam ihm dieses Helle und Strahlende, dieses beinahe Treuherzige, obwohl er alles andere als treuherzig war, nämlich klug, spöttisch und durchtrieben? Es konnte an seinem Lächeln liegen, das ihm nur selten gelang, das aber, wenn er es zustandebrachte, ein rührendes Vertrauen an den Tag legte. Dann verschwanden die Augen fast ganz unter den Jochbögen, der breite Mund entblößte eine Reihe kräftiger blitzender Zähne, unbändige Lebensfreude schien auf und ließ zugleich durchblicken, daß es ein dem Schicksal abgetrotzter Wille zum Weiterleben war. Ein wenig erinnerte er an die frischen und widerstandsfähigen Pflänzchen in den Trümmern von Swatoboritz.

»Ja, Vlasta, unter einer Woche ist es nicht zu machen«, sagte der Junker ergeben. »Mir scheint, du freust dich darüber?«

»Warum nicht?« Der Junge breitete die Arme aus, dehnte und reckte seine schmalen Glieder in der Sonne wie eine schläfrige Katze. »Hier ist es schön. Findet Ihr nicht auch?«

»Wunderschön«, knurrte der Junker. »Wart's nur ab, bis der Abend kommt, wie du in dieser Loggia noch frieren wirst.«

»Am Abend darf ich Feuer machen im Kamin.«

»Und wer wird das Feuer unterhalten, wenn du schläfst? Aber das soll meine Sorge nicht sein. Legst du dich nicht auch hin?«

»Später, Herr. Erst möchte ich dem Bruder ein wenig zur Hand gehen.«

Vlasta ging den Weg zurück, den sie gekommen waren. Er hätte gern einen Ariadnefaden dazu gehabt, da er sich denn gleich zweimal verirrte, fand aber schließlich doch den Ausgang zum Hof. Der alte Jiři hatte bereits gehandelt, in Eile, des bevorstehenden Besuches wegen. Der Knappe tastete eine dunkle Ecke ab, fand zwischen Gerümpel zwei mit Hafer gefüllte Säcke, zwei Drahtkörbe voll von gespaltenem Holz und eine hohe Kiepe, in der er Nahrungsmittel vermutete. Wie das alles wegschaffen? Er fuhr mit den Armen unter die breiten Gurte und wälzte sich die Kiepe auf den Buckel, womit seine Belastbarkeit auch schon die äußerste Grenze erreichte — unmöglich, gleichzeitig noch einen der Säcke oder Körbe mitzuschleppen. Er mußte den Weg dreimal machen. Das war umständlich und mühsam, doch zum Glück verlief er sich nicht mehr. Der junge Herr von Budovetz hielt, so schien es, einen Winterschlaf.

Die leere Pritsche daneben verlockte auch Vlasta, aber er durfte dem Bedürfnis jetzt noch nicht nachgeben. Im Stall stand auf einem Holzbock ein Schaff, darin wusch er ein paar Stücke Leibwäsche aus, seine eigene und die seines Herrn. Auch mit Nadel und Faden konnte der vielseitige Knabe umgehen; der Riß im Leinenhemd des Junkers wurde rasch und kunstvoll zugenäht.

Den Hang hinab führten ein paar brüchige Stufen auf eine Wiese aus samtenem Grün, in dem sich Leberblümchen versteckten, Inseln voller Maiglöckchen heraussahen, ein paar letzte Primeln auch. Vlasta breitete die Wäsche aus und legte sich gleich selbst daneben, von dieser zärtlichen Sonnenwärme verführt und von Müdigkeit überwältigt. Dort schlief er bis zum Mittag tief und fest. Als er erwachte, lag er im Schatten. Die Wäsche war getrocknet.

Der Junker hockte bereits wieder vor der ausgebreiteten Karte und fuhr mit dem Stift einen Fluß entlang, den sie im Böhmischen Svratka nennen.

»Von Kanitz scharf nach Osten, und danach flußaufwärts

bis Brünn. In zwei Stunden müßte es zu machen sein, was meinst du?«

»Bei Einbruch der Dämmerung werden die Stadttore geschlossen«, gab der Knappe zu bedenken.

»Was du nicht sagst! Und wenn ich nun unterwegs die Parole erfahre?«

Vlasta starrte seinen Herrn zweifelnd an. »Die Parole? Unterwegs?«

Jan Vincenz lachte. »Glaubst du im Ernst, ich würde mich ungeschützt meinen Feinden ausliefern? In Brünn habe ich mehr Freunde, als du dir vorstellen kannst. Sogar die Wache am Spielberg ist verständigt. Es kommt nur darauf an, den geeigneten Tag ausfindig zu machen, den kann ich von hier aus nicht bestimmen. Und sollte es Hindernisse geben, so hilft das mir weiter.« Er schlug mit der Faust auf den Beutel unter seinem Hemd. »Durch den Krieg sind die Leute arm geworden und bestechlich.«

»Wenn es Euch gelungen ist, den Vetter zu befreien, kommt Ihr dann wieder hierher?«

»Wie kannst du daran zweifeln, du hast doch mein Wort. Denkst du, ich ließe dich hier sitzen? Ich komme sobald wie möglich zurück, und dann reiten wir zum Eggenberg. Mein Vetter Vitěslav wird direkt nach Prag gehen, dort erwartet man ihn. Er sitzt nicht in den Kasematten, wo die Gefangenen an Ketten geschmiedet werden — einen solchen zu befreien, wäre in der Tat unmöglich. Der Spielberg hat auch komfortablere Gefängnisse. Vitěslav Smiřicky hat einen hochgestellten Gönner, den Stadtkommandanten selbst, der ihm Leib und Leben und gute Pflege zugesichert hat.«

»Um welchen Preis?«

»Er mußte ihm sein Ehrenwort geben, nicht zu fliehen.«
Es war ihm herausgerutscht, er hatte es eigentlich nicht zugeben wollen.
Der Blick seines Knappen ruhte auf ihm, lange, prüfend, in einem unabweisbaren Ernst. »Nun, Herr, dann ist mir klar, wieviel ein Wort von Euch wiegt.«
Wieder versuchte der Junker zu lachen, aber diesmal glückte es ihm nicht recht. »Weißt du, was ein Admonitor ist, Vlasta?«
»Einer, der ermahnt, denke ich mir.«
»Ganz recht. In der Gesellschaft Jesu haben sie eine stehende Einrichtung daraus gemacht. Jedem Vorgesetzten, ob Superior oder Provinzial, wird ein Admonitor beigegeben, der ihm auf die Finger sieht. Ich werde dich zu meinem Admonitor ernennen.«
»Wir sind keine Jesuiten.«
Bei einfallender Nacht, unter dem Torbogen, wo das Kopfsteinpflaster des Hofes in den Kiesweg überging, nahm der Junker von Budovetz vorläufigen Abschied von seinem Knappen. Wie klein er ist, und wie zart, dachte er. Vielleicht hätte ich ihn doch in Bilina lassen sollen.
»Gott soll Euch schützen, Herr, und Euch für Eure Unbesonnenheit nicht bestrafen! Ich werde beten, daß Ihr heil an Leib und Seele hierher zurückkehrt.«
Bevor Jan Vincenz sich in den Sattel schwang, zog er den Jungen an sich. Er spürte seinen warmen, leichten Körper, seinen hastigen Atem, seinen aufgeregten Herzschlag, und sagte mit tröstender Stimme: »Ich lasse dich nicht im Stich, Kind, dazu brauchst du kein Ehrenwort. Du bist mir längst unentbehrlich geworden.«

4

In diesem östlichen Landstrich gehört der Mai kaum noch dem Frühling an, auch wenn er ihm vom Kalender zugeordnet wird. Wechseln Regen und Sonne sich ab wie in den auslaufenden Maitagen des Jahres 1647, kann es geschehen, daß der Sommer gleichsam über Nacht hereinbricht und in einem atemlosen Ansturm die letzten Knospen sich entfalten, die letzten Blüten sich entblättern läßt. Plötzlich sind die Wege von weißgrauem Staub bedeckt, und der Mensch, der sein Antlitz gestern noch der Sonne begierig entgegenhielt, wendet sich gequält von ihr ab.

Die steinerne Brüstung der Loggia ist heiß wie ein Ofen. Dabei hat der Mittag sich noch nicht erfüllt, steht ein Rest an Hitze noch aus. Vlasta und Jiři nehmen ihre Hände von der Mauer und flüchten in den Schatten. Von hier fällt der Blick über lichtgrüne Baumwipfel geradewegs auf die Ruinen des Klosters von der Himmelsrose. Der Orden hatte den Platz gut gewählt, auf einem Plateau zwischen Burgberg und Igelfluß, das, wasserreich und windgeschützt, den Mustergärten die besten Bedingungen bot. Ora et labora, hieß der Wahlspruch, und die frommen und fleißigen Benediktinerinnen von Rosa Coeli waren für ihre Gemüsezucht weit und breit berühmt gewesen. Auf dem schwarzbraunen, brandig-fauligen Boden hinter der Apsis zeichneten sich Spuren der gärtnerischen Anlagen ab, die nun verdorrten und verkamen. Offen wie eine Wanne klaffte das Langhaus der Kirche; es sah aus, als habe eine riesige Hand ihr das Dach gleich einem Dekkel abgehoben. Der spitze Giebel des Westwerks war erhalten geblieben und ragte unnütz empor, und immer noch diente sich ein Kranz von Stützpfeilern dem Gemäuer an.

Vlasta ließ sich berichten, hörte mit geschlossenen Augen zu, die Arme um die angezogenen Knie geschlungen, und das Jahr 1645 loderte vor seinem Geiste auf — das Jahr des Schwedeneinfalls in Mähren, das die Hoffnung der verfolgten Brüder-Unität neu entfacht hatte, um sie wiederum unter Schutt und Asche zu begraben. Alles, was er darüber jetzt erfuhr, fügte er dem bereits Gewußten hinzu, setzte es in ein begonnenes Bild ein wie die fehlenden Teile eines Mosaiks, behutsam korrigierend, da nicht alles zusammenpassen wollte. Es war das Vorausgewußte, in das er verbessernd eingriff, die Deutung, die man in Bilina dem Geschehen gegeben hatte, auf Gerüchte angewiesen und auf die törichten Einflüsterungen des eigenen Herzens, das sich der Wirklichkeit gern verschließt, wenn die Wünsche ihr entgegenstehen.

»Über vier Monde zog sich die Belagerung hin«, erzählte der Alte, ein Bruder und Augenzeuge, dem man glauben durfte. »Immer wieder versuchten die Schweden, eine Bresche in die Mauern von Brünn zu schlagen — umsonst, Raduit de Souche hielt die Stellung. Ein Wunder, wie er es fertigbrachte, mit den knappen Vorräten hauszuhalten, da ja sechzehn Wochen lang kaum Nachschub eingebracht werden konnte. Es ging zuletzt auf beiden Seiten um das Höchstmaß an Kraft, den Entbehrungen standzuhalten. Der Obrist behielt die Nerven, den Belagerern gingen sie durch. Sie gaben auf, aber sie zogen sich nicht einfach zurück. Von Wut und Hunger gepeitscht, hielten sie sich

schadlos an den Dörfern ringsum und an ihren Einwohnern ohne Ansehen des Alters, Geschlechts oder gar der Konfession.«
»Und richteten das da unten an«, sagte Vlasta, auf die Klostermauern deutend.
»Das da, und Schlimmeres. Nun, die Plünderung von Rosa Coeli war schlimm genug. Hätten sie nur ihren Hunger gestillt und die Schätze aus dem Kloster weggetragen — man sähe es ihnen vielleicht nach. Aber die vergebliche Belagerung unserer Landeshauptstadt, dieses Warten Woche um Woche, muß etwas in ihnen entfesselt haben, das sich menschlichem Ermessen entzieht. Stundenlang hörte ich in meinem Versteck die flehenden und bettelnden Schreie der Nonnen, die mehrere Vergewaltigungen über sich ergehen lassen mußten, bevor man sie alle niedermachte.«
»Nicht weiter, bitte!« bat Vlasta und drückte die Stirn gegen das Knie.
»Du kommst aus Bilina, entschuldige, daß ich es vergaß.« Der alte Jiři legte seine Hand in Vlastas Nacken und streichelte ihn. »Der Torstenson, der Eggenberg, was ist da eigentlich für ein Unterschied? Ich sehe ihn nicht mehr, meine Augen sind blind für ihn geworden und müde vom Anblick allseitiger Greuel. Und weil sich mir dieser Unterschied verwischt hat, kann ich mit reinem Gewissen meinem Gott auch in einer römischen Kirche dienen.«
Vlasta hob den Kopf, schüttelte die silberblonde Mähne, bei allem Verständnis zweifelnd und doch auch verzweifelt über die eigene Unsicherheit.
»Ja, und nein, Jiři. Ich könnte es nicht, so wenig wie der Junker. Mag noch so vieles dafür sprechen — mich wird

niemand zwingen, vor einer Statue niederzuknien in abscheulichem Götzendienst oder an den Perlen eines Rosenkranzes entlang Gebete zu plappern wie die Heiden. Versprecht mir, daß Ihr dem Junker nichts von unserem Gespräch erzählt und nichts von den Schandtaten der Schweden. Sein reiner Glaube verträgt die Wahrheit nicht. Ich will ihm dazu verhelfen, daß er sie kennenlernt, ohne sich schuldig zu machen, versteht Ihr? Er darf sich nicht mit Blut beflecken um seiner Ehre und Seligkeit willen, er ist so unberührt, so aufrichtig und keusch.«

»Das alles bist du doch auch«, warf der Alte verwundert ein.

Der Knappe stand auf, fegte mit den Händen ein paar Erdkrumen von seinem Hosenboden, warf noch einmal einen Blick auf das niedergebrannte Kloster und den glitzernden Fluß. »Ich bin nicht, wie Ihr meint, Jiři. Ich bin ein Lügner und Betrüger, und mein Herz ist voll Bitterkeit. Haltet mich nicht für unschuldig, nur weil ich jung bin und fast noch ein Kind. Der Eggenberg hat dafür gesorgt, daß meine Jahre doppelt zählen.«

»Um welche Zeit erwartest du den Juden?«

»Heute oder morgen müßte er eintreffen. Kennt Ihr den Gideon schon lange?«

»Seit Jahren. Er kommt immer einmal hierher und hat jedesmal Brauchbares bei sich. Meistens bezahle ich ihn mit Geld, manchmal tauschen wir auch. Er ist hier gern gesehen, denn ohne ihn erführe man wenig von der Welt.«

»Schickt ihn zu mir, sobald er bei Euch auftaucht. Ich hab Wichtiges mit ihm zu reden, bevor der Junker aus Brünn zurück ist. Der darf den Löwy nicht sehen.«

Der Tag entfaltete eine unglaubliche Schönheit mit seinem weichen Licht, das hinter den schattengeschwärzten Säulen von einem makellosen Himmel herabfloß. Auf der Spitze einer hohen Fichte saß ein Star und übte Melodien, unermüdlich, mit der ganzen Inbrunst einer zur Vollkommenheit entschlossenen Künstlerseele. Die scheidende Sonne, die man hier nicht sah, warf ihren Widerschein gegen den östlichen Horizont, und für den Augenblick färbten sich die Ausschnitte der Arkaden scharlachrot, um bald darauf in Violett und nächtliches Blau hinüberzuwechseln. Rasch schwand die Wärme aus den Steinen.

Vlasta schlüpfte in einen gewalkten Janker und zog sich die im Kragenfutter verborgene Kapuze über den Kopf. Das Feuer im Kamin war bald entfacht, zum altbackenen Kümmelbrot mit Schafskäse kochte er sich einen Lindenblütentee, den er mit getrockneten Apfelschalen säuerte.

In der Loggia wurde es warm und hell, doch nicht im Gemüt des Knappen, den eine Mischung aus Nervosität und Verzagtheit umdüsterte. Seit vier Tagen war sein Herr in Brünn, um den Smiřicky aus dem Spielberg herauszuschmuggeln — wie, wenn er schon morgen erfolgreich zurückkehrte und die Weiterreise befahl, bevor der Löwy auch nur einen Zipfel dieser Landschaft berührte? Was tun, wie ihn hier festhalten und ein heimliches Treffen mit dem Gideon arrangieren? Nichts kann ich tun, dachte der Junge und stocherte trübselig im Feuer, es liegt nicht an mir. Ich kann nur warten und beten. Ich hab schlechtere Tage erlebt, so schreckliche, daß ich Hunger, Kälte und Angst gern erlitte, könnte ich dafür eine einzige Stunde ungeschehen machen, die Stunde, als ich mitansehen mußte, wie die Pikeniere des Eggenberg mit ihren

Spießen die Meinigen ins brennende Haus zurücktrieben, die Stunde, als ich selbst ihnen mit dem Schrei eines Besessenen in die Arme lief. Auslöschen aus dem Gedächtnis den Tag — nicht einmal das ist möglich. Es ist geschehen, ich trage es mit mir und muß damit leben. Hilf mir, Gott, daß mich der Haß nicht heimsucht und jenen gleichmacht, die der Welt ein solches Beispiel an Roheit geben, gestern, heute und wohl morgen noch.
Er griff nach dem Kantional, blätterte, hielt bei einem Lied von Petrus Herbert, der vor mehr als einem halben Jahrhundert als Konsenior der Unität in Eibenschütz verstorben war. Und mit seiner hellen, tapferen Stimme sang er neben den knisternden Fichtenscheiten gegen Krieg, Not und Greuel an, Gott zum Lob und sich selbst zum Trost:

»Die Nacht ist kommen, drin wir ruhen sollen;
Gott walt's zu Frommen nach sei'm Wohlgefallen,
daß wir uns legen,
in sei'm G'leit und Segen
der Ruh zu pflegen.
Treib, Herr, von uns fern die unreinen Geister;
halt die Nachtwach gern, sei selbst unser Schutzherr;
schirm beid, Leib und Seel,
unter deine Flügel,
send uns dein' Engel.«

Das Feuer brannte nieder, die Glut erlosch. Vlasta nahm eine Decke, ging in den Stall hinüber und legte sich neben seine Stute, wie er es in den vergangenen Nächten schon getan hatte. Den Rücken gegen den warmen Leib des Tieres gelehnt, schlief er ein, sehr müde, und ein wenig getröstet auch.

Den nächsten Tag, um die Mittagsstunde, schlich ein seltsames Gespann die gewundenen Kieswege zur Žabka-Burg herauf, rumpelte unter dem Torbogen hindurch, lärmte auf dem holprigen Pflaster und kam vor der Turmtreppe zum Stehen.

Es war ein Karren mit wackligen Rädern, die jeden Augenblick verlorenzugehen drohten, einer auf Reifen gespannten Zeltplane voller Löcher und Flicken, vor allem aber mit einem Esel im Geschirr, dem niemand die Fähigkeit zugetraut hätte, das Gefährt auch nur um die nächste Ecke zu befördern. Neben diesem Bettelkram schritt, das Tier am Halfter führend, ein bärtiger Alter in Schlapphut und weitem Mantel. Er hielt sein von Zufriedenheit überglänztes Gesicht zum Turmfenster gewandt und sang einen Psalm Davids zu Ehren dessen, der ihn auch diesen Tag wieder so wunderbar geleitet hatte. Alsdann verhandelte er lange sachlich und geschickt mit dem Mesner, bis dieser sich zum Kauf von ein paar lebensnotwendigen Gegenständen entschloß, die ihm vor einer Stunde noch höchst überflüssig erschienen wären. Gideon Löwy zählte die Einnahme — fünf böhmische Groschen und zwölf polnische Kreuzer — in seinen Beutel, erhob aufs neue seine psalmodierende Stimme, zu rühmen die großen Werke seines Herrn und die Geschäfte seiner Hände, und ließ sich erst, nachdem er diesen Abgesang in Ruhe und mit schönem Klang vollendet hatte, von dem leicht ungeduldigen Jiři zu Vlasta führen.

Die zwei lagen sich sogleich in den Armen, und Jiři zog sich zurück. Vlasta fütterte den Esel ab, stellte einen bescheidenen Imbiß auf den Tisch, fragte nach Gideons Wünschen. Aber der Alte wünschte nur einen Schluck frischen Wassers. Er könne sich nicht lange aufhalten, müsse noch vor Abend in Eibenschütz sein, da bleibe nicht viel Zeit. Er brachte auch dies mit einer Gelassenheit vor, als beabsichtige er, hier vor Tau und Tag nicht wieder aufzustehen.

»Wann, meinst du, Gideon, kannst du in Böhmisch-Krumau sein?«

Gideon entfaltete seine Hände, hielt sie eine Weile in der Luft, als wolle er vom Himmel ein Geschenk empfangen, legte sie wieder ineinander.

»Gott mag es wissen, er wird es fügen. Werd ich einig mit dem Roßhändler zur Nacht in Ivančice und dreht er mir nicht eine Schindmähre an, so hab ich morgen mein Pferd und einen neuen Wagen dazu. Dann müßte eine Woche bis Krumau reichen. Aber vielleicht wird es nicht mehr nötig sein.«

»Warum glaubst du das?«

»Weil der junge Herr von Budovetz sich längst um Kopf und Kragen gebracht hat, eh' er beim Eggenberg anlangt.«

»Das darf nicht sein. Er hat behauptet, daß er den Vetter befreien kann, ohne ein Risiko einzugehen.«

Gideon winkte ab. »Ein Risiko geht er auf jeden Fall ein, nur scheint er es nicht wahrzunehmen. Kann sein, er hat Glück, gerade weil er so unbefangen ist. Was soll ich dem Fräulein denn ausrichten?«

Vlasta hatte sich alles zurechtgelegt, aber nun kam ihm sein Plan wieder ins Wanken. Die Skepsis des Alten steckte an, und überdies hatte er recht, wenn er darauf verwies, wie viele Unbekannte in dieser Rechnung steckten.

»Adleta muß erfahren, was ihr Bruder mit dem Eggenberg im Sinn hat, weil nur sie ihn von seinem Vorhaben abbringen kann. Ich zähle darauf, daß der Junker von freudiger Überraschung derart bezwungen wird, daß er auf alles eingeht.«

»Du zählst darauf, gut und schön. Man kann vorwärts zählen, Vlasta, und auch zurück. Ich zähle jetzt einmal rückwärts. Was wird sein, wenn das Fräulein den Grafen verständigt?«

»Adleta den Eggenberg? Das ist ausgeschlossen. Sie wird ihren eigenen Bruder nicht ans Messer liefern.«

Schweigen. Der alte Löwy nahm den Krug, trank einen Schluck, lehnte sich mit verschränkten Armen zurück.

»Der Eggenberg hat dir den Reisebrief ausgestellt, damit du bei dem Fräulein in Krumau bleibst. Wirst du dort bleiben?«

»Nein, Gideon.« Das kam sehr bestimmt. »Wenn Adleta sich wohlfühlt beim Mörder ihrer Eltern, muß ich es ihr darin gleichtun? Dem Kajetan Auge in Auge gegenüberstehen — das könnte ich nicht. Ich will nur verhüten, daß sich der Junker ins Unglück stürzt. Sieht er ein, daß seine Rache alles nur schlimmer machen würde und kommt er also zur Vernunft, so werden wir beide heimkehren, mit oder ohne Adleta, das liegt bei ihr.«

»Und danach? Wenn ihr daheim seid, meine ich?«

»Dann werden wir miteinander Bilina wieder aufbauen«, entgegnete der Knappe strahlend und zeigte seine kräftigen Hände vor.

Zwischen Bart und Hutkrempe lag das Gesicht des Gideon Löwy im Schatten und verriet nichts von der Sorge, die ihm das hoffnungsvolle Geschöpf da auf die Seele lud.

Er fühlte sich für Vlasta verantwortlich, Gott mochte wissen, warum. Manchmal verwünschte er diese Last und versuchte, sie beiseitezuschieben — umsonst. Dieser alte Jude gehörte zu den Menschen, die sich aufgerufen fühlen, etwas wiedergutzumachen, was sie selbst gar nicht verschuldet haben. Sein Gewissen war empfindsam; es mahnte ihn immer wieder an die Stunde, da es ihm nicht gelungen war, diesem armen Kind beizustehen. Und nun sah er neue Schwierigkeiten kommen.

»Weiß der Junker eigentlich schon, daß du —«

»Er hat keine Ahnung«, unterbrach Vlasta ihn rasch. »Auf die Dauer wird es sich nicht verbergen lassen, und dann muß sich's erweisen, wie sehr er mich braucht. Ich denke, daß er mich nicht nach Hause schickt, wie?«

Die Antwort bestand in einem kaum hörbaren Murmeln. Einem Verliebten ist nicht zu helfen — so ähnlich. Gideon ließ sich eine Schüssel geben, legte seinen Hut auf den Brunnenrand und krempelte die Ärmel seines weiten Mantels hoch — eines bei der Hitze denkbar ungünstigen Gewands. Während er Gesicht und Arme mit kühlem Quellwasser bespritzte, gab er zwischendurch mit gurgelnder und blubbernder Stimme ein paar letzte Nachrichten und Ratschläge weiter.

»Der kaiserliche General Puchheim ist mit seinen Truppen von Wien nach Prag unterwegs, weil sie früher oder später einen neuen Schwedeneinfall erwarten. Königsmarck soll unter den böhmischen Exulanten Geld gesammelt und Söldner angeworben haben. Der bayrische Kurfürst hat seinen Waffenstillstand mit den Schweden aufgekündigt und kämpft wieder auf habsburgischer Seite. Keine guten Aussichten für die Protestanten in Böhmen.«

»Der Junker setzt auf den Königsmarck.«
»Ist mir bekannt. Setz du dafür lieber auf Vorsicht und Wachsamkeit. Und sieh zu, daß ihr unterwegs nicht unversehens in die Puchheimschen Musketiere hineinreitet. Sonst müßtest du den Schutzbrief vom Eggenberg vorzeigen und deinem jungen Herrn Rede und Antwort stehen, wie du zu dem Dokument gekommen bist. Spätestens in diesem Augenblick dürfte deinem Witz die Luft ausgehen. Oder ist dir eine glaubhafte Ausrede eingefallen?«
Vlasta verneinte. »Die gibt es nicht. Es darf eben nicht geschehen. Es darf so vieles nicht geschehen, Gideon. Ich vertraue zu Gott, daß es nicht nötig sein wird.«
Das Pflänzchen von Swatoboritz war nicht auszurotten; weder Feuer noch Schwert noch nackte Gewalt hatten es zerstören können. Auch der alte Löwy staunte über so viel unversehrt gebliebenen Lebensmut. Er legte seine Hand auf Vlastas hellen Schopf und sprach zum Abschied einen hebräischen Segen. Der Knappe hielt andächtig still, ohne die geringsten Skrupel wegen der fremden Religion. In dem Krieg, der das Land seit fast dreißig Jahren verheerte, spielten die Juden nicht mit.
Nach Gideons Weggang fühlte sich Vlasta in verstärktem Maß von Furcht und Verlassenheit beengt. Er schlief nun bei Tag, weil zu erwarten stand, daß sein Herr in einer nächtlichen Stunde zurückkäme, und die durfte er nicht versäumen. Der alte Jiři benahm sich sonderbar. Sobald Vlasta in sein Gesichtsfeld trat, wich er zur Seite, verdrückte sich scheu, ließ sich nicht ansprechen. Wußte er etwas, was er noch nicht weiterzugeben wagte? Sein rätselhaftes Verhalten schuf neue Beunruhigung.

In der dritten Nacht, die Vlasta unter dem Gewölbe gleich neben dem Ausgang zum Burghof in hockender Stellung verbrachte, vernahm er einen sich nähernden wohlbekannten Hufschlag. Im Turm wurde ein Fenster geöffnet und wieder klirrend zugeschlagen, das Pferd kam zum Stehen, schnaubte, trampelte noch ein wenig auf der Stelle, der Reiter glitt unter Stöhnen aus dem Sattel. Schon war Vlasta bei ihm, griff hinter sich nach den Armen des Junkers und schlang sie sich um den Hals. Er ließ sich mitschleifen, und der Junge schleppte ihn vorwärts, Schritt für Schritt, während das Pferd gehorsam hinter ihnen hertrottete durch die vielen Gänge und Lauben des nächtlichen Labyrinths, in dem man selbst bei Tage leicht in die Irre ging — bis das eintönige Rauschen des Strahls aus dem Brunnen ihnen anzeigte, daß sie auf dem rechten Wege waren.

Eine letzte Glut im Kamin ließ sich entfachen, trockenes Reisig flammte hoch und verzehrte sich unter knackenden und knallenden Geräuschen, Funken sprühten auf und erstarben. Jan Vincenz lag auf seiner Pritsche mit ausgebreiteten Armen, bemühte sich, zu sprechen, etwas zu erklären, wollte den Kopf heben, aber Vlasta drängte ihn sanft zurück. »Nicht jetzt, Herr, das hat Zeit. Bleibt liegen und rührt Euch nicht, ich werde Eure Wunde behandeln.«

Seine Hantierungen waren von einer Ruhe und Zielstrebigkeit, die darauf hindeuten, daß einer genau weiß, was zu tun ist. Als erstes zündete er eine Laterne an und stellte sie auf einen Schemel neben das Bett, bevor er aus seinem Gepäck eine Leinentasche hervorkramte, auf der die Initialen des Gestütsmeisters und Medikus Osvald

Zitek eingestickt waren. Die stark blutende Wunde schien sich zwischen Brust und Oberarm zu befinden, irgendwo unterhalb des Schlüsselbeins. Vlasta trennte mit einer Schere das gebauschte Wams unter der Achsel auf, zerrte den Stoff auseinander, hob die Laterne und wußte bald Bescheid. Eine Fleischwunde, die vielleicht nicht einmal sehr tief war, den Verletzten aber durch den Blutverlust bereits stark geschwächt hatte. Die Blutung stillen, darauf kam es an. Alles andere mußte die Natur des Junkers selber besorgen.

Wasser kochte sprudelnd in einem Kessel über dem Feuer, auf dem Tisch lagen Verbände, schmale und breitere Rollen, dazu Beutel mit verschiedenen Kräutern und zwei verschraubbare Gefäße, mit denen der Junge besonders sorgfältig umging. Eines der Flakons enthielt Weingeist. Vlasta träufelte ein wenig davon auf ein leinenes Tuch, legte die Wunde vollends frei und wusch sie behutsam aus. An dem zweiten Gefäß, in dem sich eine scharfe Essenz befand, ließ er den Kranken riechen und befahl ihm, sie tief einzuatmen.

»Ich muß Euch jetzt weh tun, Herr, aber es dauert nicht lange.«

In Vlastas Gepäck steckten zwei Arten von Buchenschwamm, die er wohl zu unterscheiden wußte. Der eine war Zunder, mit Salpeter präpariert und zum Feueranmachen unentbehrlich. Den brauchte er jetzt nicht. Er brauchte den unpräparierten, gereinigten Wundschwamm, von dem der Vater in seiner Tasche stets einige Stücke bei sich getragen hatte, zu Nutz und Frommen aller, die schnelle Hilfe brauchten. Ein solches Stück preßte Vlasta gegen die immer noch blutende Wunde des Junkers und befestigte es mit einem kunstgerechten Verband. Jan Vincenz gab einen kleinen Schmerzenslaut von sich.

Die Nacht wurde schlimm, und der Knappe, der damit gerechnet hatte, blieb auf dem Posten. Er verhinderte, daß der Kranke sich im Delirium herumwälzte, indem er ihn mit einem Gurt auf seiner Pritsche festband; er kochte einen Tee aus Ehrenpreis und Kunigundenkraut, stellte ihn kühl und gab dem Junker davon zu trinken, als dieser nach Wasser verlangte. Lediglich die Lippen und das glühende Gesicht netzte er ihm mehrmals mit kaltem Wasser, und als das Fieber anzusteigen schien, machte er ihm Wadenumschläge mit Tüchern, die er zuvor in das Brunnenbecken tauchte.

Es war einer der ersten Tage des Juni, der hinter den Hügeln heraufstieg und sie in Flammen setzte. Er spiegelte sich in den Tautropfen und ermunterte die Vögel zu einem vielstimmigen Konzert, das mit einem Schlag begann und nicht mehr enden wollte, sogar ein früh erwachter Kuckuck schrie dazwischen und schrie sich heiser.

Jan Vincenz von Budovetz schlief mit ruhigen Atemzügen seiner Genesung entgegen. Derjenige, dem er sie verdankte, saß in einen Umhang gewickelt auf dem Schemel neben dem Bett, die Beine von sich gestreckt, den Kopf gegen die Steine zurückgelehnt, und sah den Morgen sich aufblättern mit seinem opernhaften Gepränge, umrahmt und durchbrochen vom Filigran spätgotischer Säulen in diesem äußersten Mauerring einer alten Randhausburg. Was er dabei empfand, war eine Dankbarkeit aus Erschöpfung, die wunschlose Leere, wenn alles getan ist, was zu tun war, und die traurig stimmende Gewißheit,

daß es so schön, so erhaben-friedlich wie an diesem Morgen nun für lange Zeit nicht mehr werden könne.
Die Wunde schloß sich bald, der Junker kam wieder auf die Beine. Er bagatellisierte seine Verletzung und berief sich auf seine robuste Verfassung; ein wenig, meinte er wohlwollend, habe mit dem geschickten Verband auch sein Knappe zur Heilung beigetragen, sein kleiner Admonitor. Kein Wort fiel darüber, wie es zu der Verwundung gekommen sei, eine dahin zielende Frage des Jungen, schüchtern vorgebracht, wurde glatt überhört. Es hatte den Anschein, als sei Jan Vincenz — aus welchen Gründen auch immer — neuerdings gewillt, sich seinen Bediensteten ein bißchen vom Leibe zu halten.
Er sprach unentwegt in schwärmerischem Ton von seinem Vetter, den er nach einigen Schwierigkeiten befreien und auf den Weg nach Prag habe setzen können. Ein kühner, weitblickender Mensch sei er, von dem man noch hören werde; einer, der sich Böhmens Befreiung vom Antichrist auf das Panier geschrieben habe; ein Offizier, wie ihn sich der Königsmarck nur wünschen könne, zum Einsatz seines Lebens jederzeit entschlossen, eine große und edle Seele.
Der kleine Vlasta hörte sich die Laudatio mit zusammengekniffenen Augen an und dachte bei sich, daß der Stadtkommandant von Brünn, dem der Vetter das Ehrenwort gebrochen hatte, über die edle Seele des Vitěslav Smiřicky wohl eine andere Meinung habe.
Es wurde Zeit, das Quartier in der Žabka-Burg zu verlassen, Jiři drängte und lag ihnen mit seinen Beschwörungen in den Ohren. Der Alte mahnte aus gutem Grund. Kurfürstlich-bayrische Truppen befänden sich auf dem

Marsch in Richtung Nikolsburg, so hatte er erfahren, und man müsse damit rechnen, daß sie die Kanitzer Burg zu ihrem Rastplatz wählten. Vlasta packte Mantelsäcke und Satteltaschen und entfernte aus Stall und Loggia alles, was bei den zu erwartenden Söldnern Verdacht erregt hätte. Die Stätte verlor ihren wohnlichen Charakter, sie sah kahl und leergefegt aus, als der junge Herr von Budovetz mit seinem Knappen am Abend des zwölften Juni unter dem Froschwappen des Burgtores davonritt. Der alte Jiři sah erleichtert hinter ihnen her und wog die Gulden in seiner Hand, mit denen Jan Vincenz ihn zu entschädigen gewußt: alles in allem, zieht man die Sorge der letzten Tage ab, hatte sich für den Mesner das Wagnis gelohnt. Mochten die Bayern also kommen.

5

In dem leerstehenden, demolierten Rabbinat von Trebitsch, auf dem linken Ufer des Igelflusses, rennt der Junker von Budovetz und Bilina wie ein gefangener Tiger auf und ab und versteht die Welt nicht mehr. Etwas Unerhörtes ist geschehen. Die Reiter des Generals Puchheim haben ihm seinen Knappen entführt.

Dabei hatte sich alles so gut angelassen, zunächst. Von Kanitz waren sie igelaufwärts bis Eibenschütz geritten, einen weiten östlichen Bogen um Mährisch-Kromau schlagend, wo Fürst Gundacker derzeit Hof hielt und wieder einmal seine Werber über die Dörfer schickte. Sie trommelten und köderten mit großem Erfolg, scharenweise strömten ihnen die Bauernburschen zu und ließen sich einschreiben und ausstatten, um für eine Sache zu kämpfen, die ihre Sache nicht war. Bei ihnen daheim vermoderten in mehr oder weniger sicheren Verstecken die ketzerischen Schriften von Wiclif und Hus, Luther und Calvin, Blahoslav und Comenius, einst in Ehren gehalten und angstvoll gehütet, nun aber schnöde verlassen, weil der Kaiser einen guten Sold versprach. Die Höfe verfielen, die Arbeit trug nichts mehr ein, seit die Roboten den größten Teil an Zeit und Kraft verschlangen, und wer mag schon in ein Faß ohne Boden gießen? Dann besser Kriegsdienst, gleich auf welcher Seite, und koste es auch das Leben, es war ja in der Fron ohnehin keinen Pfifferling wert. Kam aber einer durch, da Lanzen oder Kugeln ihr Ziel bekanntlich öfters verfehlen, so gab es neben festem Lohn auch Beute und für besonders Tüchtige die Aussicht auf eine wie immer geartete Karriere. Wer den Schalmeientönen der Werber lauschte, mußte den Eindruck gewinnen, daß vom Feind losgelassene Spieße, Lanzen und Kugeln mit schöner Regelmäßigkeit ins Leere gingen.

Von einer Waldlichtung aus, auf einem Hügel bei Oslavany stehend und durch spärlich belaubte Eschen kaum gedeckt, hatten Jan Vincenz und sein Knappe Gelegenheit, eine solche Anwerbung zu beobachten. Sie fand auf einem freien Platz statt, der in friedlichen Zeiten vermutlich als Festwiese diente. Hinter einem Tisch saß ein feister Korporal in Stulpenstiefeln und üppigem Federhut und überwachte die Einschreibungen, indes in der Mitte

ein geckenhaft bunt gekleideter Wachtmeister mit schriller Stimme die Freuden des Soldatenlebens beschrieb. Troßbuben liefen eilfertig mit Krügen, Humpen und Bechern durch die Menge und teilten großzügig Wein aus an alle, die aussahen, als könnten sie es sich noch einmal anders überlegen. Die meisten allerdings rückten wie Lämmer in Richtung des Tisches vor, teilnahmslos und dumpf, als hätten sie gar keine Wahl. Ihre Kleidung war miserabel, die Gesichter schartig und ausgezehrt. Im Hintergrund warb eine Abteilung von Pikenieren unter Stirnhauben, eisernen Schulterkragen und glänzend-neuen Hüftrüstungen auf ihre Weise für das ansehnliche und angesehene Waffenhandwerk.
Der Junker auf dem Hügel war kaum zu halten; sein Zorn übertrug sich auf den Fuchs, der aufgeregt zu tänzeln begann und einmal sogar stieg.
»Sieh dir das an! Sieh genau hin, Junge, und vergiß es nicht! So werden unsere Leute übertölpelt und für die römischen Pfaffen in die Schlacht geschickt, um auf dem heiligen Boden Böhmens ihr Blut für Fremde zu vergießen. Aber sie werden dieses Land nicht lange mehr verunstalten mit Knechtschaft und Abgötterei. Noch sind wir nicht geschlagen, ihr Herren Gundacker und Dietrichstein und Harrach und Eggenberg. Der Königsmarck wird euch wie die Hasen treiben und euch zeigen, wohin ihr in Wahrheit gehört.«
Vlasta hatte vielsagend geschwiegen auf die besondere Art, die Jan Vincenz schon kannte und die ihn nicht zum ersten Mal verärgerte, dieses: rede du nur, ich habe zu alldem auch meine Gedanken. Mit fünfzehn Jahren, meinte der nur um weniges ältere Junker, stürze man sich mit

solchen Gedanken in geistige Unkosten, die man aus eigener Tasche noch gar nicht bestreiten könne. Als sein Admonitor ihn aber darauf hinwies, daß hier am hellichten Tage zu stehen ein bodenloser Leichtsinn sei, mußte er ihm recht geben und folgte ihm nach einigem Zögern in den Schatten des Waldes bis hinauf zu einer verfallenen Köhlerhütte, in der sie sich niederließen.

Auch in Kralitz, wohin sie in der nächsten Nacht ihre Pferde lenkten, war alles überaus leicht vonstatten gegangen, das bestellte Quartier rasch aufzufinden, Wasser und Hafersäcke zur Hand, nichts fehlte. Am liebsten hätte Jan Vincenz hier die alte Unitäts-Druckerei besichtigt, in der einst die erste Bibel in tschechischer Sprache gedruckt worden war, doch hielt der Knappe ihm in strengem Tone vor, daß sie sich nicht auf einer Bildungsreise befänden.

Auf dem nächtlichen Weg nach Trebitsch, eine halbe Meile hinter Naměst am nördlichen Igelufer, mußte der Junker absteigen, weil sein Pferd mit dem linken Vorderbein unsicher geworden und einige Male fehlgetreten war. Die Sorge, es könne den Beschlag verloren haben, fand sich bestätigt, und ohne Eisen durfte man das Tier nicht lange auftreten lassen, wollte man bei seinen schwachen Hufgelenken nicht ein Lahmen riskieren. Jan Vincenz winkelte den Unterarm des Pferdes ab, Vlasta entzündete eine Kerze, und beide betrachteten sie den Huf.

»Mein Fuchs ist nicht zimperlich, ich hab ihn selbst zugeritten vor vier Jahren, aber schon damals hatte er empfindliche Gelenke. Er braucht einen speziellen Beschlag. Wo, zum Teufel, bekomme ich in dieser gottverlassenen Gegend einen Hufschmied her?«

»Wenn Ihr den Teufel anruft, sicherlich nirgends. Ich reite Euch voraus und Ihr folgt mir zu Fuß, immer den Uferweg entlang, damit wir uns nachher nicht verfehlen. Sobald ich an die ersten Häuser komme, werde ich mich nach einem Schmied umtun und Euch dann entgegenreiten. Wieviel wollt Ihr es Euch kosten lassen?«

»Fünf ungarische Gulden.«

Vlasta lachte. »Dafür macht es Euch sogar der Teufel.«

Ein paar strohgedeckte Katen bezeichneten im schwachen Mondlicht den Anfang eines Dorfes, eines größeren Dorfes, wie man annehmen durfte, denn hier führte eine Brücke über den Fluß. Vlasta wechselte ein paar Worte mit einem übermüdeten Nachtwächter, der kaum seine Lampe zu halten vermochte, ihm aber nach einigem Hin und Her und dem Vorzeigen eines Geldstückes den Weg zur nächsten Schmiede wies. Dem Hufschmied, der aus dem Bett geholt werden mußte, kam die Aufgabe ungelegen und nicht ganz geheuer vor — was war das für ein junger Herr, in wessen Namen reiste er zu nachtschlafender Zeit in der Gegend herum? Doch Müdigkeit und Mißtrauen schwanden dahin, als der Knappe die Summe nannte, die sein Herr für eine saubere Arbeit zahlen wollte. Die Höhe der Summe hätte das Mißtrauen gewiß verstärkt, wären die Leute hier nicht so arm gewesen. Sogar im Laternenschein erkannte man, wie grau, abgenutzt und verfallen die meisten Gebäude waren. Der Schmied ging in seine Werkstatt und Vlasta ritt zurück, um den Junker zu verständigen.

So weit, so gut, und der Hufschmied war ein Meister in seinem Fach. Er erkannte auf den ersten Blick die leichte Abartigkeit in den Gelenken des Fuchses und paßte ihm die erforderlichen Beschläge an, gleich zwei, da auch das Eisen des rechten Vorderhufs sich gelockert hatte. Das dauerte seine Zeit. Hinter einem trüben, spinnwebverhangenen Fenster verwandelte sich die Schwärze der Nacht in einen bleichen Morgenschein, und auf dem Hof krähte der Hahn. Vlasta trat von einem Fuß auf den anderen, Jan Vincenz begann mit den Fingern auf seiner Tasche zu trommeln, nur der Schmied führte in aller Ruhe und mit der Unempfindlichkeit der Spezialisten für andere Sorgen sein Werk zu Ende, und meisterhaft. Als die Glocken zur Frühmesse läuteten, waren die Hufe des Fuchses für eine Reise von tausend Meilen gerüstet und die beiden Besucher am Ende ihrer Nervenkraft.

Davon schien er nun doch etwas zu merken, der wortkarge Mann mit dem Lendenschurz. Er rieb sich die Augen, band das Leder ab und gebot seinen Kunden, ihm zu folgen. Nicht über den Hof, sondern durch ein paar schmutzige Ställe, die zuletzt in einen verwahrlosten Obstgarten mündeten. Es ging an einer hohen Hecke entlang, die seit undenklichen Zeiten nicht beschnitten war und nach allen Seiten auswucherte. Wo sie aufhörte, begann schon der Fluß. Noch sah man ihn nicht, doch hörte man ihn mit leisem und gleichmäßigem Geräusch gegen die Ufersteine planschen. Der Morgen war frisch und windig.

»Ihr habt mich für meine Arbeit reichlich entlohnt, Herr, und werdet dafür Eure Gründe haben. Hört nun auf meinen Rat. Euren Worten entnahm ich, daß Ihr über diese Brücke westwärts nach Teltsch reiten wollt. Wählt nicht diese Route, Euer Gnaden, es sei denn, daß Ihr mit dem Puchheimer einig seid, was ich nicht annehme. Aus sicherer Quelle weiß ich, daß der General sich im Anmarsch auf unsere Brücke befindet, um von hier nach Norden ins Böhmische vorzustoßen. Ihr solltet in diesen Tagen besser über Trebitsch reiten.«

»Das wäre ein Umweg.«

»Eine Verzögerung von nur zwei Stunden dürfte Euer Leben Euch wert sein«, gab der Schmied zu bedenken. »Auch ist das Ufer bis hinauf nach Trebitsch bewaldet und verbirgt Euch gut.«

»Wo sind wir hier eigentlich?«

»In Vadislav, zu dienen.«

»Ich danke Euch, Ihr seid ein braver Mann.«

Sie schwangen sich in ihre Sättel und trieben die Pferde an, Jan Vincenz an der Spitze, der Knappe in einigem Abstand. Als die Brücke in Sicht kam, zog Vlasta die Zügel stramm.

»Was ist?« fragte sein Herr ungehalten und drehte sich um.

»Wollt Ihr in die Puchheimischen hineinreiten?«

»Mitnichten. Aber ich mag mich auch nicht in Trebitsch herumtreiben, am Ende gar in Iglau, um von dort nach Teltsch zu kommen. Noch haben wir einen Vorsprung, den werden wir nutzen. Oder hörst du etwas von herannahenden Truppen?«

Vlastas Augen wurden wieder einmal sehr schmal, er preßte die Lippen zusammen. »Nun gut, Herr, wie Ihr wollt. Ich weiß, daß ich Euch nicht umstimmen kann. Drum rasch meinen Plan für den Notfall. Ich reite als Späher voraus und gebe Euch ein Zeichen, wenn ich etwas Verdächtiges sehe. Versprecht mir, daß Ihr dann sofort kehrtmacht und über die Brücke zurück nach Trebitsch reitet. Dort sucht Ihr den Judenfriedhof auf und nehmt Zuflucht im zerstörten Rabbinat. Will Euch jemand hindern, so beruft Euch auf den Löwy, der ist dort gut bekannt. Und wartet in Trebitsch auf mich, auch wenn es länger dauert. Mich wird der Puchheim nicht festhalten, das verspreche ich Euch.«

Der Junker begann, vom Ernst seines Knappen beeindruckt, die Gefährlichkeit seines Vorhabens zu überdenken.

Nicht lange. Denn schon im nächsten Augenblick zischte Vlasta ihm ein »Zurück!« ins Gesicht und veranlaßte ihn, den Fuchs zu wenden und auf dem Vadislaver Ufer in Richtung Trebitsch zu galoppieren, wo ihn der Wald aufnahm. Erst hinter dem schützenden Dickicht wurde er gewahr, daß sein Knappe ihm nicht folgte, wie er in der ersten Aufregung vermeint hatte. Er stieg ab und versuchte, indem er sich zwischen dornigen Sträuchern bis zur Böschung durchschlug, zu erkennen, was sich jenseits der Brücke abspielte.

Von Vlasta sah er keine Spur, es wäre aus dieser Entfernung auch schlecht möglich gewesen, einen einzelnen Menschen auszumachen. Er erkannte lediglich einige kaiserliche Kürassiere, die Puchheimische Vorhut wahrscheinlich, die sich anschickte, über die Brücke in den Ort hineinzureiten. Es blieb dem Junker nichts übrig, als sich in Richtung Trebitsch davonzumachen, und er tat es in Zorn und Sorge. Was fiel dem Jungen ein, auf einmal den Helden zu spielen? Das paßte nicht zu ihm. Es paßte aber vortrefflich zu ihm der gründliche, wohldurchdachte Plan, den er kurz vor dem Überfall seinem leichtsinnigen Herrn vortrug, und unter dem Eindruck dieser klugen Voraussicht ließ Jan Vincenz sich von seinem Instinkt beraten und folgte den Weisungen des Knappen. In Trebitsch wartete er die Dunkelheit ab und begab sich erst dann zum Synagogenvorsteher, um ihm, sich auf den Gideon beziehend, seine Ankunft zu melden. Er konnte im Hof des neuen Rabbinats einen Sack Hafer in Empfang nehmen und bekam das leere Gebäude am Rand des Friedhofs für die Nacht zugewiesen.

Hier war es nun, wo er unter schweren Selbstbeschuldigungen hin- und herlief, unfähig, sich auf seinem Lager auszustrecken, denn er hätte jetzt doch keinen Schlaf gefunden. Er hat mich decken wollen, der liebe Kerl, er hat die Vorhut in ein Geplänkel verwickelt, damit ich mich ungesehen hinter den Bäumen in Sicherheit bringen konnte. Und ich — ich hab sein Opfer angenommen, hab ihn den Feinden ausgeliefert und nicht einmal den Versuch gemacht, ihn herauszuhauen. Der Versuch wäre fehlgeschlagen, gewiß, die anderen waren in der Überzahl. Aber ich könnte wenigstens die Gefangenschaft mit ihm teilen und ihm beweisen, daß er sich auf mich verlassen kann. Was werden sie mit ihm machen? Sie dürfen ihm nichts antun, er ist ja unbewaffnet und noch fast ein Kind. Ach was, dürfen! Wer fragte denn danach in dieser aufgewühlten Zeit?

Der Fuchs nebenan wurde unruhig, scharrte mit den Hufen, wieherte leise. Jan Vincenz schärfte sein Gehör. Doch ja, das war ein Reiter, der näher und näher kam zu dieser ungewöhnlichen Stunde — noch bestand kein Grund zum Jubel, denn neben einer begrüßenswerten Möglichkeit gab es vor der Hand auch eine gefahrvolle, die er einkalkulieren mußte. Die Stille spannte seine Nerven.

Er pustete die Kerze aus, zog seinen Degen und stellte sich hinter die Tür.
Und dann war es doch Vlasta, der mit versagender Stimme um Einlaß bat und sich, sobald die Tür um ein geringes offenstand, in den Raum hineinzwängte, taumelte und mit erhobenen Armen auf dem Boden hinschlug. Sofort kniete der Junker neben ihm, hob ihn auf und trug ihn zum Strohlager in der Ecke, wo er im Schein einer Kerze seinen Körper abtastete. Verwundet schien er nicht zu sein, es war nur eine Ohnmacht, des ausgestandenen Schreckens wegen und aus Entkräftung vielleicht. Man mußte ihm die enge Kleidung lockern, den Bund des Beinkleids lösen. Draußen stand die Stute mit Vlastas Gepäck, mit der Tasche des Medikus Osvald Zitek, und die enthielt unter anderem auch Kampfer, wie Jan Vincenz sich entsann. Er führte das schweißbedeckte Tier zu seinem Fuchs in den Stall — es abzureiben, mußte er auf später verschieben —, nahm die Tasche mit den Medikamenten und machte sich daran, seinen Knappen wieder zu Bewußtsein zu bringen. Viel verstand er nicht davon; aber die Fürstin Rákóczi hatte ihm einmal, als er vom Pferd gestürzt und ohnmächtig liegengeblieben war, die Brust mit Kampfer eingerieben.
Den Überrock mit dem breiten Kragen hatte er dem Jungen bereits ausgezogen und beiseitegelegt, nun begann er, ihm das Leinenhemd aufzuknüpfen. Noch bemerkte er nichts Absonderliches, dazu war es zu dunkel. Erst als er seine mit Kampfer benetzte Hand unter Vlastas Hemd schob, hielt er erschrocken inne und wollte seinen Sinnen nicht trauen. Sein Knappe war ein Mädchen.
Nach kurzem Zögern rieb er sie gleichwohl ein, wie es

die Lage erforderte, führte ein paarmal den offenen Flakon mit der belebenden Essenz unter ihre Nase, klatschte mit der flachen Hand gegen ihre Wangen. Als sie endlich die Augen aufschlug, legte er eine Decke über ihren Körper bis zum Kinn hinauf.

»Damit du dich nicht erkältest, Vlasta Zitkova.«

Die ungewohnte Anrede rief sie in die Wirklichkeit zurück, sie erkannte, daß sie entlarvt war. Einmal mußte er es entdecken, und sie fühlte sich beinahe erleichtert. Es war immer schwieriger geworden, ihr Geschlecht vor ihm zu verbergen und in kritischen Situationen Ausreden zu erfinden, ihn hinzuhalten, seine Unerfahrenheit auszunutzen. Er wird mir übelnehmen, daß ich ihn so lange täuschte, aber er kann mich nicht gut verstoßen, nachdem ich ihm heute das Leben gerettet habe, dachte sie.

»Ich werde Euch alles erklären, Herr«, sagte sie matt.

»Gar nichts wirst du«, versetzte er barsch. »Außer schlafen. Alles andere hat Zeit bis später.«

Er ließ sie allein, um im Stall nach dem Rechten zu sehen, und als er die Stute trockengerieben und abgefüttert hatte, setzte er sich vor die Haustür auf einen Stein und barg sein Gesicht in den Händen.

Das Merkwürdige war, daß er Vlasta überhaupt nicht grollte, obwohl er es sich zunächst so einredete. Weder fühlte er sich gekränkt noch verspürte er etwas wie Zorn. Wenn er zornig wurde, pflegte er anders zu reagieren, soweit kannte er sich. Es erstaunte ihn über die Maßen, daß er hier so still und versonnen sitzen konnte nach der skandalösen Aufdeckung. Dafür mußte es einen Grund geben, und nach einigem Nachdenken glaubte er ihn gefunden zu haben. Daß Vlasta ein Mädchen war, brachte ihn wieder ins Gleichgewicht, tilgte eine innere Unruhe und einen unliebsamen Verdacht. Aus den Schriften der Alten hatte er in Saros Patak, wo Griechisch und Latein zu seinem Unterrichtspensum gehörten, einiges über die gleichgeschlechtliche Liebe erfahren, wie er auch wußte, daß die christliche Lehre aller Konfessionen sie streng verurteilte. Sie existierte dennoch, schien unausrottbar, war durch keine Strafandrohung aus der Welt zu schaffen. Er verurteilte sie nicht, aber es tat ihm doch wohl, zu wissen, daß seine eigenen Gefühle sich im Einklang mit der Schöpfungsordnung befanden.

Vlasta Zitkova, nicht Vlasta Zitek mehr, und ich bin ganz normal und hab von mir nichts zu befürchten. Von ihr schon eher, da muß ich auf der Hut sein. Sie ist hinter mir her, sie möchte mich in ihre Hand bekommen, ich darf ihr keine Gelegenheit geben, mir ein weiteres Mal das Leben zu retten. Der Lehrer in Saros Patak hatte nicht ohne Grund seine Scholaren eindringlich vor der Tücke der Weiber gewarnt.

Jan Vincenz preßte die Faust unter sein Kinn und ließ den Blick über den nächtlichen Friedhof schweifen, von milder Luft umfangen, das Gezirp unzähliger Grillen als stehendes Geräusch in den Ohren. Unter dem Sternenhimmel ein Trümmerfeld aus Gräbern, auf engstem Raum gestapelt die hebräisch beschrifteten Gedenksteine, die sich aus Platzmangel nicht gerade halten konnten und übereinander herfielen – eine Folge des Eingepferchtseins, nicht einer mutwilligen Zerstörung. Es war auch dieser Friedhof ein Getto, dem die Pietät Jahr für Jahr das letzte Fleckchen zum Gedenken der Toten abrang. Das ausgebrannte Rabbinat aber hatte Gewalt erlitten, hier war gebrandschatzt, geraubt und womöglich sogar gemordet worden, von wem, und warum? Den Knappen mußte man fragen, der wußte solche Sachen. Der Junker hoffte sehr, daß in diesem Zusammenhang nicht wieder der Name Torstenson fiele.

Beim Frühstück fragte er Vlasta danach. Sie sah noch ein wenig blaß aus, wirkte aber ausgeruht und trug der verfänglichen Lage mit Gelassenheit Rechnung.

»Nein, Herr, die Schweden waren es nicht. Den Brand haben die christlichen Einwohner von Trebitsch auf dem Gewissen, die den Namen unseres Heilandes nicht zum erstenmal beschmutzten mit ihrem unsinnigen Haß und ihrer blinden Wut. Es war ein Pogrom. Ich weiß es vom Gideon, und es ist zwanzig Jahre her. Damals ging die Pest um im nördlichen und westlichen Mähren, und weil die Christen von Trebitsch Tote zu beklagen hatten, die Juden dagegen keine, gab man diesen die Schuld. Der Gideon hat auch gesagt, daß die meisten Menschen es nicht fertig bringen zu trauern. Sie hassen dann lieber, es ist leichter für sie.«

»Weshalb siehst du mich so bedeutsam dabei an?«

»Weil es um Euch ähnlich steht. Ihr verfolgt den Eggenberg, damit Ihr vor Eurer Trauer davonlaufen könnt.«

»Kein Wort mehr darüber, Vlasta, sonst schicke ich dich zurück nach Bilina. Was ich mit dem Kajetan auszumachen habe, ist Männersache. Ich frag mich überhaupt schon seit der vergangenen Nacht, wozu ich mich auf dieser Reise mit einem Mädchen belaste.«

»Nun, Junker, so lästig war ich Euch bisher nicht. Hätte ich Euch gestern nicht abgeschirmt, so bliebe der Eggenberg leicht ungeschoren bis an sein natürliches Ende.«

»Gut, daß du mich daran erinnerst. Du bist mir noch Rechenschaft schuldig über den Verlauf deiner gestrigen Eskapade bei den Puchheimischen, und darüber möchte ich alle Einzelheiten wissen. Was also hat sich abgespielt, wieso hat man dich wieder fortgelassen samt Pferd und Gepäck, oder bist du geflohen?«

»Ich bin nicht geflohen.«

»Das ist nicht die ganze Antwort.«

Vlasta trotzte. Sie warf die silberne Mähne zurück, zog die Nase kraus, machte wieder einmal die Lippen schmal. Aus den Augenwinkeln und schräg von unten her sah sie ihren Herrn und Gebieter an, um abzuschätzen, wieviel er vertrüge. Sie spielte mit hohem Einsatz. Denn er konnte sie in der Tat jederzeit von sich weisen und nach Hause schicken. Aber die Tochter des Osvald Zitek hatte ihre eigene Ehre und ein solides Selbstbewußtsein, das aus früher Leiderfahrung stammte.

»Als ich Euch«, begann sie stockend, »in Kanitz nach der Herkunft Eurer Verwundung fragte, da habt Ihr mich ohne Antwort gelassen, obwohl ich mich eine ganze Nacht mit Eurer Wunde plagte. Ich will mir darauf nichts zugute tun, denn es ist meine Pflicht, Euch zu dienen. Es ist aber nicht meine Pflicht, Euch alles zu offenbaren, was mich selbst und meine Erlebnisse betrifft. Wenn ich nicht wissen darf, auf welche Weise Ihr Euren Vetter Smiřicky befreien konntet, so braucht Ihr nicht zu wissen, wie ich den Kaiserlichen entkam. Unser Spiel steht al pari, gnädiger Herr.«

»Daß dich der –« er brach ab, lachte plötzlich laut, beugte sich zu ihr hinunter und griff nach ihrem Kopf. Für einen Augenblick lehnte er seine Wange gegen ihr seidiges

Haar, ließ sie jedoch rasch wieder los und straffte sich, als habe er dies eigentlich nicht beabsichtigt. Sie blieb ruhig und gefaßt auf ihrem Platz, zeigte weder Abwehr noch Überraschung. Kokett war sie nicht, man konnte sich das bei ihr auch nicht vorstellen.

»Höre, Kind. Was ich dich jetzt frage, brauchst du mir nicht zu beantworten, wenn du nicht willst.« Seine Stimme klang leise und weich. »Es ist nicht Neugier — ich frage aus Sorge. Haben die Puchheimischen gemerkt, daß du ein Mädchen bist?«

»Nein, Herr.«

Jan Vincenz atmete auf. »Der Gedanke, daß dir jemand Gewalt antun könnte, wäre mir unerträglich, Vlasta, das mußt du wissen.«

Sie schwieg und sah mit ihren hellen Augen in eine unbekannte Ferne, und in ihrem Gesicht stand eine rätselhafte, unauslotbare Traurigkeit.

6

Sie ritten nun auch bei Tage. In Trebitsch querten sie die Brücke über die Jihlava, wie der Igelfluß auf Böhmisch heißt, und der war hier so schmal, daß sie die Brücke gar nicht gebraucht hätten, dazu fast ausgetrocknet, ein Strang aus Rinnsalen, die um kleine Inseln herum nach Südosten sickerten.

Der Synagogenvorsteher, von dem sie sich im neuen Rabbinat mit Dank und Entlohnung verabschiedet hatten, war über die letzten Truppenbewegungen in Mähren unterrichtet gewesen. Danach hatten sich die Kaiserlichen nördlich von Brünn mit den Bayern vereinigt, um gemeinsam mit ihnen nach Böhmen zu marschieren. Keine Gefahr in dieser Gegend. Überhaupt schien der Junker sich in dem Gebiet, dem sie zustrebten, leidlich sicher zu fühlen.

Die Strecke von Trebitsch nach Teltsch betrug vier Meilen, eine knappe Tagesreise. Sonnenüberflutete Hügel, meist von Kapellen gekrönt, wechselten mit gelichtetem Mischwald ab; vor der Folie noch winterlich blickender Tannen sproß frisches Laub an Buchen und Ahorn und setzte hellgrüne Tupfer ins Bild, das ab und zu durch darüberhinziehende Wolken verschattet wurde. Mehr als einmal schlug hinter einem Hügel unvermutet ein Teich sein blitzendes Auge auf. Die Landschaft war reich an Seen, und diese wiederum reich an Fischen. Vorzeiten ein einziger, unübersehbarer Sumpf, dann urbar gemacht unter erheblichen Mühen und längst ein Paradies an Fruchtbarkeit, von sauberen Dörfern durchzogen. Viele Höfe, auch die einsam stehenden, bezeugten einen gediegenen Wohlstand, konnten sogar mit Blumenschmuck aufwarten, mitten im Krieg.

Sie ritten langsam, hielten öfter an, schauten sich um. Vlastas Augen funkelten vor Freude und Anerkennung.

»Der hier die Herrschaft innehat, hält seine Leibeigenen gut, am langen Zügel, wie mir scheint. Und fährt auch selbst dabei nicht schlecht und kommt zu dem Seinigen, was meint Ihr?«

Der Junker lachte, halb verlegen, halb geschmeichelt.

»Du triffst wieder einmal den Nagel auf den Kopf. Er wird das übrigens gern hören, mein Oheim Slavata, vielleicht hast du noch heute Gelegenheit, es ihm selbst zu sagen. Dann wirst du aber Deutsch sprechen müssen, falls du das kannst.«

»Ich spreche ausgezeichnet Deutsch, zu dienen.« Dies in deutscher Sprache, zum erstenmal, und ohne böhmischen Akzent. Die kleine Zitkova liebte Überraschungen.

»Woher, Vlasta?«

»Von der Mutter. Schon sehr früh hab ich's mit ihr gesprochen. Sie war eine gebürtige Welstein aus Fulnek, und ihre jüngeren Geschwister sind noch beim Bruder Comenius in die deutsche Schule gegangen. Wieso aber spricht ein Slavata nicht Tschechisch, Herr? Das geht doch nicht mit rechten Dingen zu.«

Die Antwort darauf schien Jan Vincenz nicht leicht zu fallen. »Rechte oder unrechte Dinge — stellen wir es dahin. Mein Oheim ist tschechischer Abkunft wie wir, aber er hat sich seit Jahrzehnten für Habsburg entschieden, redet und schreibt nur noch Deutsch und umgibt sich ausschließlich mit Leuten, die es ebenso halten.«

Vlasta war entsetzt. »Ein Kaiserlicher, ein Papist — und den wollt Ihr besuchen? Ihr müßt von Sinnen sein.«

»Nein, Kind, ich weiß genau, was ich tue. Der alte Wilhelm Slavata ist der einzige in der Verwandtschaft, dem ich seine Parteinahme für den Wiener Hof nicht verarge. Die evangelischen Stände in Böhmen haben ihm übel mitgespielt, er kann es nicht vergessen. Schon als kleiner Junge hab ich Briefe mit ihm gewechselt und ihn um Wissenswertes gebeten über die böhmischen Bewandtnisse, er ist ja ein gelehrter und belesener Mann, und er hat mich lieb, trotz allem. Es ficht ihn nicht an, daß ich auf der anderen Seite stehe. Meinen Besuch hab ich ihm gemeldet, wir sind in Teltsch willkommen.«

»Wilhelm Slavata«, murmelte Vlasta und zog die Stirn in Falten, »ein Wilhelm war doch –«

»Es ist der vom Fenstersturz«, bestätigte der Junker.

Das Mädchen war in der Geschichte Böhmens gründlich genug bewandert, um die Bedeutung des Prager Fenstersturzes zu kennen. Es hätte nicht geschehen dürfen – war die allgemeine Ansicht in der mährischen Brüdergemeinde. Was ist denn schon geschehen? spotteten die Brüder in Böhmen, die sich immer noch dazu bekannten. Man war nicht ganz einig in der Beurteilung dieses Verbrechens, der Riß ging mitten durch die Unität. Zwar hatten die drei Hinausgeworfenen den Sturz überlebt, aber das war ja nicht vorherzusehen und eher ein Wunder zu nennen. Daß es einen noch lebenden Zeugen dieses folgenschweren Ereignisses gab, hatte Vlasta nicht gewußt, und es erfüllte sie mit Bangen.

»Ich werde kein Wort herausbringen, wenn er mich anspricht«, bekannte sie. »Und was soll ich ihm nur sagen?«

»Was sich ergibt. Du bist ja sonst nicht auf den Mund gefallen. Ich stelle dich als meinen Knappen vor, und damit hat sich's. Es bleibt natürlich geheim, daß du ein Mädchen bist.«

»Natürlich.«

Jan Vincenz wies mit ausgestrecktem Arm über die akkuraten Rechtecke der wohlbestellten Felder, auf die halbhohen Gemüsepflanzen und die in hellem Frühlingsgrün schimmernde Wintersaat.

»Laß dich von diesem Anblick bestimmen, wenn du den Schloßherrn von Teltsch fürchten solltest. Es ist alles redlich erworben, durch Heirat, nicht durch Konfiskation. Er hat es keinem anderen weggenommen. Und roboten läßt er zehnmal im Jahr, wie es in früheren gesetzestreuen Zeiten der Brauch war, nicht mehr und nicht weniger.«

Vlasta nickte zufrieden. »Darum kommen die Bauern auch zu Wohlstand in seinem Gebiet. Er scheint von der Landwirtschaft ein gut Teil zu verstehen, Euer Oheim Slavata.«

»Nicht ein Tüpfelchen versteht er davon. Er hat in Prag und Padua studiert, ein rechter Bücherwurm. Den Wohlstand verdankt er den Silbergruben von Pola, die ihm und dem Land Beträchtliches einbringen, und die Verwaltung seiner Güter überläßt er den Jesuiten. Die verstehen von allem ein gerüttelt Maß, das dürfte sich herumgesprochen haben.«

Die Auskunft war nicht dazu angetan, die Bedenken des Knappen zu zerstreuen. Ein papistischer Herr, einer vom Fenstersturz sogar, der dem Glauben seiner Kindheit und der tschechischen Muttersprache untreu geworden war, der seine Herrschaft mit Jesuiten besetzte und ihnen Stiftungen machte — was erwartete sich der Junker von einem solchen Mann, mochte er hundertmal mit ihm verwandt sein?

Dort lag die kleine Stadt im Glanz der Nachmittagssonne, Teltsch oder Telč. Ein ausgedehntes Wiesenplateau zog sich als Vorfeld bis an die Mauern, von einem so gleichmäßigen Grün, daß es auf den ersten Blick wie der Spiegel eines Teiches wirkte. Nun, Teiche gab es auch. Das im Nordwesten gelegene Schloß, auf einer geringen Erhebung gebaut, reichte bis in die Stadt hinein und überragte sie dennoch weithin sichtbar mit seinen steilen Gebäuden im italienischen Stil. Der Junker, der vorher nie hier war, wußte sehr gut Bescheid, aus Büchern, Kupferstichen, mündlichen Überlieferungen.

»Die Kirche dort, die so nahe bei der Burg steht, daß sie wie ein Teil von ihr erscheint, ist die Jakobskirche. Hat einen spitzen Turm gehabt vor Jahr und Tag, bis die Jesuiten kamen und ihr den Mohnkopf aufsetzten, oder den Zwiebelturm, wie die Deutschen sagen. Mit der welschen Manier demonstrieren sie neuerdings die Macht der römischen Kurie und ihren Sieg über die Reformation. Die Formen des Schlosses sind älter, sie haben damit nichts zu tun. Der Zacharias Neuhaus, der einmal Landeshauptmann von Mähren war, hat sich vor fast hundert Jahren von einer Bildungsreise einen Baumeister mitgebracht, den Maio da Vomio. Und der hat den ganzen Zierrat verbrochen.«

»Ihr schätzt diese Mode nicht?«

»Ich schätze es nicht, wenn man aus den Bergleuten von Pola das Letzte herauspreßt, um sich vergoldete Wandschnitzerei, üppige Kassettendecken und sogar einen Thron aus massivem Silber zu leisten. Das hat er dem König Rudolf in Prag abgegafft — nur war der immerhin Kaiser des Reichs, dazu ein Sammler von Geschmack, der durfte es sich zugestehen. Wozu braucht ein mährischer Landverweser einen Thron?«

Vor einem Rundbogentor hielten sie an und entrichteten ihre Maut. Der Junker nannte seinen Namen, er wurde vom Slavata erwartet.

Vlasta erinnerte sich nicht, jemals einen so zauberischen

Markt gesehen zu haben. Die Lauben, ja, die gab es auch daheim in Mährisch-Weißkirchen, mit Verkaufstischen und Handwerksständen, wo den Sommer über Meister und Gesellen offen ihre Arbeit verrichteten, Schuhmacher, Goldschmied, Gewandschneider. Einige packten bereits ihre Sachen zusammen, ein Bäcker gab sein letztes Brot heraus, kassierte, schloß die Läden, schon begann die Vesperglocke den Feierabend einzuläuten. Das kannte sie. Aber die Giebel der schmalbrüstigen Häuser über den Arkaden: schneckenförmig, dreieckig, geschweift, abgetreppt, als Zinnen oder mit Statuen geschmückt — wo sonst traf man auf eine solche Vielfalt an Formen und Farben? War dies die welsche Art, die der Junker verachtete, so konnte sie ihm darin nicht beistimmen. Ihr ging das Herz auf vor Entzücken; am liebsten wäre sie mitten auf dem Platz bei dem Brunnen stehengeblieben, um zu sehen, ob es auch standhielt, ob dies nicht nur die bunte Spiegelung auf einer Seifenblase war, die gleich zerplatzte. Aber der Junker drängte.

Vor dem Burgtor die gleiche Zeremonie wie vorhin. Der junge Herr von Budovetz meldete sich, wurde eingelassen, ein Wachhabender salutierte. Schon kamen zwei Stalljungen gerannt, lösten das Gepäck — die unscheinbare Ledertasche unter dem Sattel, die seine gesamte Reisebarschaft enthielt, hatte sich der Junker vorher umgehängt — und schafften die Pferde fort. Höfe, Tore und neue Trakte; von weitem hatte man der Anlage ihre vielseitige Gestalt nicht angesehen. War das äußere Tor mit seinem Spitzbogen noch altertümlich und schlicht gehalten, so offenbarte die innere Pforte den ganzen Formenreichtum oberitalienischer Herkunft, immer prunkvoller und gewichtiger stellten die Gebäude sich dar, auch die abschließende Sankt Georgskapelle mit ihren aufwendigen Glasmalereien. Und auf der Schwelle dieses Gotteshauses wurden sie vom Grafen Wilhelm empfangen, der gerade seine Andacht verrichtet hatte.

Er umarmte den Neffen, den er das erstemal in seinem Leben sah, wechselte ein paar herzliche Worte mit ihm, Familienähnlichkeiten betreffend, fragte nach dem Verlauf der Reise. Er sei also nicht aufgehalten worden, habe seine Identität nicht lüften müssen? Um so besser. Im östlichen Mähren führe der Dietrichstein zur Zeit ein strenges Regiment, ketzerischer Umtriebe halber, auch auf bloßen Verdacht hin würde einer festgenommen, das müsse so sein. Er, Wilhelm Slavata, heiße dies gut.

Ein alter Mann, über siebzig, doch ohne die Bresthaftigkeit eines Greises, vielmehr aufrecht und hager. Dichtes Haupthaar in eisgrauer Farbe, das gerötete Gesicht von Energie gestrafft wie bei allen, die zurückblickend vorausplanen, die ihr Ziel aus der Vergangenheit in die Zukunft herüberziehen. Ein Erfahrungsmensch, ein Realist, kein Träumer. Und mit all diesen Eigenschaften wäre er genau der Mann gewesen, in der kleinen Vlasta Vertrauen und Sympathie zu erwecken, denn auch ihr Vater hatte diesem Typus angehört. Der Slavata Vilem oder Wilhelm Slawata, wie er sich lieber schrieb, machte ihr jedoch Angst. Es lag nicht an ihm, er konnte nichts dafür. Es lag an diesem verhexten Unternehmen, das von Anfang an unter den Zeichen von Täuschung und Betrug gelaufen war und weiterlief und ihnen nicht erlaubte, einem Realisten unter die Augen zu kommen. Diese Augen sahen jetzt am Junker vorbei auf den Knappen.

»Und wer bist du?«
Vlasta zuckte zusammen. Sie versuchte, sich mit Anmut zu verbeugen, räusperte sich, ihr Mund war so trocken, daß sie befürchtete, kein Wort herausbringen zu können.
»Ich bin das Kind des Gestütsmeisters Zitek, zu dienen, Euer Gräfliche Gnaden.«
Um den Mund des alten Slavata zuckte es. Die Antwort belustigte ihn, wahrscheinlich, weil sie Kind gesagt hatte und nicht Sohn und weil ihm dies kindlich vorkam. Sie hätte sich unter dem scharfen Blick zu keiner Lüge aufraffen können. Der wird uns gefährlich, junger Herr, warum seht Ihr das nicht? Der Junker aber plauderte, war aufgeräumt und guter Dinge und schien nichts zu merken.
Zum erstenmal seit Antritt ihres Abenteuers ging es nach der Sitte zu, traten die Standesunterschiede in Kraft. Der Knappe richtete in den ihnen zugewiesenen Schlafkammern das Nachtlager her und sorgte dafür, daß für die persönlichen Bedürfnisse seines Herrn alles bereitlag. Er deckte das Bett auf, holte Nachtkleidung aus dem Schrank, öffnete ein mit dem gestreiften Wappen der Slavatas bedrucktes Necessaire, ordnete die Utensilien auf der Spiegelkommode, schleppte Wasser in Krügen heran. Und begab sich zum Nachtmahl in die Gesindestube, selbstverständlich.
Jan Vincenz speiste allein mit dem Oheim, der seit Jahren verwitwet war, und nach beendeter Mahlzeit gingen sie in die Bibliothek, wo ihnen Wein serviert wurde. Es war Tokajer, aus dem Heimatland des jungen Gastes. Der begriff es gleich und erhob sein Glas, um sich mit

einem Trinkspruch auf den Schloßherrn für die Aufmerksamkeit zu bedanken.
Graf Wilhelm erwärmte sich. Er war empfänglich für Artigkeiten; man fand sie nicht mehr häufig bei den jungen Leuten heutzutage, die sich, durch Kriegsdienste verroht, mehr auf Händel und Raufereien verstanden und sich darauf noch etwas zugute taten. Aber dieser Neffe, so entsann er sich, war ja im Frieden aufgewachsen, in einem schmählichen, von heidnischen Muselmanen garantierten Frieden. Den Degen führte er sicherlich gut, trotz allem.
»Eure ungarischen Weine sind exzellent. Ich nehme an, daß auch Rákóczi sie zu schätzen weiß. Vielleicht ist er deshalb ein so friedfertiger Herr geworden.«
»Fürst Georg trinkt keinen Wein.«
»Nein, nicht?« Erstauntes Aufblicken, und dann ging es bereits hart an den Sarkasmus. »Diese Kalvinisten verstehen eben nicht zu leben.«
Klug war das nicht, noch weniger höflich, da brach nun doch ein Stück Altersstarrsinn kantig aus der Politur hervor. Jan Vincenz beschloß, die Kritik an seinem erlauchten Vormund zu überhören. Er hatte einen großen Vorrat an gutem Willen mitgebracht, der verbrauchte sich nicht so schnell.
Außerdem schüchterte die Bibliothek ihn ein, diese riesigen Folianten, sieben Reihen übereinander bis zur Dekke hinauf, und die verloren sich in der Tiefe eines Raumes, dessen Ende im Kerzenlicht nicht abzusehen war. Die Decke übte Gewalt aus, ein Plafond mit vergoldeten Kassetten, sehr hoch angesetzt und doch niedrig in der Wirkung durch den wuchtigen Pomp der Schnitzereien. Ge-

mütlich war es eigentlich nicht, trotz Kerzen und Wein. Aber der Slavata vom Fenstersturz war ja auch kein gemütlicher Herr.

Der Junker saß aufrecht in seinem Stuhl, steif wie die Lanze eines Pikeniers. Er wagte kaum, den Rücken an der Lehne zu entspannen. Die historische Persönlichkeit, auf der anderen Seite stehend und genau genommen ein Feind, nötigte ihm Ehrerbietung ab und sogar ein Quentchen Stolz wegen der nahen Verwandtschaft.

»Man erzählt sich, daß Ihr dabei seid, die Geschichte Böhmens zu schreiben.«

»Erzählt man sich, so.« Der Oberste Kanzler von Böhmen legte die Fingerspitzen gegeneinander. Er hatte schmale, feingliedrige Hände, Gelehrtenhände. »Hat sich das schon bis Siebenbürgen herumgesprochen? Die Herrschaften dort dürften mit meiner Sicht der Dinge kaum einverstanden sein.«

»Ihr seid in skandalöser Weise beleidigt worden damals auf der Burg in Prag.«

»Beleidigt? Du wählst deine Worte schlecht, Neffe. Laß dir etwas verraten, damit du besser verstehst. Als ich gestern früh durch die Flure dieses Traktes ging, fand ich auf einem Fenstersims einen toten Vogel. Es war eine Amsel, die vermutlich durch den geöffneten Teil des Fensters hereingeflogen war und in ihrer Panik durch den geschlossenen wieder hinauswollte, wobei sie sich das Genick brach beim Aufprall gegen die Scheibe. Das Tier störte mich dort, ich überlegte, ob ich es nicht zum Fenster hinaus in den Graben werfen solle. Ich habe es nicht gekonnt. Ich bin nicht einmal imstande, einen toten Vogel zu defenestrieren.«

»Macht es Euch etwas aus, mir Einzelheiten jenes denkwürdigen Ereignisses zu schildern?«

»Ja, Neffe, es macht mir etwas aus.« Seine Hand zeigte zum Schreibtisch, auf dem sich beschriebene Bogen häuften. »Du bist jung, und wenn der Allmächtige mir noch ein paar Lebensjahre zumißt, wirst du es einmal lesen können. Ich halte vorerst beim Streit der beiden ungleichen Brüder Rudolf und Matthias. Berichte mir lieber von dir und von dem, was dich hertreibt. Vorausgesetzt, dein letzter Brief an mich enthält die Wahrheit, so willst du dich auf eine Bildungsreise nach Prag begeben. Du tust recht daran. Die Stadt ist ein Juwel, sie kennenzulernen lohnt sich selbst jetzt noch, nachdem der Krieg sie arg zerzaust hat.«

Vorausgesetzt, dein Brief enthält die Wahrheit. Zwar war der Junker unerfahren und diesem Mann gegenüber gutgläubig aus Ehrfurcht, doch war er weder dumm noch taub. Die Einschränkung machte ihn hellhörig, setzte ein bisher niedergehaltenes Mißtrauen in Gang. Wenn der Oheim von der Bluttat in Bilina wußte, hätte es sich gehört, daß er den Neffen als einen unmittelbar Betroffenen gleich nach der Begrüßung daraufhin ansprach und ihm kondolierte. Aber warum sollte er davon wissen? Fast jeden Tag wurde irgendwo ein Ketzernest ausgehoben. Er mußte nicht jeden einzelnen Fall zur Kenntnis nehmen, eingesponnen in die Geschichte Böhmens mit ihren ständischen Querelen, fixiert auf Vergangenes, auf habsburgischen Familienzwist, auf die eigene Defenestrierung. Das hielt einen fest, lenkte ab, ließ nicht viel Raum für Gegenwärtiges. Ein Bücherwurm und Grübler, versonnen und abseits stehend, so konnte es sein. Auch hatte es zwischen Teltsch und Bilina seit Jahrzehnten keine Verbindung gegeben. Jan Vincenz beschwichtigte seinen Verdacht und nahm dankbar das Anerbieten des Grafen an, in seinem Schloß Quartier zu nehmen, solange es ihm gefiele. Er sagte für eine Woche zu.

Bevor sie zum Schlafen auseinander gingen und schon bei der Tür, hielt Wilhelm Slavata seinen Neffen zurück, schien einen Moment unschlüssig und rückte dann mit einer Sache heraus, die den unbescholtenen Junker in einige Verlegenheit brachte.

»Einen hübschen Pagen hast du dir zugelegt, eine wahre Augenweide. Wenn es so mit dir steht, wie ich vermute, könntest du dich mit deiner Abartigkeit leicht in Schwierigkeiten bringen. Sieh dich also vor. Ich weiß, daß gegen die Knabenliebe kein Kraut gewachsen ist und will dir keinen Schimpf antun, nur zur Diskretion möcht ich raten, in deinem und seinem Interesse. Sag deinem Liebling, er möge dich etwas weniger verzückt und schwärmerisch anschauen in aller Öffentlichkeit.«

»Aber es gibt wirklich keinen Grund —«

»Gute Nacht!« unterbrach ihn der Oheim, und seine Augen blickten hart.

Jan Vincenz verneigte sich und ging.

Es wurde keine gute Nacht. Als er endlich seinen Unmut über die — wie er meinte — alberne Verdächtigung überwunden hatte und gerade in den ersten Schlummer sank, war es Vlasta, die ihn wieder herausriß. Sie kam aus der Kammer nebenan, stand plötzlich am Fußende seines Bettes, ihre breiten Hände umkrallten die Pfosten.

»Ihr solltet nicht bleiben, Herr«, stieß sie atemlos hervor, »bitte, laßt uns weiterreisen, gleich morgen früh, ehe es zu spät ist. Dies ist kein gastliches Dach. Wir sind in ein Spinnennest geraten.«

»Wie kommst du darauf, Vlasta? Welche Anhaltspunkte hast du?«

Er reagierte verärgert, als sie ihre Beweise vortrug. Ein ungutes Gefühl habe sie gleich gehabt — Gefühle können täuschen. Geträumt hatte sie auch: zwei Insekten verfingen sich im Netz einer dicken, großen Spinne, die mit unheimlicher Geschwindigkeit herbeieilte, die beiden zu verschlingen.

»Geh zu Bett, Kind, und vergiß den Traum. Unsere Träume haben keine Vorbedeutung, sie werden aus Erinnerungen gewirkt. Du hast den Überfall auf Bilina noch nicht verwunden.«

Ihre Warnungen unterblieben nach diesem Gespräch, auch an den folgenden Tagen. Sie bediente ihn nach seinen Weisungen und im strengen Umriß ihrer Aufgabe, vermied alles, was darüber hinausging, entzog sich ihm. Er wußte nie, ob es aus Trotz oder Demut geschah, wenn sie so resignierte. Ihre Augen blieben verhangen, die Lippen waren schmal geworden, ihre Bewegungen weniger flink als sonst, bisweilen wie gelähmt von Traurigkeit und tiefer Angst. Als er einmal über ihr Haar streichen wollte, bog sie den Kopf zur Seite.

Und der Burgherr von Teltsch, Oberster Kanzler von Böhmen, weiland Statthalter des Kaisers auf dem Hradschin, holte unterdessen seine Erkundigungen ein, ohne darum seinen Schreibtisch zu verlassen, denn das hatte ein Wilhelm Slavata nicht nötig. In dieser dämmrigen Bücherwelt wurden nicht nur historische Figuren beschworen, nicht nur Fäden der Vergangenheit gesponnen, künstlich und fein und in der zierlichen Handschrift eines böhmischen Kanzlisten, nein, von hier aus ließ sich auch gut ein Netz zusammenfügen, mit dem man höchst gegenwärtige, lebendige und zu mancherlei Argwohn Anlaß gebende Personen notfalls einfangen konnte. Solche zum Beispiel, die eine Bildungsreise nach Prag vortäuschen und sich in Wirklichkeit mit finsteren Racheplänen tragen.

Am vierten Tag seines Aufenthaltes auf der Burg zu Teltsch bekam Jan Vincenz zu spüren, mit wem er es zu tun hatte. Der Anlaß, der die dramatische Szene auslöste, war so beiläufig, daß es ihm hinterher vorkam, als sei er über einen Zwirnsfaden gestolpert. Graf Wilhelm wollte wissen, wer den Neffen so vorzüglich in der deutschen Sprache unterwiesen habe, da die Emigranten in Saros Patak sich aus Prinzip des Böhmischen befleißigten.

»Ihr werdet Euch erinnern, daß es unter meinen Verwandten auch einen Deutschen gibt, einen Oheim, der den größten Teil meiner Erziehung in die Hand nahm, wie er es vor dem Altar gelobte. Es ist mein Pate Matthias Thurn.«

Die Nennung dieses Namens löste bei Wilhelm Slavata einen Wutanfall aus. Eine feine Verwandtschaft sei das, dazu könne man ihm nur gratulieren. Einen üblen Schleicher wie den Thurn zum Paten zu haben müsse einen Gipfel an Ehre darstellen –

»Ich bitte Euch inständig um Mäßigung!«

»Was denn – ich soll mich mäßigen, Neffe, ich – und in meinen eigenen Wänden? Ist dir denn nicht bekannt, daß dein sauberer Pate um ein Haar zum Mörder an mir geworden wäre? Oh, ich sehe sie noch vor mir, diese hinterhältige Rotte, an jenem dreiundzwanzigsten Mai vor nun fast dreißig Jahren, lauter hochgeborene Herren aus Böhmens edelstem Geblüt, den Smiřicky mit seiner Hakennase, den ach so vornehmen Grafen Schlick, den ruppigen Wenzel Ruppa, zwei Kinskys und zwei Řičans, Herrn Colonna von Fels mit seinem Kragen aus lauter Würde, nicht zu vergessen meinen Bruder, meinen leiblichen Bruder, nota bene! Am brutalsten aber hat sich dein Oheim Matthias gebärdet, das Haupt der Verschwörung, der das alles in Gang gesetzt und sich später feige der Verantwortung entzog. Diese Farce einer Gerichtsverhandlung, die jeder Konvention Hohn sprach, da wir ja überrumpelt wurden und uns in der Eile gar nicht verteidigen konnten und das Urteil noch dazu den Tag zuvor bereits beschlossen war, die Defenestration — ja, was willst du denn noch hören? Daß diese heimtückische Verbrecherbande zu alledem die Stirn hatte, sich aufs heilige Evangelium zu berufen, wie? Dieser rohe Griff, mit dem sie mich packten, gnadenlos und ohne Gefühl für mein Flehen, und dann zum Fenster hinaus, als sei ich eine Sache oder ein Kadaver, neun Klafter tief in den Schloßgraben hinunter, es war wie ein Höllensturz, und ich hätte es nicht überlebt, wäre da nicht das gehäufelte Laub vom Vorjahr gewesen, das mich auffing, und der Martinitz natürlich, der mir sofort zu Hilfe kam, obwohl selber verletzt, wenn auch nicht so schwer. Du wolltest ja gern Einzelheiten erfahren, protestantischer Jüngling aus dem Hause Budovetz — da hast du sie, bitte, die Wahrheit eines Zeugen, der durch ein Wunder überlebte. Dies dürfte kaum die Lesart sein, die unter böhmischen Exulanten umgeht.«

Der Junkers guter Wille war verbraucht. Die Einseitigkeit erregte ihn, die selbstbezogene Überheblichkeit, mit welcher der Herr auf Teltsch eine halbe Wahrheit für die ganze ausgab.

»Ihr seid ein alter Mann geworden«, schrie er den Oheim an, »Ihr steht mit Euren fünfundsiebig unversehrt vor mir, während die Leiber der Meinigen in einem Massengrab vermodern. Ihr habt Euch den ausgestandenen Schrecken vom Fenstersturz teuer bezahlen lassen, Wilhelm von Slavata! Ich will vom Prager Blutgericht jetzt gar nicht reden und daß man meinem greisen Ahn den Kopf abschlug, auch nicht von Ausweisung und Verfolgung der Evangelischen in den Ländern der böhmischen Krone — ich spreche von einem brandneuen Ereignis, vom Mordanschlag auf Bilina, der vierzig Menschen das Leben kostete. Zwei Monate ist das her und keine dreißig Jahre, und meine Wunden beißen noch und schreien nach Genugtuung, die mir der Eggenberg gewähren muß, so oder so —«

Keine Vlasta war in der Nähe, kein kleiner Admonitor, der mit einem rechtzeitigen Wink das Ausgleiten verhindert hätte. Die Worte standen im Raum, ließen sich nicht auslöschen, blieben in ihrer Schicksalsschwere unabänderlich. Und so blind war der Junker in seiner Raserei, daß er den unscheinbaren Handgriff übersah, mit welchem der Oheim den Klingelzug bewegte. Erst als die Flügeltür in seinem Rücken jäh aufgerissen wurde, als er sich von zwei Schwerbewaffneten flankiert sah, erkannte er das Verhängnis, in das er sich durch seine unbedachte Rede gebracht hatte.

»Deinen Degen, Jan Vincenz von Budovetz!«

Er schnallte den Degen ab, bleich wie ein Sterbender, und überreichte ihn dem Burgherrn mit einer Verneigung. Sie fanden beide zu Form und Haltung zurück dank früher Einübung in ritterliche Tradition, die jeden Ernstfall mit Feierlichkeit zu verzieren pflegte, mochte man sich auch vorher einmal vergessen und plebejische Purzelbäume geschlagen haben. Der Abgang gelang mit Grandezza; der Junker kam in Arrest.

Was diesen betraf, so hatte der Slavata das Seinige getan und konnte im Augenblick darüber hinaus nichts tun. Es blieb abzuwarten, wie die Dinge sich beim Kajetan entwickelten und wie Adleta, die gerettete Nichte, sich des weiteren verhalten werde. Auf Kinder konnte man nicht bauen, sie waren in ihren Meinungen zu ungefestigt. Auch dieser scheinheilige Knappe, den er sich nun vorknöpfte, nachdem er bei den Eggenbergs die wichtigsten Informationen eingeholt hatte. Ja — wie denn nicht? Schließlich lag dieses Krumau im benachbarten Böhmen und nicht auf dem Mond.

»Du wirst, Vlasta Zitkova, dich morgen früh auf den Weg nach Böhmisch-Krumau machen und der gräflichen Familie berichten, was dein Herr im Schilde führt und weshalb er bei mir einsitzt. Einen Ausweis brauchst du von mir nicht, den hast du ja bereits. Die Mannskleider rate ich dir bei den Eggenbergs auszuziehen — unterwegs werden sie dir noch nützlich sein, denn es treibt sich mancherlei Gesindel in der Gegend herum. Übrigens könnte ich dir eine Bewachung mitgeben.«

»Ich brauche keine Bewachung, Euer Gnaden.«

»Wie du willst. Mädchen, was ist dir eigentlich eingefallen, dich für eine solche Komödie herzugeben? Welche

Rolle hat er für dich vorgesehen, der Tollkopf aus Saros Patak? Sollst du für ihn spionieren, dem Grafen auflauern, auskundschaften, wo und zu welcher Tageszeit er sich allein aufhält, damit man ihn überfallen und meuchlings ermorden kann, he?«

Vlasta, die zunächst mit Schrecken in den Augen zugehört hatte, straffte sich bei den letzten Worten und ließ alle Botmäßigkeit fahren.

»Euer Gräfliche Gnaden sind schlecht unterrichtet. Ich hab den Junker aus den umgekehrten Gründen begleitet, als Ihr mir unterschiebt, und es wundert mich, daß Euch Adleta darüber nicht aufgeklärt hat. So muß ich es also tun, auch auf die Gefahr hin, daß Ihr einem Gesindekind nicht glaubt. Gemeinsam mit dem Fräulein möchte ich versuchen, meinen Herrn von seinem Vorhaben abzuhalten —«

»Wie soll das geschehen, wenn es dir bisher nicht gelungen ist? Er schäumt ja vor Rachegelüst.«

»Es ist unsere Überzeugung, daß es ihn weich und nachgiebig stimmt, wenn er die totgeglaubte Schwester in den Armen hält. Ihr traut mir nicht, Herr?«

Der strenge Slavata konnte auch sanft und gütig sein. »Ich traue dir, Kind. Ich weiß von meiner Nichte, daß du die Wahrheit sprichst und wollte dich nur auf die Probe stellen. Aber eurem hochherzigen Plan traue ich ein Gelingen nicht zu. Er ist lieb ausgedacht, ein bißchen zu lieb und poetisch für diese Welt, in der es brutaler zugeht als in den Träumen junger Mädchen. Jan Vincenz ist zum Äußersten entschlossen, und es ist nicht nur sein Schmerz, der nach Vergeltung schreit, sondern mehr noch seine Ehre. An die kommt ihr nicht heran, mit weiblicher Milde

so wenig wie mit Schläue. Versucht es immerhin, ihr habt meinen Segen.«
»Wie lange wollt Ihr ihn festhalten, Euer Gnaden?«
»Bis mein Freund Eggenberg Schloß Krumau verlassen hat mit unbekanntem Ziel. Dann gebe ich euch den Junker zum Abschuß frei in der Hoffnung, daß eure Pfeile der Liebe die bösen Gedanken in seinem Herzen zerstören. Soll ich dir nicht doch einen Bewacher mitgeben, kleine Zitkova? Daß du so schutzlos durch die Gegend reiten willst, gefällt mir nicht.«
»Ich traue auch einem Bewacher nicht, selbst wenn Ihr für ihn die Hand ins Feuer legt. Verzeiht, Euer Gnaden, aber so ist das nun einmal.«
Graf Wilhelm sah auf die zierliche Person hinunter, die so forsch und zugleich so ängstlich war. Seine Zähne gruben sich in die Unterlippe, sein Blick glitt zur Seite, er dachte angestrengt nach.
»Nein, es gefällt mir nicht«, wiederholte er. »Ich werde dich nicht allein zum Eggenberg reiten lassen. Deine Mission ist wichtig, aber es zahlt sich nicht aus, daß du deine Jungfräulichkeit aufs Spiel setzest.«
Auf dem Kindergesicht des verkleideten Knappen malten sich Hohn und Bitterkeit ab. Die erneute Verbeugung bekundete eher Ironie als Devotion.
»Euer Gräfliche Gnaden sind zu gütig, Gott lohne es Euch. Wären die Handlanger des Grafen Eggenberg in Bilina nur halb so zartfühlend gewesen, ich befände mich jetzt besser.«
Deutlicher ging es nicht. Den Wilhelm Slavata traf es wie ein Keulenhieb. Die Welt kennt eben mancherlei Fensterstürze, und von den meisten erfährt man keine

Zeile, nicht einmal dann, wenn das Opfer ein Kind war.
Als Vlasta sich am nächsten Morgen in aller Frühe auf ihre Stute schwang, wurde sie von einem berittenen Ehepaar begleitet. Es war der Burghauptmann mit seiner Frau, die das Mädchen sogleich in die Mitte nahmen. Auf schmaleren Pfaden ließen sie es vorausreiten, doch immer nur im Abstand weniger Schritte. Auf diese Weise kam die Tochter des Gestütsmeisters Zitek behütet und wohlbehalten in Böhmisch-Krumau an.

7

So dicht am Ziel also erfuhr das kühn begonnene Abenteuer des Herrn von Budovetz und Bilina eine Unterbrechung von mehreren Monaten. Die Zeit war ihm nicht gewogen. Vielleicht lag es an diesem sanften Sommer, der das Land in einen trügerischen Frieden wiegte, der mit seinem Sonnenglast alle krassen Gegensätze verschleierte und für rachedurstige Ausschreitungen keinen Einschlupf bot. Man sollte meinen, daß Jan Vincenz durch irdische Gewalt genötigt wurde, über Sinn und Zweck seines Vorhabens in der Stille einer Zelle nachzudenken, um, wenn es hoch käme, ein paar Einsichten zu gewinnen, für die er sich bisher keine Zeit gelassen hatte.
Leider muß gesagt werden, daß er sich lediglich langweilte. Und ob Eintönigkeit imstande ist, vernünftige Überlegungen hervorzubringen, bleibe dahingestellt. Der

anfängliche Schwung war ihm abhanden gekommen, gewiß, der Haß kühlte sich ab, die Angriffslust erschlaffte. Nur war das noch keine Sinnesänderung. Von einer Müdigkeit wie dieser kann jeder sich jederzeit erholen, sobald er in normale Zustände zurückkehrt. Anstatt nachzudenken, verschlief der Junker die meiste Zeit, und seine Hauptbeschäftigung bestand in einem nachhaltigen, unablässigen Gähnen.

Sein Richter, der ihn zu dieser unbekömmlichen Muße verdonnerte, beabsichtigte keineswegs, ihn zu zerbrechen. Auch der Kajetan, der mit ihm im Bunde war, hatte nichts dergleichen im Sinn, verständige Männer in reifen Jahren, die ihre leidige Pflicht taten. Die Hörner des Jähzorns hatten beide sich schon vor Jahrzehnten abgestoßen und Gelegenheit genug dazu gehabt. Indes, es gibt Pannen. Und es muß zugunsten des Eggenberg erwähnt werden, daß er in bezug auf den Überfall von Bilina denn doch ein schwarzes Gewissen hatte. Da war einiges schief gelaufen, hätte um Gottes Willen nicht geschehen dürfen, und kann man sich auch in einer wilden Zeit wie dieser seine Söldner nicht malen, wie man sie gern hätte — einen derart widerlichen und blutigen Ausgang des Unternehmens hatte Kajetan von Eggenberg nicht im Visier gehabt. Daher die väterliche Fürsorge, womit er Adleta unter seine Fittiche nahm, die Tochter des ermordeten Widersachers; daher auch ein gewisses gutmütiges Verständnis für den aufgebrachten, vergeltungssüchtigen Sohn. Sich ihm zum Zweikampf zu stellen, hätte der Graf in seinem gesetzten Alter als töricht empfunden, obgleich er sich seiner Fechtkunst sicher war, und der Gedanke, von dem Hitzkopf hinterrücks überfallen zu werden, behagte ihm genauso wenig. Dies aus Klugheit, denn feige war er nicht. Wäre er feige gewesen, hätte er sich nicht für die zu erwartende Schlacht mit den Schweden zur Verfügung gestellt. Auf dem Schlachtfeld war er durchaus bereit, sein Leben zu wagen für ein habsburgisches Böhmen, wie er es sich wünschte.

Ein schwarzes Gewissen hatte er, bei Tage, besonders dann, wenn er der kleinen Zitkova ansichtig wurde. Es wäre allerdings zuviel gesagt, wollte man behaupten, daß es ihm den Schlaf seiner Nächte raubte. Graf Kajetan, der Neffe des sagenhaften Fürsten Hanns Ulrich von Eggenberg, war wie dieser ein in vielen Feldzügen erprobter Mann, den nichts so leicht um seine wohlverdiente Nachtruhe brachte.

Er genoß die Pause, die der launische Krieg ihm den Sommer über gewährte, ritt mit seiner nicht mehr jungen, aber immer noch lebfrischen Gemahlin an sonnigen Tagen durch die Auen beiderseits der Moldau und scharte an den Abenden begabte Musikanten um sich, die ihn mit italienischen Kompositionen erfreuten, darunter Violinsoli und Triosonaten von Marini, Fontana, Maurizio Cassati, Ignazio Vivarino und einem bislang kaum bekannten deutschen Tonkünstler namens Heinrich Schütz. Er selbst, Graf Kajetan, dilettierte auf dem Clavichord, zum Ausgleich gewissermaßen und um den Musen zu ihrem Recht zu verhelfen, bevor sie durch Waffengeklirr wieder zum Schweigen verurteilt würden.

Der auf das Schloß beorderte Knappe des Junkers von Budovetz behielt seine Verkleidung bei. Er behielt auch sonst einiges bei trotz des stürmischen und freudigen Wiedersehens mit der Freundin Adleta: eine durch nichts zu brechende Verschwiegenheit über alles, was den Junker betraf; die beharrliche Weigerung, sich vom Grafen Eggenberg empfangen zu lassen; den gequälten Ausdruck in den lichtblauen Augen, die von Natur aus für ein fröhliches Leuchten vorgesehen waren und immerzu gegen diesen Auftrag verstießen, indem sie sich verdunkelten und verengten.

Mit Gräfin Domenica wechselte Vlasta die nötigsten Worte, ihr gab sie den Reisebrief zurück, den Graf Kajetan ihr vor einigen Wochen durch Gideon Löwy zugestellt hatte und den sie nun nicht mehr brauchte. Sie machte sich nützlich in Küche, Spinnstube, Pferdestall und anderen Orten, wo Hilfe gerade benötigt wurde, das fiel ihr nicht schwer, sie war an Arbeit gewöhnt, und dann — mit diesen Händen! Nur sich nichts schenken lassen von dem da, keinen Bissen ohne Gegenleistung annehmen von einem, der den Flammentod ihrer Eltern und Geschwister verschuldet hatte und anderes, woran sie lieber nicht denken wollte und doch immer wieder zwanghaft dachte bis an den Rand des Irrsinns bei Tag und bei Nacht.

Daß Adleta den Rohlingen entkommen und unversehrt geblieben war, und daß sie, Vlasta, es ihr ermöglicht hatte, schien zuweilen als tröstlicher Lichtblick in ihre düstere Rückschau hinein und verschuf ihr eine kleine Linderung, so wie jemand nach einem Unglück aufatmend feststellt, daß vom Schlimmen das Schlimmste immerhin verhütet wurde. Sie hatte es für Adleta getan und für Jan Vincenz, und man wird verstehen, daß sie stolz darauf war. Nur hätte sie sich vor dem Junker nie darauf berufen, um nichts in der Welt, das war die Kehrseite ihrer Tapferkeitsmedaille. Der Gedanke, er könne von ihrer Selbstentäußerung erfahren, hatte für Vlasta etwas Niederschmetterndes. Wenn er erst wüßte, was alles mit ihrem Körper geschehen war, durfte sie nicht mehr erwarten, daß er ihn noch mit so viel Wohlgefallen betrachtete wie bisher. Die Tochter des Osvald Zitek ließ zwar ihre Träume nicht bis in den siebenten Himmel wachsen, dazu war sie zu nüchtern. Ein Junker nimmt kein Gesindekind zur Frau, es verstieße gegen alle herkömmliche Ordnung. Auf seine zärtlichen Blicke aber mochte sie nicht verzichten, diese wenigstens — so meinte sie in kindlicher Einfalt — stünden ihr doch zu, ohne daß sie sich der Selbstgefälligkeit beschuldigen mußte.

Einmal hatte sie Adleta gegenüber erwähnt, was mit ihr in Bilina geschehen war, sehr sachlich übrigens und ohne den leisesten Ton einer Klage, mehr zur Beschwichtigung der Freundin.

»Du siehst, ich habe es überstanden, hab keine Skrupel meinetwegen. Ein gesundheitlicher Schaden ist nicht zurückgeblieben. Ich habe mich genau beobachtet in all der Zeit.«

»Ich verstehe nicht, was du meinst«, versetzte Adleta verwirrt.

»Von venerischen Erkrankungen hast du nie etwas gehört, nein? Mich hatte mein Vater darüber aufgeklärt, aus der Sorge, daß in unserer gesetzlosen Zeit einer Frau dergleichen zustoßen kann und daß sie dann wissen muß, was zu tun ist. Er ist ja Regimentsmedikus gewesen im Lager des Smiřicky und wohlvertraut mit den ersten Anzeichen solcher Krankheit bei Mannsbildern oder Weibern, weil er nicht nur die Soldaten behandelt hat, son-

dern auch die Dirnen, bei denen sie sich's geholt haben. Einigen konnte er helfen, den meisten allerdings nicht, die gehen mit den Jahren daran zugrunde.«
Adleta stieg das Blut ins Gesicht. »Ich bitte dich, Vlasta, was für ein Thema! Ich möchte von solchen Dingen nichts wissen.«
Vlasta entschuldigte sich und sprach von etwas anderem. Sie war nur ein Jahr älter als Adleta, und beide hatten vier Jahre hindurch gemeinsamen Schulunterricht genossen. Ihre übrige Erziehung war dagegen unterschiedliche Wege gegangen, denn auch in der Unität wurden die Standesschranken nicht bis ins letzte aufgehoben.
Wer sich wie Vlasta schon als kleines Kind in Höfen, Gärten und Stallungen umgetan hatte, blieb der Erde nahe und aller Kreatur, wußte sich auch selbst mit eingebunden in die natürlichen Abläufe von Geburt, Krankheit und Sterben, sofern sie auf vorhersehbare Weise geschahen. Nicht eingeplant waren der gewaltsame Tod und die Perversitäten, die der Mensch vom Menschen zu gewärtigen hatte, und diesen Schrecken in Erkenntnis und Erfahrung zu verwandeln, war Vlasta immer noch dabei.
Adleta von Budovetz und Bilina konnte mit anderen Fähigkeiten aufwarten, und man sollte sie nicht gering veranschlagen, zumal sie ihr am Hof der musischen Eggenbergs sehr zustatten kamen. Was ihre Finger innerhalb eines Stickrahmens an Kunstfertigkeit zustande brachten, war der Beachtung wert, und wenn sie sich an ein Spinett setzte, lief ihr kein Zuhörer davon. Sie spielte vierhändig mit dem Grafen, englische Virginalmusik und Madrigale. Gräfin Domenica saß dabei, ein Hündchen auf

dem Schoß, sie lauschte hingegeben mit geschlossenen Augen, und oft stand auch ein dürrer Mann in schwarzer Soutane mit verschränkten Armen hinter den Musizierenden, der schloß die Augen nicht, der sah aufmerksam hin mit dem durchbohrenden Blick von Leuten, die mit anderen Leuten ihre gewissen Pläne haben. Nicht überall traten die Jesuiten mit missionarischem Eifer auf, schon gar nicht dort, wo dieser Eifer ihren Absichten geschadet hätte. Wenn das Fräulein von Budovetz allein in die Tasten griff und mit andachtsvollem Ernst ihre lutherischen Lieder spielte und sang, lächelte der Pater nachsichtig, nickte dem gräflichen Ehepaar zu, dieses nickte und lächelte zurück. Ein liebes Mädchen, ein frommes Kind, gefühlvoll, verträumt und leicht zu rühren, da konnte es nicht fehlen, sofern man ihm genügend Zeit und Freiheit gewährte.

Der weibliche Knappe, den man mitunter über das Kopfsteinpflaster eines Hofes rennen sah, immer beschäftigt, immer in Eile — er spielte nicht Klavier, hatte es nicht gelernt und auch niemals angestrebt mit diesen Händen eines Pferdeknechts. Ihn rührte so leicht nichts zu Tränen, kein Fontana jedenfalls und kein Cassati, und seine Träume hielten sich in Grenzen. Zwar war auch dieses Mädchen unverkennbar gläubig, aber seine Frömmigkeit hatte Stacheln, und der Pater Scholastikus besaß eine viel zu gute Menschenkenntnis, um einen derart steinigen Boden beackern zu wollen. Daß hier für ihn nichts wachsen konnte, witterte er schnell.

Als Vlasta das erstemal sah, daß Adleta beim Verlassen der Schloßkapelle einen Rosenkranz in den Händen hielt, trat sie ihr in den Weg und stellte sie zur Rede. Das

Fräulein hob erstaunt die Brauen, tat indigniert und schien im Begriff, sich die Belästigung zu verbitten. Aber die neue Rolle trug noch nicht gut, man braucht dazu eine längere Übung. Fürs erste beherrschte der Admonitor das Feld, und Adletas halbherziger Widerstand brach zusammen. Sie weinte.

»Hab ich denn nicht das Recht, mir meine Religion selbst auszusuchen? Warum mußt du das gleich Verrat nennen? Was haben dir diese unschuldigen Perlen getan?«

Vlasta tippte auf die Kette mit den Alabasterkugeln, respektlos und gleichgültig.

»Deine Perlen gehen mich nichts an. Häng sie dir um, wirf sie vor die Säue oder bring sie in deine Gebete ein — das eine läßt mich so kalt wie das andere. Wenn die römische Kirche dir zu besserer Andacht verhilft mit ihrem Prunk und ihren vielen Riten, werde ich es achten und dich darin nicht stören. Vielleicht ist sie für dich wirklich die Kirche, die du brauchst. Doch kann ich dir unter diesen Umständen deine Bekehrung schlecht abnehmen. Du hast dich beschwätzen lassen, du schlitterst da in etwas hinein, was dir gar keine Herzenssache ist, bloß eine süße Gefühligkeit an der Oberfläche, wo du verführbar bist und wehrlos, Adleta! Das haben die Eggenbergs gemerkt und nutzen es aus, darum setzen sie ihren schwarzen Magog auf dich an —«

»Wie kannst du den Pater Scholastikus einen Magog nennen!«

»Reg dich nicht auf. Dein Bruder fände für den windigen Jesuiten viel ärgere Bezeichnungen. Versprich mir, daß du mit deinem Übertritt noch wartest, versprich es mir deinem Bruder zuliebe, dem du damit sehr weh tust.«

Schon hing Adleta ihr am Hals, heiß, ungestüm, ratlos. »Das will ich nicht, Vlasta, ich will ihm nicht weh tun, ich sehne mich so sehr nach ihm, wäre er nur erst hier! Er ist ja der einzige, der mir von den Meinen geblieben ist. Aber er darf mich nicht verstoßen, wenn ich den Glauben wechsle, dazu hat er nicht das Recht. Was soll ich nur tun?«

»Nichts überstürzen, Liebes, das ist alles.«

Vlasta drückte die Gespielin an sich und klopfte ihr zärtlich den Rücken. Es sah komisch aus, weil das Fräulein von Budovetz den um ein Jahr älteren Knappen um Kopfeslänge überragte. Diese Vierzehnjährige hätte die Zwillingsschwester des Junkers sein können. Die gleiche hohe Gestalt, das schwarze Haar, das sich wie bei Jan Vincenz im Nacken ringelte, die gleichen tiefdunklen Augen, die schwärmerisch blicken konnten und manchmal fanatisch. Zwei Menschen, die sich gern hinreißen ließen. Wer einen mäßigenden Einfluß ausüben wollte wie der junge Admonitor, tat sich schwer mit ihnen.

»Wirst du mir helfen, wenn Jan Vincenz kommt?«

»Darauf darfst du dich verlassen.«

»Ich bin so glücklich in der Kapelle drüben bei ihren Gottesdiensten, so getröstet, weißt du, und wunderbar getragen von all der Feierlichkeit. Sie hilft mir, Bilina zu vergessen. Warum sprichst du immer nur abwertend von Prunk und Pomp? Daß Schönheit dabei ist, muß doch nichts Schlechtes bedeuten.«

»Das meine ich auch nicht, Adleta. Und wenn du eines Tages im römischen Glauben nicht nur Schönheit, sondern auch Wahrheit entdecken solltest, werde ich deinen Übertritt gutheißen.«

»Alles Wahre ist zugleich schön, und alles Schöne ist immer auch wahr. Sagt der Herr Pater.«

»Dein Pater Scholastikus ist ein Ohrenbläser, mit Verlaub zu sagen.«

Betretenes Schweigen, gegenseitiges Abschätzen. Beide versuchten, sich die Kluft zu verhehlen, die sich zwischen ihnen aufgetan hatte. Aber sie wurde von Tag zu Tag breiter. Es war Adleta, die bettelte und warb, aller Standesüberlegenheit zum Trotz. Es ging ihr nicht nur um eine Kinderfreundschaft, es ging um die Brücke, die zum Bruder hinüberleitete, und diese Brücke hieß Vlasta Zitkova.

»Komm doch mit heute abend zu unserem Konzert, ein einziges Mal nur, Vlasta! Ich bewundere die Langmut der Eggenbergs, daß sie dich wieder und wieder einladen, sie hätten es eigentlich nicht nötig.«

»Dann sollen sie es lassen. Du kennst meine Antwort.«

»Ja, ich kenne sie, und ich frage mich, warum du so unversöhnlich bist. Er hat das alles nicht gewollt, die Grausamkeiten, meine ich, er würde es am liebsten ungeschehen machen, das hat er mir selbst gesagt. Könntest du den Grafen einmal musizieren hören – klangvoll, harmonisch und schön, deine Härte schmölze dahin, du würdest anders über ihn denken.«

Vlasta umspannte das Handgelenk ihrer Freundin mit eisernem Griff. »Merk dir eines, Adleta, auch wenn du es nicht verstehst: kein Weihrauch und kein Saitenspiel kann mich Bilina vergessen lassen. Sag den Eggenbergs, daß ich keine Einladung annehme, ein für allemal. Mit dem klavierspielenden Mörder da oben will ich nichts zu schaffen haben.«

Der Abend kam, die Fenster des Festsaales im Krumauer Schloß standen offen, es war Herbst geworden unterdessen, Anfang Oktober. Vlasta hatte sich am Fuß des runden Bergfrieds ins Gras geworfen und sah auf die Moldau hinab, die den verfärbten Bäumen ihren Spiegel hinhielt und deren träg fließende Wasser verwehte Blätter und vertrocknete Zweige mit sich führten auf ihrem langen, mühseligen Weg nach Prag. Der Abhang hier war so steil, daß man über der Stadt zu schweben schien, über diesem Gewirr bemooster Dächer mit ihrer Vielzahl von Kaminen, schlanken und gedrungenen, frischverputzten und verwitterten. Aus einigen stieg letzter Rauch, bevor die häuslichen Herdfeuer zum Erliegen kamen, stieg bläulich auf, bildete krause Knäuel, verflüchtigte sich. Man roch ihn zuweilen und sog Erinnerungen ein, Holzfeuergeruch, fauliger Duft von Fallobst, der dumpfe und herbe von verwelktem Laub. Das blieb nicht nur in der Nase, das zauberte auch Bilder hervor hinter dem rubinroten Vorhang geschlossener Lider, einen Feierabend in Bilina zum Beispiel mit Vater, Mutter und Brüdern, eine Hirtenmahlzeit auf freiem Feld, wo Prokop die Glut mit Reisern versorgte, einen Vespergesang aus demütigen Herzen, die von Furcht und Heimsuchung wußten und sich doch die Dankbarkeit bewahrten.

»Drum rufen wir mit Zuversicht
und bitten alle gleich,
daran wir gänzlich zweifeln nicht,
er hör's im Himmelreich:
Mach Fried, o Herr, und still das Meer,
drauf deine Schifflein stehn;

denn deiner Kirchen Angst ist schwer,
laß sie nicht untergehn!«

Sie hätte es singen können, jetzt sogleich, wären ihr nicht die Cembaloklänge aus den geöffneten Fenstern dazwischengekommen, die ihr die brüderische Melodie unterwanderten, verfremdeten und zerstörten. Eine Tafelmusik von Vivarino oder wie dieser welsche Tonkünstler schon hieß, sie kannte sich so genau nicht darin aus. Nur daß es der Eggenberg war, der sie spielte, das hatte sie bei den ersten Noten vernommen, seinen weibischen Anschlag mit den verschwommenen, zerfließenden Tonreihen, die auf nichts hinzielten, kein Konzept erkennen ließen, nichts auszudrücken vermochten als Streicheln und Lispeln. Adletas Spiel hatte Kraft und Kontur — was, beim Himmel, fand sie denn nur Schönes dabei, wenn dieser Kajetan sein Instrument behauchte?
Nein, dieser Mann nicht, Adleta. Nicht der. Dann doch eher der Slavata auf Teltsch, dein Oheim vom Fenstersturz, obgleich auch der ein Papist ist und mit dem Eggenberg unter einer Decke steckt und die Ausrottung von Ketzernestern für eine gottgewollte Sache hält, das tut er nämlich, leider. Aber sein Händedruck ist fest, seine Stimme klingt verläßlich, in seinen Augen ist Ehrlichkeit. Ich weiß nicht, ob auch er Klavier spielt, ob er überhaupt musikalisch ist. Nur soviel ist sicher, daß er es nicht nötig hätte, nach einem Kriegszug sich die blutigen Hände in einem lauen Musenbad zu waschen.
Er gab sein Abschiedskonzert an diesem Abend, der Kajetan, das hatte sie herausgebracht, und darum lag sie hier im Gras und erlaubte sich ein wenig Muße und den nach-

denklichen Blick auf die kleine Stadt, die böhmisch war und nicht mehr mährisch wie die bisher durchwanderten — ein Unterschied nicht nur der Ländernamen. Vlasta hatte ihn im Gespür, diesen nadelfeinen und doch scharf trennenden Unterschied beider Landesteile des einen Königreichs, den man mit den Augen nicht entdecken konnte: die gleichen Reihendörfer hüben wie drüben, die gleiche Bauweise und Sprache, Kleidung und Sitte. Das war es nicht. Unser mährisches Kind nahm die Andersartigkeit mit den Sinnen auf, die einen unverdorbenen Menschen nicht trügen, und es war ihm seit dem ersten Tag seines Hierseins deutlich geworden, daß die Luft in Böhmen rauher wehte. Hier wurden Gegensätze welcher Art auch immer feindseliger ausgetragen als im milderen Klima Mährens, und statt der lieblichen Blume der Duldsamkeit gediehen auf böhmischen Fluren eher die Disteln der Zwietracht, des Hasses und eines unbarmherzigen Wettbewerbs. Jeder vormalige Marktflecken, der sich mit Mühe zur Stadt hinaufgemausert hatte, stand im Schatten des einzigartigen Prag und versuchte, sich von seiner Sonne einen Strahl zu borgen, mit einer Anstrengung, so verbissen wie vergeblich. Daher die Empfindlichkeit des böhmischen Volksteils in allem, was auf dem Hradschin über das Land beschlossen und verhängt wurde, die manchmal voreilige Bereitschaft auch, sich ein Recht zu erstreiten, das in beharrlicher Verhandlung weitaus sicherer zu erlangen gewesen wäre. Von hier war der Krieg ausgegangen, den mitzutragen die mährischen Stände sich lange gesträubt hatten, um schließlich doch hineingezogen zu werden, trotz aller Warnungen, Beschwörungen und Vermittlungsversuche des Freiherrn von Zierotin. »Die böhmischen Protestanten haben die Brandfackel des Krieges entzündet«, hatte die kleine Zitkova bei ihrem Vater gelernt, der von keiner Parteinahme mehr wissen wollte, dem evangelischen Glauben aber treu geblieben war bis an seinen verzweifelten Tod.

Böhmisch-Krumau, Český Krumlov, auf der Landkarte kaum ein Stecknadelkopf und in Wirklichkeit ein Klecks zusammengedrängter Häuser an einer Flußschleife im Oberlauf der Moldau — aber: eine Burganlage, die in Böhmen und Mähren nicht ihresgleichen kannte, außer in Prag natürlich. Die zweitgrößte nach dem Hradschin, so ausgedehnt, daß unser Knappe sich die Füße wundlief bei seinen täglichen Pflichten von den Stallungen am flußabgewandten Ende bis zu den Mägdekammern unterhalb des Rundturms, immer eifrig, immer gehetzt, weil nur so die Zeit verging, die ihm an diesem Ort gar nicht schnell genug vergehen konnte, mochten andere auch musizieren und träumen. Heute abend freilich, da gönnte er sich ein bißchen Ruhe, eine Pause als Vorgeschmack des Glücks. Der Eggenberg wollte morgen in aller Frühe abziehen mit unbekanntem Ziel, man höre. Noch klimperte er da oben herum und betätschelte sein Clavichord mit den kleinen fetten Händen, von denen es hieß, daß sie ein Schwert sicher zu führen verstünden, was wohl der Wahrheit entsprach, wenngleich man es sich schwer vorstellen konnte.

Als die Glocken der Stadtkirche den Abend einläuteten, erhob Vlasta sich langsam und schritt vorsichtig den Steilhang entlang bis zur nächsten Treppe, die frierenden Hände unter dem Wams verborgen. Wenn die Sonne schwand, wurde es sofort recht kalt, und auf den feuchten Wiesen glitt man leicht aus. Die Glocken dröhnten; ihre Kirche hieß Sankt Veit. Immer und überall war doch dieses Prag hier gegenwärtig, als Prunkstück und Ansporn, als Sachwalter der verworrenen böhmischen Dinge, als Vormund, und manchmal als Sündenbock.

8

Noch drei Wochen ließ der Herr auf Teltsch verstreichen — drei endlos lange, für die Geduld der beiden Mädchen zum Zerreißen gespannte, aufreibende Wochen —, ehe er dem bei ihm eingesperrten Junker seine Freiheit zurückgab. Und nicht nur diese, auch seine Barschaft, sein Pferd, sogar den Degen. Er hätte für diese Großzügigkeit natürlich etwas fordern können, ein Ehrenwort zum Beispiel, mit dem der Neffe sich verpflichtete, die Verfolgung des Eggenberg in Zukunft einzustellen. Daß der Alte davon absah, geschah aus Skepsis und Weisheit. Skepsis: wer hielt sich schon an ein Ehrenwort in dieser ehrlos gewordenen Zeit? Weisheit: man sollte die jungen Leute nicht ohne Not zum Wortbruch verleiten, und der Schlaukopf Kajetan würde sich schon abzusichern wissen. Außerdem geriet so ein Ehrenwort leicht in die Nähe einer Eidesleistung, und zu schwören war in der Brüder-Unität verboten, das wußte der Slavata-Sproß nur allzugut aus seiner eigenen Jugendzeit auf Schloß Koschumberg, wo er in der brüderischen Lehre erzogen worden war. Ein

Konvertit auch er, der Slavata vom Fenstersturz, aber einer, der den Glauben wechselte zu einer Zeit, als man sich dafür noch nichts kaufen konnte. Es war eine saubere Bekehrung gewesen, und eine mit Überzeugung vertretene fortan. Der Junker, der es wußte, trug dem Oheim nichts nach und verabschiedete sich von ihm mit der Bekundung aufrichtiger Wertschätzung.

Dann aber auf nach Böhmisch-Krumau in einem Tempo, daß dem Wallach mit den heiklen Gelenken Hören und Sehen verging. Sogar die Sporen bekam er zu fühlen gegen alle Gewohnheit, der arme Fuchs, und soviel Mühe er sich gab — er hätte diesmal Flügel haben müssen wie Pegasus, um seinen Herrn zufriedenzustellen.

Der war nach fünf Monaten erzwungener Untätigkeit von Hummeln geplagt, die ihm unter der Schädeldecke brummten und an anderer Stelle noch, jetzt, im November um Allerseelen herum, wo sie längst nicht mehr flogen. Auf den morgendlichen Wiesen lag Reif, der an schattigen Stellen auch tagsüber nicht wich, ein paar vertrocknete Blätter hielten sich mit letzter Kraft an den Zweigen fest, und als Jan Vincenz bei Landstein über die Grenze ritt, wehte ihm der böhmische Wind gleich mit besonderer Schärfe um die Nase. Kein freundlicher Empfang, und man hätte es als schlechtes Zeichen deuten können. Der Junker hielt sich nicht für abergläubisch (den Drabik hatte er vergessen), und außerdem war er von einer lodernden Freude erfüllt, weil er seit zwei Tagen wußte, wen er in Krumau wiedersehen und in die Arme schließen konnte.

Eine Aussicht, die ihn trunken machte, denn wem geschieht es schon, daß ihm ein geliebter Mensch, totgesagt und betrauert, so unversehens aufersteht? Ganz irdisch und unbeschädigt und auf plausible Weise, keine Zauberei ist im Spiel, und nirgends auch bläst eine Posaune zum Gericht. Der Jüngste Tag hätte ihm ja auch peinlich sein müssen bei seinem ungestillten Rachedurst, der ihm vor dem himmlischen Thron mit Strafe belegt worden wäre, mit einer Zurückweisung gar, was wußte man? Nun hatte das Zeit.

Die Wache vor dem Burgtor war von Adleta angewiesen worden, den Junker unverzüglich einzulassen und ihr sein Herannahen zu melden, sei es auch mitten in der Nacht. Ihre kindliche Phantasie malte sich ein wundersames Wiedersehen aus; sie schwärmte Vlasta vor, wie sie dem Bruder durch den nächtlichen Empfangssaal in ihrem weißen Kleid entgegenschreiten werde, mit ausgebreiteten Armen, so daß er sie auf den ersten Blick für ein überirdisches Wesen halten müsse, vielleicht für die berühmte Weiße Frau, die vor zweihundert Jahren in Schloß Krumau geboren wurde und der Sage nach auf allen Rosenbergschen Schlössern um Mitternacht ihr Wesen treibe.

Kindskopf. Vlasta schwieg dazu. Sie nahm das Kleid nicht an, das Adleta ihr herauslegte, damit sie sich gleichfalls für die Ankunft des Junkers schmücke; es komme ihr, so meinte sie, nicht zu. Sie verblieb in Hose und Stiefeln, hatte sich inzwischen eine neue Ausrüstung erdient, eine eng sitzende Reithose aus weichem Leder, dazu zwei Leinenhemden, bequem geschnitten, mit böhmischer Stickerei am Hals und auf den weiten Ärmeln. Das mußte genügen. Eitel war sie mit ihrem Haar, nach wie vor. Sie wusch es in jeder freien Stunde und bürstete es trocken, in der Sonne oder vor dem Kaminfeuer, und sorgte zuweilen mit der Schere dafür, daß es nicht weiter als bis zur Schulter reiche, weil es sie sonst bei der Arbeit behindert hätte. Es war seidenweich, glänzte silbern und trug ihr unter dem Gesinde den Spitznamen »Schimmelfohlen« ein. Man muß aber sagen, daß es sie schon gereizt hätte, eines der hübschen Kleider anzuziehen, wie Adleta sie trug, denn ihrer Weiblichkeit war sie sich gern bewußt. Sie verschob es auf später; in ihrer derzeitigen Lage hätte es sie unsicher gemacht. In der Beinkleidung war und blieb sie Knappe, dem Junker zu Diensten und dem Fräulein auch, mit dieser Rolle konnte sie etwas anfangen, fühlte sich in ihrer eigenen Haut und brachte nur so die Courage auf, Jan Vincenz oder Adleta die Leviten zu lesen, wo sie es für angebracht hielt. »Der Mensch muß wissen, wo er steht«, war eine Ansicht, die sie vom Vater übernommen hatte, und sie kannte ihren Platz.

Der Junker kam bei Tage, meldete sich beim Wachhabenden am äußeren Burgtor und trug ihm auf, das Fräulein von Budovetz davon zu verständigen, daß er es im Haus des Gerbers unterhalb der Burg erwarte. Dort hatte er ein Privatquartier gemietet, eine Wohnung mit zwei Kammern. War auch die Burg zur Zeit von Eggenbergs entleert – Frau Domenica hatte sich ihrem Gemahl angeschlossen –, so mochte Jan Vincenz doch um keinen Preis die gräflichen Räume betreten und schon gar nicht am Tisch dort oben das Brot eines Mörders essen.

Adleta geriet in helle Aufregung, weil alles nun ganz anders lief, als sie es sich erträumt hatte. Die Kerzen und Blumen im Empfangssaal, der Tafelaufsatz im kleinen Speisezimmer, der brokatene Schlafrock über dem Stuhl neben einem ausladenden Bett mit Vorhängen aus blauem

Samt — umsonst, der Bruder verschmähte es, kam erst gar nicht hierher. Vlasta hatte es kommen sehen, aber nicht eingegriffen. Es war nicht ihre Sache, und Erfahrungen sind nicht übertragbar.
Auch mit dem weißen Kleid wurde es nichts, dazu war es viel zu kalt. Adleta hüllte sich in einen wollenen Umhang und band auf Vlastas Geheiß ein Tuch um den Kopf, dann eilten sie beide durch Höfe und Tore den Serpentinenpfad zum Haus des Gerbers hinunter, Adleta voraus, der Knappe in geziemendem Abstand hinterher. Er wäre am liebsten nicht mitgekommen, aber es hätte der Sitte widersprochen, das Fräulein allein auf den Weg zu schicken.
Im Gerberhaus blieb Vlasta auf dem Flur zurück, drängte Adleta zur Stube hinein und schloß die Tür. Das war der Moment, da man die Geschwister sich selbst überlassen mußte, ihrem Hochgefühl, ihrer Rührung. Die Gipfelpunkte von Schmerz und Freude vertragen keinen fremden Zeugen. In der Diele stand eine Bank, auf diese setzte sie sich, streckte die müden Beine von sich, faltete die Hände im Schoß.
Bis hierher war alles nach Plan verlaufen, wenn sie von dem Eingreifen des Slavata auf Teltsch einmal absah, das lediglich zu einem Zeitverlust geführt und an den eigentlichen Absichten nichts geändert hatte. Jetzt aber stellte sich die Frage, wie es denn weitergehen solle. Durch die geschlossene Tür hörte sie aus der Stube das Schluchzen, wirres Gestammel, Bruder, Einziger, warum mußte das alles geschehen? — und: Adleta, Schwesterchen, wie groß du geworden bist, beinahe eine Frau!
Hielt das vor, und wenn ja, wie lange? In diesem schä-

bigen, von bleichem Tageslicht profan gehaltenen Flur schmeckte Vlasta eine Ernüchterung auf der Zunge, Kalkstaub, vermischt mit ranzigem Öl. Ein Tag oder höchstens zwei, dann war die Faszination der beiden verglüht, forderte der Alltag sein Recht, traten nichtaufgegebene und nur vorübergehend vergessene Ansprüche wieder in den Vordergrund. Was war ihr eingefallen, so zuversichtlich auf einen Sinneswandel zu bauen, nur weil da einer die verloren geglaubte Schwester wiederfand! Überraschungen müssen einen Menschen nicht von Grund auf ändern, sie ändern höchstens seine Stimmung für die Stunde, für den Tag. Der würde den Eggenberg auch weiterhin verfolgen, der Hitzkopf da drinnen, und sich damit ins Unglück stürzen, denn es mit dem Kajetan aufzunehmen, konnte nur unglücklich enden. Es war übrigens gar nicht ihre Idee gewesen, das Ganze. Von Adleta war alles ausgegangen, und der Gideon hatte den Vermittler abgegeben.

Die Stimme Adletas riß sie hoch, sie wurde hereingebeten. Auch der Gerber kam jetzt und trug den Gästen das Essen auf, Brot, Gänseschmalz und Grammeln, ein bescheidenes Mahl, aber angesichts der schlechten Zeiten nicht zu verachten. Wein gab es keinen, dafür schäumende Milch.

Jan Vincenz warf keinen Blick auf Vlasta, begrüßte sie nicht, sprach sie nicht an. Das ging bis zum Abend, und wäre Adleta nicht so außer sich vor Freude gewesen, sie hätte es erkennen müssen.

Nach Anbruch der Dunkelheit geleitete der Junker die beiden Mädchen bis zur Burg, umarmte die Schwester, übersah den Knappen. Morgen wollte man sich wiedertreffen und Weiteres besprechen, beim Gerber unten. Das geschah, und bei dieser Gelegenheit konnte Adleta nicht umhin, das ungezogene Betragen ihres Bruders gegenüber Vlasta zu bemerken. Er redete über ihren Kopf hinweg, als sei sie nicht vorhanden.

Von Adleta deswegen zur Rede gestellt, erwiderte er: »Mein Knappe ist für mich gestorben. Er hat mir monatelang verschwiegen, daß du noch lebst. Das ist hinterhältig und unverzeihlich.«

Adleta sprang auf. Ihre Augen sprühten, ihre Stimme überschlug sich, und nun wurde da ein Kapitel aufgeschlagen aus der Chronik von Bilina, um dessen Verschluß und Geheimhaltung Vlasta innig gebeten hatte. Vergebens — denn wenn diese Budovetz-Kinder einmal in Fahrt gerieten, vergaßen sie nicht nur alles um sich herum, sondern auch feste Abmachungen und Versprechungen.

»Was glaubst du denn, wem du es verdankst, daß du mich hier lebend und wohlbehalten wiederfindest? Doch nur ihr allein, die sich für mich geopfert hat — nein, Vlasta, das soll er ruhig erfahren! Als wir nicht mehr sicher waren in unserem Scheunenversteck, wir zwei, als wir jede Sekunde damit rechnen mußten, entdeckt zu werden, da ist Vlasta auf die Söldner zugelaufen und hat ihre Aufmerksamkeit auf sich gezogen, damit ich um die Hausecke verschwinden und in den Wald flüchten konnte, wo ich herumirrte, bis der Gideon mich aufgriff und mitnahm ins Lager des Grafen, weil man zuzeiten, so sagte er, in der Höhle des Löwen vor dem Löwen am sichersten ist, du kennst seine Sprüche. Sie aber hat durchstehen müssen, daß die Gewalttäter über sie herfielen, einer nach dem anderen, und keiner war da, der ihr helfen konnte, denn den Prokop hatten sie an einen Baum gebunden und ihn alles mitansehen lassen —«

Vlasta war längst in den Flur gelaufen und hatte sich über die Bank geworfen, bitterlich weinend, den Sitz mit beiden Armen umklammernd, als könne ihr von diesem Stück Holz irgendeine Hilfe kommen. Jan Vincenz, der ihr gefolgt war, berührte ihre Schulter, entschuldigte sich, versuchte ihr gut zuzureden — es schüttelte sie nur noch mehr. Zum erstenmal sah er einen Menschen in Tränen, den er bisher nur wacker und besonnen gekannt hatte, und er wußte nicht, was ihn mehr ergriff, die entsetzliche Geschichte aus Bilina oder dieses kindlich-verzweifelte Weinen. Da er sie nicht trösten konnte, rettete er sich in Zorn und heizte seine Erbitterung aufs neue an: auch für die Schändung dieses Kindes würde der Eggenberg bezahlen müssen. Hätte er ihn nur erst aufgestöbert!

Später, in der Stube wiederum, breitete der Junker auf dem von Essensresten gesäuberten Tisch eine Karte von Böhmen aus, die er einem Trödler in Schumberg abgekauft hatte, und begann sie beim trüben Schein einer Öllampe zu studieren, die Augen dicht über dem Blatt. Adleta schraubte den Docht höher, aber das half nichts, weil die Lampe dann gleich häßlich blakte und stank.

Still und in sich gekehrt saß Vlasta im Winkel auf der Eckbank, die zerschundenen Hände auf den Knien, den Kopf so tief gesenkt, daß die Haare wie ein Vorhang ihr Gesicht bedeckten, eine überflüssige Vorsicht, denn bei diesem schlechten Licht hätte ohnehin niemand in ihren Zügen lesen können. In ihrem Innern herrschte Verwirrung, da Gefühl und Verstand sich nicht auf einen Nenner bringen ließen; sie war im Grunde viel zu klug, um nicht zu wissen, daß das Geschehen in Bilina ihre Unschuld nicht berührt hatte, und am Ende schämte sie sich auch noch ihrer Scham. Immerzu nahm sie Anstoß an ihrer eigenen Inkonsequenz, aber immerzu auch drängte die verzagte Frage aller verliebten Mädchen sich vor: was denkt er von mir? Was soll er nur von mir denken!

Er dachte längst nicht mehr an sie, beschäftigt mit seiner Karte, seinem Rachegelüst, seinen hochfliegenden Plänen. Er maß ab, rechnete aus und sprach dabei halblaut vor sich hin.

»Mit unbekanntem Ziel ist er abgereist, sagt ihr? Daß ich nicht lache. Sein Ziel ist Prag, das Eggenbergsche Palais auf der Kleinseite, er hätte sonst die Frau nicht mitgenommen. Ich werde dich zu finden wissen, Kajetan, wart's ab! Das nächste Weihnachtsfest wirst du nicht mehr erleben.«

Vlasta hob den Kopf, strich die Haare zurück und sandte über die Lampe hinweg einen bannenden Blick zu Adleta: mach keinen Fehler jetzt, zügle dein Temperament, verrate dich nicht, sonst ist alles verloren. Das Fräulein von Budovetz verstand und schwieg. Es ergab sich dann von selbst, daß der Knappe es übernahm, den Junker auszuhorchen und das Terrain zu erkunden, auf dem er sich demnächst zu tummeln gedachte, in der Hoffnung, man könne ihn durch geschickte Einwände noch abhalten oder wenigstens Zeit gewinnen.

»Es ist sehr schwer, nahezu unmöglich, nach Prag hineinzukommen, Herr. Es sei denn, Ihr habt einen Freibrief, aber den habt Ihr wohl nicht?«

»Den brauche ich nicht. Ich habe genügend Geld. Die Wachen an den Prager Toren sind bestechlich, der Oheim Slavata hat sich bitter über den Niedergang ihrer Moral beklagt. Mir kann sie nur recht sein.«
Vlasta gab nicht auf. »Nehmen wir also an, Ihr kommt unbehelligt hinein — wo wollt Ihr dann wohnen? Wer soll Euch beherbergen, da Euer Name doch bekannt ist und bei den Papisten in keinem guten Ansehen steht?«
»Ich habe Verwandte in Prag, die wegen ihrer Beziehungen zum Kardinal bisher nicht zu emigrieren brauchten.«
»Wer soll das sein?« fragte Adleta verwundert.
»Die Smiřickys, Tante Ludovika, du müßtest es wissen. Sie werden mich schon aus Dankbarkeit bei sich aufnehmen, weil ich ihren Sohn aus den Kasematten des Spielbergs befreite. Kann sein, daß ich ihn sogar in Prag antreffen werde, den braven Vetter Vitěslav, denn dort wollte er sich verbergen.«
Nichts half. Das leichte Kopfnicken Vlastas zu Adleta hinüber konnte nur noch bedeuten: los denn, nun bist du an der Reihe. Es bleibt uns nichts anderes übrig.
Adleta schlang beide Arme um den Hals des Bruders, der sich durch die unverhoffte Liebkosung zunächst gestört fühlte, dann aber von der Karte aufsah und die Umarmung zärtlich erwiderte.
»Nimmst du mich mit?« flüsterte sie bettelnd in sein Ohr. »Bitte, nimm mich mit! Ich reite doch gut und hab bei den Eggenbergs mein eigenes Pferd im Stall, das mich kennt und mir gehorcht. Wir werden dir beide, Vlasta und ich, auf der Reise nicht lästig sein, das versprechen wir dir. Auch brauchst du für uns nichts zu fürchten, wenn man

uns angreifen und verhören sollte; wir wissen von nichts, sind einfach nur deine Begleiter.«

Sie redete und redete und merkte dabei gar nicht, daß sie sich die Bitte hätte sparen können, denn Jan Vincenz hörte ihr mit wachsendem Staunen zu. Schließlich lachte er auf.

»Mein Schwesterchen rennt offene Türen ein«, sagte er gutgelaunt. »Es versteht sich von selbst, daß ich euch mitnehme nach Prag, ich hatte nichts anderes im Sinn. Bei Tante Ludovika seid ihr in guter Obhut, und, Adleta, daß ich es dir endlich sage: wie hast du es nur so lange in Krumau aushalten können, Auge in Auge mit dem Mörder deiner Eltern? Das muß ein Ende haben, keinen Tag länger als nötig möchte ich dich in diesen Mauern wissen. In zwei Tagen bringe ich alles zusammen, was ich für die Weiterreise brauche, bis dahin, meine ich, könntet auch ihr eure Vorbereitungen getroffen haben.«

Vlasta stand auf, stellte sich mitten ins Zimmer, verneigte sich etwas zu korrekt. »Ihr braucht nur zu befehlen, Herr. Meine eigenen Sachen sind in einer Stunde gepackt.« Und dachte dabei, ohne daß ein Muskel in ihrem Gesicht es verriet: wir sind ja verrückt. Wir sind alle drei total verrückt.

Am Abend, in ihrer Kammer, kniete sie nieder in dem rechteckigen Lichtfleck, den das mondbeschienene Fenster auf die Bohlen warf, hob ihr Gesicht gegen den sturmverhangenen Nachthimmel, an dem sich die Wolken jagten, und sprach ein Gebet, so inbrünstig, wie sie es nie getan hatte. Sie brauchte keine Kerzen und kein Kruzifix dazu, keinen Weihrauch und keinen Rosenkranz, was alles Adleta nicht mehr entbehren konnte; ihr genügten

Stille und Alleinsein. Die Kargheit und Sprödigkeit der Brüderlehre, in der man sie erzogen hatte, wußte sie wettzumachen durch einen unbeirrbaren, durch nichts zu erschütternden Glauben, wie ihn sonst nur Kinder haben. Und doch war sie kein Kind, seit dem Überfall auf Bilina nicht mehr.

Allen Segen des Himmels flehte sie auf den Junker herab, auf ihn allein. Er war der Gefährdete an Leib und Seele, bedroht von außen, bedroht durch sich selbst. Als sie endete, war sie erschöpft und in Schweiß gebadet trotz der Kälte im Raum. Sie schlief dann rasch ein, und wie meistens dank ihrer gesunden Lebensweise sehr tief und ohne Unterbrechung; alle verlorengegangenen Kräfte wuchsen ihr wieder zu durch diesen Schlaf.

Am 6. November des Jahres 1647 brachen unsere drei jungen Leute in der Morgendämmerung von Böhmisch-Krumau auf. Der Pater Scholastikus, von dem sich Adleta zuvor verabschiedet hatte, stand an einem Turmfenster und sah ihnen nach. Er hielt mit seinen Falkenaugen vor allem den Knappen noch eine Weile fest, und mit Respekt. Dieser Jesuit und Missionar trug dem protestantischen Kind seine Glaubensfestigkeit um so weniger nach, als gerade dieser Charakterzug es befähigte, auf den Junker Einfluß zu nehmen. Von Adleta erhoffte er sich darin nichts. Es mag bezeichnend erscheinen für die Verknotung der böhmischen Verhältnisse, daß die beiden Kontrahenten, Vlasta und der von ihr beargwöhnte Jesuit, in bezug auf den Junker eines Sinnes waren.

Sie ritten mit dem Lauf der Moldau, flußabwärts also und nach Norden. Sie ritten durch kalten und dichten

Nebel, der die Finger selbst in den Handschuhen klamm und steif werden ließ, daß man die Zügel kaum noch spürte. Die Wege wurden stellenweise durch Reifglätte beschwerlich; wenn es einen Hügel hinunterging, mußte man sich vorsehen. Im Wald kamen sie leichter voran, brauchten vereistes Gestein nicht zu fürchten, bewegten sich vorwärts auf einem dicken Polster aus Laub, wurden hier auch nicht gesehen, und das war immer noch wichtig. So bevorzugten sie denn das waldreichere Gelände des linken Ufers und wichen, wo das Gehölz sich lichtete, weiter nach Westen aus. Sie mieden mit Bedacht jede Stadt und wählten zum Übernachten den kleinsten Weiler, sie gaben bei der Quartiersuche falsche Namen an und hätten es nicht einmal gebraucht. Niemand fragte sie danach, auch nicht nach dem Zweck ihrer Reise; was zählte, war allein des Junkers Geld. Daß er reichlich entlohnte — aus dem Brustbeutel, nicht aus der Satteltasche —, ließ die Neugierigen verstummen und die Ängstlichen sich ergeben.

Am dritten Tag, es ging schon auf den Abend zu, als sie sich in einem Wald nördlich von Hlubok an der mittleren Moldau befanden, wurden sie durch Geräusche erschreckt, die sich näherten, wieder abebbten, um plötzlich von einer anderen Seite her vernehmbar zu werden, Pferdegetrappel und menschliche Stimmen. Sie waren schlecht zu verstehen; Jan Vincenz, der ein sensibles Gehör für Sprachen hatte, tippte auf Kroaten. Adleta duckte sich und wagte kaum, nach links oder rechts zu sehen, während Vlasta angespannt im Sattel saß, das Kreuz durchgedrückt, die Nase witternd in die Luft gereckt. Und hatte doch die ärgste Angst von allen dreien, dieser Knappe,

Angst bis in die Fingerspitzen hinein, bis in die eiskalten Zehen, bis in die stechende Brust, die ein Ring zu umspannen schien, und die Mundhöhle wurde trocken. Aber die hellen Augen, schräg und zusammengekniffen, waren auf äußerste Wachsamkeit eingestellt.

Eine halbe Stunde lang rührte sich nichts mehr. Entweder hatten die Verfolger ein anderes Ziel gefunden, oder die drei waren von Anfang an nicht gemeint. Ihre Spannung löste sich, sie stiegen ab zu einer kleinen Rast, denn sie hatten seit dem frühen Mittag nichts zu sich genommen. Adleta und Vlasta setzten sich jede auf einen Baumstumpf und kramten in ihren Taschen, Jan Vincenz schwang sich noch einmal auf seinen Fuchs und ritt ein Stück des Weges aus der Lichtung hinweg um einen vorspringenden Felsen herum, weil er von dort das Plätschern einer Quelle zu hören glaubte. Der Ausschnitt des Himmels über den entlaubten Wipfeln erhellte den Wald nur schwach; kahl und spitz stach das Geäst in eine gelbgraue Dämmerung, die eine frühe Nacht erwarten ließ, vielleicht sogar Schnee.

Und da geschah es. Ein durchdringender Schrei aus des Junkers Kehle, Kampfruf und Warnung zugleich, fremdes Gebrüll, Geklirr von Degen, das Schnauben, Keuchen und Stampfen von Pferden, schon saß Vlasta auf ihrer Stute und raste los.

Sich in den Kampf einzumischen, wäre unsinnig gewesen, zumal sie ja keine Waffe trug. Sie formte die Hände vor ihrem Mund zu einem Trichter und rief hinter sich in die Schneise, wo Adleta zurückgeblieben war: »Prokop, Peter, Vaclav, zu Hilfe! Zu Hilfe, Prokop, schnell!«

Und Adleta, mit hohler, verstellter Stimme, antwortete

geistesgegenwärtig: »Wir kommen, wir kommen schon«, und galoppierte heran.
Mehr konnten sie nicht tun, sie hatten das Äußerste gewagt. Aber der Trick half. So rasch, wie er aufgetaucht war, verflog der Spuk, verschwanden die beiden fremden Reiter, es schien, als hätten die Bäume ihnen Platz gemacht und sich danach wieder aufgerichtet. Vlasta betastete Jan Vincenz an Bauch und Rücken. »Seid Ihr verwundet, Herr?«
»Nur eine Schramme auf der Hand, nichts weiter. Sie konnten nicht fechten, die Burschen.«
Adleta warf sich gegen ihn, von einem wilden Schluchzen geschüttelt.
»Es ist schon gut, Schwester, sei still, mir ist nichts passiert. Sehr klug und mutig habt ihr euch verhalten, ich muß mich bedanken.«
Er langte nach der Schnur an seinem Hals, zog daran, der kleine Leinenbeutel mit dem Tagesgeld kam zum Vorschein. Er drehte sich um zu seinem Wallach, griff mit beiden Händen unter den Sattel — und stieß den unflätigsten Fluch seines Lebens aus.
Die Ledertasche mit den Münzen war verschwunden, zweihundertfünfundsiebig ungarische Gulden von den dreihundert, die Matthias Thurn ihm als Reisegeld ausgezahlt hatte.
»Los, suchen!« kommandierte er. »Sie kann sich ja gelöst haben und nur heruntergefallen sein. Wir müssen den ganzen Weg absuchen, und auch die Waldränder zu beiden Seiten. Laßt keine Stelle aus, seht unter jedem Strauch nach und biegt auch die Zweige auseinander. Ohne unser Geld kommen wir nicht weiter.«

Sie suchten. Sie krochen am feuchtkalten Boden entlang, wühlten im modrigen Laub, rissen sich an dornigem Gestrüpp die Hände blutig, strengten im Finstern ihre Augen an, daß sie zu brennen und zu tränen begannen. Die Tasche blieb unauffindbar. Nach einer Stunde, als Dunkelheit und Kälte ihnen in unerträglicher Weise zusetzten, brach der Junker das Unternehmen ab.

Das Dorf, das sie für ihre Übernachtung vorgesehen hatten, lag noch eine gute Meile entfernt, und die Müdigkeit steckte ihnen bleiern in den Gliedern. Unterhalb des Platzes, wo der Überfall stattgefunden hatte, stießen sie auf eine Blockhütte, eine Koliba, in der die Schafhirten während des Sommers vor Unwetter Schutz fanden. Sie nahmen die Tiere mit hinein, fütterten sie mit Kanten altbackenen Brotes und legten sich dann, in ihre Decken gehüllt und dicht aneinandergedrängt, auf dem harten Boden nieder.

Eine dickwandige Stille umgab die fensterlose Kate, die Luft draußen blieb unbewegt. Doch auch die stehende Kälte tat weh, sie kroch an den Beinen hoch und ließ ihnen die Knie schlottern. Adleta als einzige fand ein wenig Schlaf, dicht an den Bruder geschmiegt und von seinem Körper erwärmt. Gegen Mitternacht fuhr Jan Vincenz aus seinem Halbschlaf hoch, weil die Tür in den Angeln knarrte. Er wollte schon nach dem Degen greifen, als er Vlasta an ihrem hellen Schopf erkannte.

»Wohin, Kind?«

»Legt Euch nieder, Herr, sonst weckt Ihr Adleta auf. Ich möchte noch einmal nach Eurem Etui suchen. Mir ist so, als hätten wir nicht überall richtig nachgeschaut.«

»Es ist stockfinster, Vlasta, wie willst du da etwas finden? Mit meinem Geld vergnügen sich jetzt die Kroaten. Drum haben sie sich auch so rasch aus dem Staub gemacht.«

»Laßt es mich wenigstens versuchen, bitte!«

»Meinetwegen, du gibst ja doch keine Ruhe. Bleib nicht zu lange aus. Und — Vlasta!«

»Ja, Herr?«

»Ich wollte dir noch sagen, daß du sehr lieb bist.«

»Ich danke Euch.«

Über eine Stunde blieb sie weg, er fing schon an, sich Sorge zu machen, da knarrte wiederum die Tür, und Vlasta kam auf Zehenspitzen herein. Während der ganzen Zeit hatte er kein Auge zugetan, und nun starrte er sie an, von einer jähen Hoffnung erfüllt.

»Was gibt's?«

Aber sie schüttelte nur den Kopf.

Am anderen Morgen stellten sie fest, daß es geschneit hatte. Es war der erste Schnee dieses Winters, der nach dem Kalender noch kaum begonnen hatte, und zunächst wollten sie nur an Rauhreif glauben. Frierend und bekümmert hockten sie um das Feuer, das Jan Vincenz vor der Hütte entfacht hatte, rieben sich die Hände, hielten Kriegsrat. Im Beutel des Junkers steckten noch sieben Gulden, und sie konnten sich ausrechnen, daß diese Summe nicht lange reichte, um drei Menschen und drei Pferde zu versorgen. Vor allem aber: wie sollten sie nach Prag hineingelangen ohne Schutzbrief und ohne Geld?

Der Junker hielt die ausgebreitete Karte Böhmens auf seinem Schoß und fuhr mit dem Finger die Moldau entlang; nach Zvikov, meinte er, müßten sie heute noch kommen, das sei bei Anspannung aller Kräfte in einem Tag zu schaffen. Der Knappe stand vornübergebeugt hinter ihm, stützte seine großflächigen Hände auf die Oberschenkel und sah seinem Herrn über die Schulter. Nun gut, nach Zvikov — und was dann? Was war in Zvikov? Gar nichts, oder sagen wir: Jan Vincenz wußte es nicht. Er las den Namen zum erstenmal, und das einzige, was die Karte über den Ort aussagte, war, daß dort die Otava in die Moldau floß.

Bei der Erwähnung dieses Nebenflusses wurde Vlasta lebendig. Sie beugte sich weiter vor, kniff wieder einmal die Augen zusammen, klopfte mit dem Finger auf das Blatt.

»Pisek natürlich«, sagte sie, sich erinnernd, »Pisek an der Otava, da liegt es. Ich hatte es ganz vergessen. Von Pisek hat der Gideon erzählt, daß er dort immer in der Judengemeinde übernachtet, wenn er nach Prag hineinwill oder von Prag zurückkehrt. Und auch einen Böhmischen Bruder kennt er, den Antonin Jurisch, der betreibt in Pisek eine Ziegelei.«

»Es liegt zu weit nach Westen«, wandte Jan Vincenz ein. »Wir kämen ja ganz von unserer Route ab.«

»Besinnt Euch, Herr, daß unsere Route uns überhaupt nichts nützt, solange wir kein Geld haben. In Zvikov gäben wir unsere letzten Gulden aus und säßen unweigerlich fest. In Pisek aber hätten wir eine Chance.«

»Welche Chance?«

»Wir könnten beim Bruder Jurisch unterkommen, der macht es für uns billiger als ein Fremder. Und wenn ich bei ihm in der Ziegelei arbeite, hätten wir vielleicht bis zum Frühjahr die Summe beisammen, die Ihr braucht, um die Wache am Prager Tor zu bestechen.«

Jan Vincenz griff hinter sich und zog seinen Knappen an den Haaren, wie er es liebte, wenn dieser etwas besonders Gescheites oder etwas Kindlich-Törichtes von sich gab. Hier war wohl das Letzte gemeint.

»Dein guter Wille rührt mich, kleiner Admonitor. Aber soviel Geld, wie ich es in Prag brauche, könntest du dir mit deiner Hände Arbeit in zwei Jahren nicht erdienen.«

»Und wenn wir alle drei dort arbeiten?« schlug Adleta vor.

»Du wirst nicht arbeiten«, erklärte der Junker kategorisch.

»Warum nicht? Ich könnte ganz gut —«

»Weil ich es nicht wünsche.«

Wenn er den Herrn hervorkehrte wie eben jetzt, hatte man ihn an einem empfindlichen Nerv getroffen. Die Mädchen sahen es ein und schwiegen. Ihre Nachgiebigkeit stimmte ihn milder, sein Trotz löste sich auf, er bequemte sich zu einem Kompromiß.

»Wir könnten es mit Pisek versuchen, meinethalben, es hat im Vergleich zu Zvikov immerhin den Vorteil eines sicheren Quartiers. Am Ende ist der Bruder Jurisch sogar in der Lage, mir eine größere Summe vorzustrecken, wenn seine Geschäfte gut gehen, es könnte ja sein.«

Hoffnung belebte ihn, er sprang auf die Füße, klatschte in die Hände. »Macht euch fertig, Kinder, wir wollen keine Zeit verlieren. Es sieht nach weiterem Schneefall aus. Die kommende Nacht möchte ich nicht wieder in einem eiskalten Stall verbringen.«

Sie löschten das Feuer, verfütterten die letzten Bissen an die Pferde, sattelten und packten. Eine frierende Sonne saß tief am Horizont, als sie die Schneise verließen und über eine frischbeschneite Wiese ritten, zur Moldau hinunter, zu dem breiten Saumpfad, der ein besseres Vorankommen garantierte. Sie wärmte nicht, diese blasse Sonne, sie hatte gar nichts Verheißungsvolles und zog doch immer wieder den Blick des Knappen an, denn dort, von wo sie herüberschien, lag Mähren. Ein Zauberwort: Mähren. Er stellte sich einen ewigen Frühling darunter vor, Blüten und Kuckucksruf, die Arkaden von Kanitz, die zähen Pflänzchen von Swatoboritz. In der schneidenden Kälte dieses Wintermorgens am Moldauufer entflammte Vlasta Zitkova ihr Herz an Erinnerungen.

Mittags schneite es leicht, in dünnen feuchten Flocken, und hörte bald wieder auf. Nach einer kurzen Verschnaufpause in der Nähe von Albrechtitz verließen sie die Moldau und wandten sich nach Nordwesten der Otava zu. In diesem Flußdreieck war es weniger kalt, dafür ziemlich dunstig. Vor Pisek lichtete sich der Nebel, und mit einem Mal sahen sie das Städtchen an einem steinigen Ufer unter sich liegen, den blitzenden Fluß und die Brücke, die ihn mit ihren behäbigen Bögen überwölbte. Eine Miniaturausgabe der Karlsbrücke von Prag, in der Mitte ein Kruzifix mit den Statuen der weinenden Frauen, zu beiden Seiten Laternen, alles klein, dicht gedrängt, überschaubar. Später erfuhren sie, daß es sich nicht um eine ehrgeizige Nachschöpfung des goldenen Prag handelte. Die Brücke von Pisek war die älteste steinerne Brücke in ganz Böhmen.

Später, noch hatte das Zeit. Vorerst ritten sie, nachdem sie die Pferde mühsam den sehr steilen Abhang hinuntergelenkt hatten, zu dritt nebeneinander auf diese Brücke zu, die Augen auf das Stadttor am gegenüberliegenden

Ufer gerichtet, wo sich allem Anschein nach die Wache befand. Ein schwarzes Halbrund gähnte dort, mehr war nicht zu erkennen, weil die Sonne sich am Nachmittag wider Erwarten ermuntert hatte und nun von Westen her spiegelte und blendete, bevor sie den Tag hinter sich ließ. In Höhe der Kreuzigungsgruppe richtete sich Vlasta im Sattel auf, tat einen kleinen Schrei und zeigte nach vorn.

»Das ist doch — natürlich ist er's. Seht doch, Herr! Adleta, erkennst du ihn?«

Ein Planwagen kam ihnen entgegen, größer als der, den Vlasta in der Žabka-Burg gesehen hatte, kein Esel mehr, sondern ein Pferd (ein Klepper, hätte Jan Vincenz gesagt, aber dann muß man hinzufügen: ein stabiler Klepper), und unten schritt, den Zügel haltend, der bärtige Alte mit dem Schlapphut, ohne Hast, als sei dies seine Lieblingsbeschäftigung, dieses ruhige Wandern neben dem bißchen Kram, seiner einzigen Habe, und die Baßstimme sang laut einen Psalm zum abendlich geröteten Himmel hinauf:

»Gott ist in Juda bekannt, in Israel ist herrlich sein Name. Sein Gezelt ist zu Salem, und zu Zion sein Haus. Bringet Geschenke dem Gewaltigen, der die Fürsten entmachtet und den Königen dieser Erde zum Schrecken wird.«

Sie stiegen ab, gaben sich durch Rufen und Winken zu erkennen, und eine Begrüßung wurde es, so herzlich, als habe ein Vater gleich drei verlorene Kinder auf einmal wiedergewonnen. Darum kehrte er auch auf der Stelle um und schloß sich ihnen an, sie kannten sich ja in Pisek nicht aus, seine Kinder, also gehörte es sich, daß er sie zur Ziegelei des Antonin Jurisch brachte. Außerdem hatte er selbst nur bis ins nächste Dorf gewollt, ein paar Felle verkaufen, und das ließ sich auf morgen verschieben. Nein, so ein Glück, die lieben Kinder, und alle wohlbehalten und guten Mutes in dieser argen und gottlosen Zeit!

Ganz so guten Mutes war der Junker ja nicht, dem man seine gesamte Barschaft gestohlen hatte, darüber würde man noch reden müssen. Die Verhandlung mit der Stadtwache war ein Kinderspiel, da der Löwy sich für die drei verbürgte und der Jurisch in Pisek einen guten Namen besaß. Er besaß außerdem ein stattliches Haus am Waagplatz, nur einen Steinwurf entfernt von der Marienkirche mit dem hohen Turm; die Ziegelei lag draußen vor den Toren. Ein honoriger Mann, dieser Antonin Jurisch, dem zur Vollkommenheit nur eines fehlte: er hatte nicht mehr die geringste Neigung, sich seiner evangelischen Vergangenheit zu erinnern, und schon gar keine, daraus irgendeine Verpflichtung herzuleiten. Der alte Gideon mußte seine ganze Beredsamkeit aufbieten (nun, darin leistete er einiges!), um für seine Schützlinge bei dem zugeknöpften Mann eine Bleibe zu erwirken. Der wußte von Bilina nichts, aber der Name Budovetz war jedem Böhmischen Bruder ins Herz gebrannt. Dem erst jüngst zum Ratsherrn ernannten Ziegeleibesitzer stieß es sauer auf, wenn er bedachte, daß er den Enkel des sagenhaften Wenzel von Budovetz bei sich beherbergen solle, jenes Wenzel, den die Kaiserlichen beim Blutgericht zu Prag als einen der ersten aufs Gerüst geführt und geköpft hatten. Er hätte es gern vergessen, dieses und anderes noch.

Erst als die jungen Leute erklärten, daß sie sich die Unterkunft durch Arbeit zu verdienen gedächten, taute Jurisch auf und ließ mit sich reden. Die Geschäfte waren schlecht gelaufen im vergangenen Jahrzehnt, viele Häuser in Pisek durch Kriegshandlungen und räuberische Überfälle niedergebrannt, doch nun hatte die königliche Stadt durch die Huld des jungen Leopold, dem sein Vater vor einem Jahr die Krone Böhmens aufs Haupt hatte setzen lassen, einen Steuererlaß auf drei Jahre erhalten, mit der Auflage, die zerstörten Stätten im Prachimer Kreis wiederaufzubauen, wobei denn ihm, Antonin Jurisch, ein besonders großer Auftrag zugefallen sei. Kurzum, er brauche Arbeiter für seine Ziegelei, auch ungelernte, sofern sie sich nicht gar zu tölpelhaft anstellten. Der Knappe da sei zwar klein, habe aber kräftige Hände, die zupacken könnten, das sehe man gleich, wogegen das Fräulein –

»Meine Schwester wird nicht arbeiten«, bestimmte Jan Vincenz kurz, und Adleta schlug die Augen nieder.

»Wie Ihr meint. Noch eins, Junker, und damit nehme ich es genau: als Euren Namen gebt Ihr von Bilina an und laßt den Budovetz weg. Ich möchte mich Euretwegen nicht in Teufels Küche bringen.«

Dem Junker war die Hochstimmung verflogen, er fügte sich zähneknirschend in alle Bedingungen. Denn auch die Hoffnung, mit dem Löwy ins Geschäft zu kommen, hatte sich zerschlagen. Der Jude wies klagend seine leeren Hände vor, das tue ihm nun unendlich leid, der junge Herr sehe es ja selbst, der ganze Wagen voller Felle, unlängst in Prag aufgekauft bei einem Händler am Roßmarkt, die müsse er erst wieder verkaufen, um zu Vermögen zu kommen; alles, was er bei sich trage, sei ein Tagegeld von einigen Talern.

Und dann war es auch wieder dieser selbe Gideon, der Trost und Hilfe wußte, nicht für den Augenblick, doch für absehbare Zeit.
»Sorgt Euch nicht, junger Herr, ich löse Euch hier aus. Nur müßt Ihr bis zum Frühjahr warten können. Irgendwo schlage ich hundert Gulden für Euch heraus. Bleibt den Winter über hier, er wird hart werden, es reist sich jetzt schlecht. Und, falls Ihr einen Rat annehmen wollt von einem alten Israeliten: reizt den Jurisch nicht durch protestantischen Eifer. Euer Christus, den Ihr in so viele Stücke geteilt habt, liebt doch die Sanftmütigen, wie man sagt.«
Er bedang sich aus, daß der Knappe ihn am nächsten Morgen bis vor das Stadttor geleite, damit er dort von ihm Abschied nehmen könne für ein halbes Jahr.
Kaum hatte Vlasta sich aus des Junkers Reichweite hinwegbegeben, als der kummervolle Ausdruck von ihrem Gesicht abfiel wie eine Larve. Erleichterung schien auf, saß in den entspannten Mundwinkeln und oberhalb der starken Wangenknochen; die Stirn, die breite und gewölbte, war hell vor lauter Zufriedenheit. Sie hatten Zeit gewonnen, sie wußten nun wieder, wo es entlangging, der alte Händler und der junge Knappe, diese mit allen Wässerchen gewaschenen Kumpane und Verschwörer aus Liebe. Adleta spielte nur am Rande mit.
»Ich habe es aus sicherer Quelle, daß der Eggenberg nur bis März in seinem Kleinseitner Palais verbleibt. Er soll dann zum Puchheim nach Glatz gehen und dort ein Kommando übernehmen, weil sie im Frühjahr einen schwedischen Angriff auf Schlesien erwarten. Man hat Pläne aufgefunden. Wer meine Meinung hören will: es gibt man-

cherlei Pläne, ernstgemeinte und irreführende, aber was geht es mich an, großer Gott! Die Meinigen im Getto fürchten, daß der Colloredo allein es nicht schafft, Prag zu verteidigen, und daß es nicht gut sei, die Stadt so sehr von Truppen zu entblößen. Für uns ist wichtig, daß der Eggenberg nicht mehr in Prag wohnt, wenn ihr dort ankommt, denn einen Zusammenstoß mit ihm würde der Junker nicht überleben.«

Vlasta nickte. »Und wirst du ihm das Geld besorgen, Gideon?«

»Ich werde wohl müssen, ich hab ein Versprechen gegeben. Wer weiß, wie bis dahin alles aussieht in Pisek und in Prag? Die Wasser der Moldau fließen und fließen, haben schon manchen frischen Zorn hinweggespült und irgendwo verloren auf dem langen Weg von Rosenberg bis Melnik. Aber daß dem jungen Herrn sein Rachedurst abhanden käme, damit ist wohl nicht zu rechnen. Die Herren von Budovetz sind von jeher starrköpfige Leute gewesen. Wenn die Schmelzwasser von den Bergen stürzen, werdet ihr wohl oder übel mit dem Junker nach Prag ziehen müssen, Kindchen, und dann wirst du deinen armen Kopf aufs neue anstrengen und überlegen, was zu tun ist. Jetzt kannst du ihn noch schonen und ihm Urlaub geben, denn einstweilen heißt es Ziegel streichen.«

9

Es wurde, wie die Wetterkundigen vorausgesagt hatten, ein strenger Winter, in Pisek und anderswo. Die Otava führte Eis und schlug es gegen die Brückenpfeiler, wo es sich staute und auftürmte; ein messerscharfer Wind fegte über die Felder und blies den Schnee vor sich her oder trieb ihn mit schraubenden Bewegungen in die Höhe. Wen die Geschäfte nicht ins Freie zwangen, der blieb daheim bei seinem Ofen, und die jämmerlichste Kate wurde zur bergenden Höhle. In Böhmen verkroch sich vor dem östlichen Kälteeinbruch sogar der Krieg; alle Kampfhandlungen waren eingestellt.

Während des ärgsten Frostes ruhte die Arbeit in der Ziegelei, die man jedoch, als Mitte Februar plötzlich Tauwetter einsetzte, mit vermehrter Kraft wieder aufnahm. Jurisch war Verpflichtungen eingegangen und wollte mit den Ablieferungen nicht in Verzug geraten. Er war kein Antreiber, auch zahlte er redlich. Als Jan Vincenz und Vlasta sich nach den ersten fehlerhaften Versuchen in die neue Tätigkeit gefunden hatten und sie zufriedenstellend ausführten, legte er einen Dukaten dazu, Kost und Logis bereits abgerechnet.

Sie wohnten in seinem großen Haus am Waagplatz, und wenn der Junker sich tagsüber draußen im Werk aufhielt, stellte Adleta sich der Hausfrau zur Verfügung. Frau Jurisch nahm die Hilfe des Mädchens gern entgegen und beachtete die Spielregeln: der Bruder durfte davon nichts wissen. Er durfte erst recht nichts wissen vom gemeinsamen Kirchgang der beiden Frauen und brauchte es auch nicht zu erfahren. Denn da die Arbeit in der Ziegelei sehr früh begann, war er mit Vlasta bereits unterwegs, sobald die Glocke der Marienkirche zur ersten Messe anschlug. Die Tiere mußten bewegt werden, deshalb ritten sie auf ihren eigenen Pferden hinaus, nahmen zur Abwechslung auch dasjenige Adletas, wenn es längere Zeit gestanden hatte. So konnten Verzögerungen vermieden werden, und war jemandem ein Versehen unterlaufen, das sofort behoben werden mußte, ließ sich der Junker nicht lumpen und ritt nach Feierabend noch einmal in die Werkstatt, um die Sache in Ordnung zu bringen.

Es war das erstemal in seinem Leben, daß er eine praktische Arbeit verrichtete und bei sich selbst Fähigkeiten entdeckte, von denen er bisher nichts gewußt hatte. Etwas so Nützliches und Sichtbares voranzubringen, machte ihm Freude, was er natürlich nicht zugab. An der Oberfläche erschien er ungeduldig, mürrisch, redete viel vom Frühjahr und vom Löwy. Vlasta indes konnte er nicht täuschen. Sie hatte ihre besondere Art, ihn aus den Augenwinkeln zu beobachten, ohne daß er das Geringste davon merkte. Wie er den gelagerten Ton, den der Frost inzwischen aufgeschlossen hatte, mit Wasser einsumpfte, ihn knetete und durchwalkte, wie er die Holzformen vorsichtig mit Sand bestreute, um das Anhaften der feuchten Masse zu verhindern, behutsam den Ton hineindrückte, den Überschuß mit einem Streichbrett entfernte und dann die Form abhob — selbstvergessen, werkkundig und seiner Arbeit verhaftet — das erinnerte an den Hufschmied in Vadislav, der damals so hingegeben und kunstgerecht dem Wallach seine speziellen Eisen angepaßt hatte.

Die Ziegelei des Jurisch war auf Winterarbeit eingestellt,

und das bedeutete, daß im Trockenschuppen stets die gleiche Temperatur herrschen mußte. Fuchsteufelswild konnte der Junker werden, wenn einer der Lehrbuben, die das Feuer zu versorgen hatten, es darin fehlen ließ. Und waren die Tonformen getrocknet, so ließ er es sich nicht nehmen, die Ladung eigenhändig in den Brennofen zu schieben, sie mit einem frischen Lehmbewurf zu bedecken und den Ofen sorgfältig zu schließen.
Manchmal blieb er über Nacht draußen, um das Feuer im Ziegelofen zu regulieren, Schürgassen und Zuglöcher zu überwachen, da in den ersten vier Tagen nur schwach geheizt werden durfte — dies, nachdem die Buben darin einmal gesäumt und einen ganzen Schub Ziegel verdorben hatten. Nach sieben bis acht Tagen waren die Steine gar; dann verschloß Jan Vincenz sämtliche Öffnungen des Ziegelofens und überließ ihn für weitere acht Tage sich selbst. Das war die Zeit, in der er sich ein wenig Ruhe gönnte, sich in der Stadt umsah, auch einmal mit der Schwester ausritt, sofern das Wetter es erlaubte. Nach Ablauf der Woche aber, wenn es ans Entleeren des Ofens ging, war er wieder zur Stelle, den Zeitpunkt versäumte er nie. Der Blick, mit dem er die fertigen Stücke begutachtete — helle gelbliche Steine, denn der Ton war kalkhaltig in dieser Gegend —, war schon der Blick eines Kenners und Liebhabers. Hätte sich sein bisheriges Tun noch als Gewissenhaftigkeit auslegen lassen, so verriet der begeisterte Blick eine ernsthafte Zuwendung.
Der Knappe machte sich im stillen seine Gedanken darüber, wehmütige und hoffnungsvolle Gedanken. Der Junker hatte bisher kaum Gelegenheit gehabt, sich im Handwerklichen zu bewähren, und brachte doch alle Voraus-

setzungen dazu mit. Was lernten die jungen Herren im friedlichen Saros Patak? Latein und Griechisch, Arithmetik und Astronomie, Bibelkunde und Chorgesang, bei vorhandener Begabung ein Musikinstrument, Clavichord, Flöte oder Laute. Vom Musizieren abgesehen hatte auch Vlasta in Bilina von alledem ein wenig mitbekommen, getreu den Weisungen der Unität, daß man den Geist der Kinder zu bilden und rege zu halten habe, weil körperliche Arbeit allein ihn verkümmern und stumpf werden lasse. Doch während die Studien bei ihr nur Ausgleich waren zur übrigen Arbeit in Hof und Stall, stellten umgekehrt die körperlichen Übungen, denen Jan Vincenz sich unterziehen mußte, nichts als Zeitvertreib dar: Reiten, Schwimmen und Fechten. Mit dem Degen gingen sie bravourös um, die jungen Herren von Stand, kein Wunder, daß es sie drängte, diese Fertigkeit auch einmal nutzbringend anzuwenden. Und war in einem Gemetzel kein Nutzen zu erblicken, so erfand man sich einen und hing ihm trotzig an. Ganz abgesehen davon, daß die Brüderlehre die Rache verbot — wem wäre, bei Licht betrachtet, mit dem Tod des Eggenberg gedient gewesen? Da dieser an jedem Ort und zu jeder Zeit von waffenstarrenden Gefolgsleuten umgeben war, hätte das Geschlecht der von Budovetz und Bilina auch noch seinen letzten männlichen Erben verloren.
Gedanken eines Mädchens, eines zimperlichen Weibes? Nicht so ganz. Wenn es darauf ankam, konnte dieses furchtsame Geschöpf sich zu einer Kühnheit aufschwingen, wie sie auf dem Fechtboden junger Feudalherren schon deshalb nicht gelehrt wurde, weil sie überhaupt nicht lehrbar war. Man trug dies in sich oder auch nicht,

daß nämlich Ritterlichkeit ihren Namen nur dann verdiente, wenn es in einem konkreten Fall einen Menschen zu beschützen galt, jetzt und hier. Alles andere war realitätsfern, war Gefuchtel, in ungefährlichen Situationen Form und Dekor, ganz hübsch, aber man konnte sich's schenken.

Der März kam, das Land wurde noch einmal von zurückkehrendem Frost heimgesucht. Der April brachte milderes Wetter mit reichlichem Regen, Schmelzwasser brausten von den Bergen und verbreiterten Bäche und Flüsse, die Otava schwoll an, tobte wild um die Brückenpfeiler, bedrohte die am Kai stehenden Häuser. Man kannte das in Pisek und hatte Vorsorge getroffen.

Die Ungeduld des Junkers war nun nicht mehr ein bloßes Spiel, mit dem er seine Lust am Ziegelbrennen tarnte. Wo blieb der Löwy, wo, zum Teufel, trieb er sich herum? Er hätte längst hier sein müssen.

Er tat, von Vlasta unterstützt, seine Arbeit nach wie vor, und die Übung, die er sich inzwischen erworben hatte, verhalf ihm jedesmal zu einem erfolgreichen Abschluß. Mit dem Herzen aber war er nicht mehr dabei. Wurden die glatten, gelungenen Ziegel aus dem Brennofen geholt, sah er sie an, nickte und wandte sich gleich ab. Seine dichten schwarzen Brauen zogen sich oft zusammen, und wenn er über die Gasse oder einen Feldweg ging, pflegte er manchen unschuldigen Stein am Boden mit seiner Stiefelspitze wegzuschleudern. Es schien Vlasta dann jedesmal, als züchtige er den Eggenberg.

Am Ostersonntag kam es zu einer heftigen Auseinandersetzung zwischen den Geschwistern. Vlasta hatte Adleta gewarnt: Treib es nicht zu weit, du weißt, daß er an den

Feiertagen im Haus ist, es muß ja nicht gerade die Ostermesse sein. Beginnen Alltag und Arbeit wieder, kannst du mit der Jurischova unbemerkt deine Andachten besuchen und Beichte wie Kommunion nachholen, ohne daß es Ärger gibt.

Aber mit Adleta war nicht mehr zu reden. Der fanatische Glanz in ihren Augen, wenn ihre religiösen Bedürfnisse zur Sprache kamen, zeigte Vlasta an, daß hier über kurz oder lang ein Gewitter zu erwarten stand. Adleta hatte mittlerweile — wobei der Einfluß der Hausfrau mitspielte — die Grenze erreicht, hinter welcher ihr jede weitere Rücksichtnahme auf den Bruder als Verrat an ihrem Glauben erschien. Sie war fest gewillt, Farbe zu bekennen, und vor dieser Festigkeit, die nichts mehr mit bloßer Schwärmerei zu tun hatte, beugte sich Vlasta und ließ die Bekehrung ihrer Jugendgespielin in vollem Umfang gelten.

Nichts gelten ließ der Junker, der von seinem Fenster im oberen Stockwerk die Schwester am Ostermorgen in vertraulichem Nebeneinander mit Frau Jurisch aus der Marienkirche kommen sah. Gebetbuch und Rosenkranz gab Adleta unten in der Stube ab, nicht ahnend, daß Jan Vincenz es in ihren Händen bereits gesehen hatte und daß der Sturm, den sie seit Tagen befürchtete, unmittelbar bevorstand.

Kaum hatte Adleta die Kammer oben betreten, da tobte der Junker los. Von Wankelmut sprach er, vom schwankenden Rohr im Wind, von Entweihung (wen oder was sie entweiht haben sollte, wußte er allerdings nicht zu sagen), von der Schändung des Familiennamens, und daß sie den Märtyrertod des Vaters und Großvaters befleckt habe, ehrlos und pflichtvergessen sei sie und beinahe eine Hure —.

Starke Worte, die auch dann noch stark und ungerecht blieben, zieht man den Schmerz und Zorn eines Enttäuschten einmal ab. Aber die Schwester, ihm nicht nur im äußeren ähnlich wie ein Zwilling, sondern ebenbürtig auch im Temperament, zahlte ihm mit gleicher Münze heim, und da bekam er dann einiges zu hören, was sich in seine bisherigen Vorstellungen schlecht fügte.

Vlasta wollte sich erschrocken entfernen, Adleta jedoch hielt sie am Arm zurück und zwang sie zum Bleiben.

»Du hörst dir das an, du weißt ohnehin Bescheid, und ich brauche einen Zeugen. Mein lieber verehrter Bruder, du bist aufgewachsen im lieblichen Saros Patak, wo man den Krieg nur vom Hörensagen kennt und von Grausamkeiten nur durch die Berichte der Exulanten erfährt, die selber wahre Unschuldslämmer sind und niemals einen Andersgläubigen auch nur angetastet haben, beileibe nicht — du nimmst natürlich ernsthaft an, es sei ohne Grund und Anlaß zum Überfall auf Bilina gekommen, nicht wahr?

Vielleicht geruhst du einmal nachzudenken. Wer wie unser Vater der römischen Kirche die Treue geschworen hat, und sei es gezwungenermaßen und zum Schein, der kann hernach nicht hingehen und in Bilina und Bojkowitz, ja, bis nach Lhota und Straßnitz hinein in den Häusern brüderische Gottesdienste abhalten und die Bauern aufwiegeln, daß sie den neuen Grundherren die Roboten verweigern. Das hat er nämlich getan, über Jahre hinweg. Ist dreimal verwarnt worden, vom Liechtenstein, vom Dietrichstein, sogar Karl von Zierotin hat von Schlesien aus zum Einlenken geraten, vergebens — ein Budovetz lenkt nicht ein, hat er sich einmal etwas in den Kopf gesetzt, und der Jan Evangelista hatte sich nichts Geringeres in den Kopf gesetzt, als ganz Mähren dem evangelischen Glauben zurückzugewinnen, siebenundzwanzig Jahre nach der Schlacht am Weißen Berge und gegen eine hoffnungslose Übermacht. Wie hat unsere Mutter ihn beschworen, ihn angefleht, er möge sich bescheiden und sich ins Unvermeidliche fügen, um unser aller Leben willen! Nichts hat es geholfen, er hat sich nur noch mehr in seinen Standpunkt verbohrt. Und als ihm der Kaiser dann den Eggenberg auf den Hals schickte mit Kanonen, Musketieren und Pikenieren, da ist auch dies zunächst nur zur Abschreckung geschehen, damit sich der Herr auf Bilina besinne und zum Nachgeben bereit erzeige. Er indes wollte es nicht wahrhaben, er verlor die Nerven und benahm sich wie toll. Der erste Kanonenschuß — Vlasta und ich können es bezeugen — wurde von unserer Burg abgefeuert, von unseren eigenen Leuten. De mortuis nil nisi bene, haben wir einmal gelernt, aber von dem Toten, der mein Vater war, kann ich nur Übles —«

Der Junker holte zum Schlag aus, und Vlasta warf sich dazwischen.

»Besinnt euch, so besinnt euch doch beide! Ihr dürft sie nicht schlagen, Herr, und du, Adleta, darfst von deinem verstorbenen Vater so unehrerbietig nicht reden. Ich bitte Euch, Herr, haltet ihr zugute, daß sie sehr erregt ist und mit dem Schrecken von Bilina nicht fertig wird. Geh hinaus, Adleta, es ist besser, ihr seht euch eine Weile nicht an, ehe ein Unglück geschieht.«

Adleta gehorchte, von Vlastas Vernunft ernüchtert, entleert, benommen. Sie hatte die Tür gerade hinter sich zugemacht, da fiel Jan Vincenz auf einen Stuhl und ließ stöhnend den Kopf auf die Tischplatte sinken.

Vlasta trat hinter ihn, hob zögernd ihre Hand, diese breite, fast männliche Hand, und legte sie dann mutig dem Junker auf den Nacken, dorthin, wo das schwarze Haar sich zu kräuseln begann. Sie konnte nicht sehen, wie er die Liebkosung aufnahm, da sein Gesicht abgekehrt blieb, und ihr Herz schlug laut und bang. Würde er sie für aufdringlich halten? Sie hatte sich ihm aus eigenem Antrieb bisher nie genähert. Aber er war so allein und hilflos in seinem Kummer.

Ob er geweint hatte, wußte sie nicht, denn als er sich erhob, zog er sie sofort an sich. Er preßte ihren Kopf fest an seine Brust, mit einem Griff, der ihr wehtat, lehnte seine Wange gegen ihr Haar und bat mit brüchiger Stimme:

»Bleib du unserem Glauben treu, Vlasta, versprich es mir!«

»Ich verspreche es, Herr. Unserem Glauben und Euch will ich treu bleiben.«

»Trotz Tod und Teufel?«

»Trotz Tod und Teufel.«

Mit diesen beiden hatte er es in letzter Zeit, und sie kannte die Ursache. Da war dieses Blatt, das er einem durchziehenden Händler abgekauft hatte, ein Kupferstich des Nürnbergers Albrecht Dürer, der ein Lutherischer gewesen war und dessen Altartafeln doch auch die römischen Kirchen schmückten, denn die wahre Kunst, hatte Jan Vincenz gesagt, weiß nichts von konfessionellen Schranken. Der weiland Kaiser Rudolf in Prag, dessen

Sammlung von allen Kennern in Europa geschätzt wurde, hatte für den protestantischen Maler aus Nürnberg eine besondere Vorliebe gehabt und zahlreiche Gemälde von ihm erworben. Der Junker freute sich schon jetzt darauf, nach dem Ende des Krieges (das er sich nur als einen Sieg der Evangelischen vorstellen konnte) die berühmte rudolfinische Schatzkammer auf dem Hradschin besichtigen zu können.

Für Vlasta Zitkova war der Maler Dürer kein Unbekannter, denn sie hatte in Bilina aus einer Bilderbibel, die dem Herrn Jan Evangelista gehörte, das Lesen in deutscher Sprache und Schrift gelernt, als sie die tschechische Muttersprache bereits beherrschte. Ein Buch von großer Kostbarkeit, die lutherische Heilige Schrift mit den Dürerbildern, in Schweinsleder gebunden, schon recht abgegriffen. Sie entsann sich einer Darstellung der Geburt Christi in einem durch ein Holzgerüst nur angedeuteten Stall, Maria mit demütig gekreuzten Armen, ein ziemlich alter Joseph mit Greisenbart zur Linken, zwischen ihnen tief unten ein winziges nacktes Jesuskind, von ebenso winzigen Engeln beschützt. Und alle Bäume standen in vollem, hochsommerlichem Laub. Darüber war sie, die kleine Vlasta, sehr erstaunt gewesen und beinahe befremdet, denn der Heiland war zu Weihnachten geboren worden, und da lag doch Schnee! Auch an einen zwölfjährigen Jesus konnte sie sich erinnern, der hatte schulterlanges blondes Haar wie sie selbst, aber nicht glatt, sondern leicht gelockt. Inmitten der Pharisäer stand er und belehrte sie, sein Antlitz war ruhig und ausgeglichen wie bei einem, der alles schon weiß, und doch war es ein rundes kindhaftes Gesicht — auch darüber hatte sie sich gewundert, wie das zusammenging, Weisheit und Kindlichkeit. Aus dem Passionskreis war ihr eine Zeichnung gegenwärtig, die Kreuznagelung Christi, wie die rohen Gesellen mit ihrem Hammer losschlugen, geläufig und ungerührt, als nagelten sie einen Gegenstand auf ein Brett und nicht den reinen Leib des lebendigen Gottessohnes. Über dieses Bild hatte sie geweint und einmal auch gebetet, Gott möge nicht zulassen, daß sie und die Ihrigen jemals solche Pein erdulden müßten, aber sie hatte wohl nicht kräftig genug gebetet, denn erhört worden war es nicht.

Und nun: Ritter, Tod und Teufel. Der Junker hatte den Stich an die Wand über seinem Bett geheftet, um ihn stets vor Augen zu haben, hatte auch Vlasta und Adleta erklärt, wie er zu verstehen sei. Die Schwester war ihm nur widerwillig gefolgt, sie wollte davon nichts wissen und hörte es sich nicht bis zu Ende an.

In diesem Ritter sah er sich selbst, den Junker von Budovetz und Bilina. Zwar sprach es er nicht aus, so geschmacklos war er nicht, aber das Ungesagte redet oft eine deutlichere Sprache als das geformte Wort. Stramm geradeaus blickte der bewaffnete Reiter über Mähne und Kopf seines Streitrosses hinweg, ohne Furcht vor den beiden Begleitern, deren Scheußlichkeit der kleinen Zitkova Schauer über den Rücken jagten. Hoch oben und ziemlich fern die weitläufige, vieltürmige Burg; in ihr konnte man unmöglich das kleine Bilina erkennen, also war es wohl Böhmisch-Krumau, auch wenn Jan Vincenz den Namen verschluckte. Schaute er deshalb so gleichmütig und unerschrocken unter seinem Helm hervor, weil er dem Eggenberg alles heimgezahlt hatte? Der De-

gen an seiner Seite glich dem des Junkers, hier war die Ähnlichkeit perfekt — Vlasta beugte sich vor, um diesen Degen genau zu betrachten, ob nicht auch die Initialen des Matthias Thurn in seinem Knauf eingraviert seien.
Dieser Ritter, dachte sie betroffen, hat ja überhaupt keinen Grund für seine Zufriedenheit. Denn daß ihm der Tod die Sanduhr so mahnend hinhält, konnte in des Knappen Auslegung nur eines bedeuten: deine Stunden sind gezählt, Jan Vincenz von Budovetz. Nur um diese Felsenecke, und die Mannen des Kajetan werden über dich herfallen und dich vernichten!
Laut sagte Vlasta: »Ich mag dieses Blatt nicht, Herr. Es ist kein Mensch aus Fleisch und Blut, der da reitet. Der Ritter ist aus Eisen, sein Roß aus Marmor. Ihr verschwendet Eure Zuneigung an ein Monument.«
Das war vor drei Tagen gewesen, am Gründonnerstag. Und heute, am Tag der Auferstehung des Herrn, gelobte sie, den Kopf an des Junkers Brust, ihm die Treue zu halten trotz Teufel und Tod. Bei ihr war es nicht nur dahingesagt, sie nahm es genau damit und ängstigte sich gerade deswegen bis ins Mark.
Im Mai kam der Löwy. Man hatte es schon beinahe nicht mehr für möglich gehalten, aber nun kam er tatsächlich mit Pferd und Wagen und wiederum zu Fuß nebenher schreitend, als könne er dem armen Tier nicht zumuten, auch noch das Gewicht seiner Person zu ziehen. Über die steinerne Brücke mit den großen Bögen zog er in Pisek ein, jubilierend und psalmodierend, als sei das kümmerliche Stadttor jenseits der Brücke die Pforte zum himmlischen Jerusalem. Es war der Neumondstag des jüdischen Monats Siwan, der Tag, an dem das Volk Israel

zum Berge Horeb gekommen war, um das Gesetz zu empfangen, und darum war der Gideon so besonders froh und festlich gestimmt und erhob seine Stimme, daß es weithin schallte:

»Der Ewige ist unser Gott, der Ewige ist einzig!«

Kinder umjohlten ihn, zerrten an seinem Kaftan, versuchten sogar, ihm ein Bein zu stellen — er segnete sie dafür, als sei es nicht eine Verhöhnung, was sie mit ihm trieben, sondern nur Übermut aus frohem Herzen, zur Ehre des Höchsten. Es war wie immer: seine Gutmütigkeit reizte die Gassenbuben zunächst und langweilte sie schließlich. Sie ließen dann von ihm ab.

Der Junker zeigte sich tief befriedigt. Einhundertundfünfzig Gulden brachte der Alte ihm mit, und sie waren keine Leihgabe, sondern sein Eigentum, der Prokop hatte es ihm in Bilina herausgewirtschaftet. Da verschlug es auch nichts, daß der Löwy so lange gesäumt hatte, das wurde ihm ohne weiteres verziehen. Er möge dem Prokop seinen Dank ausrichten, wenn er wieder heimkäme.

»Das solltet Ihr selbst tun, Herr, haltet zu Gnaden. Prokop macht seine Arbeit gut, aber Bilina braucht einen Herrn. Er wartet auf Euch, der arme Stumme, daß Ihr ihm helft, Euren Besitz wieder zu Stand und Ansehen zu bringen.«

Jan Vincenz winkte ungeduldig ab. »Schon gut, schon richtig, Alter, aber das hat Zeit. Hast du Neues aus Prag gehört? Du bist doch immer bestens informiert.«

Löwy blickte sich um, ob auch kein Späher oder Lauscher in der Nähe sei, dann sagte er halblaut und so unauffällig wie möglich: »Von Süden her, auf dem linken Ufer, werdet Ihr ungeschoren hineinkommen, und für wenig Geld.

Der Metod Vlach unterhält die Wache beim Strahover Tor, ein abgedankter Offizier, dem die kaiserlichen Generale angeblich Sold und Beförderung schuldig geblieben sind. Er hat ihnen Rache geschworen und sich heimlich auf die Seite der Protestanten geschlagen. Auch Eurem Vetter Vitěslav hat er Waffen besorgt und ein unverdächtiges Quartier. Nach außen hin gibt der Vlach sich streng papistisch, ist Gestütsaufseher beim Lobkovitz, der ihm voll vertraut. Beruft Euch auf den Smiřicky, dann kann es nicht fehlen. Das ist alles, was ich herausbringen konnte, zu dienen.«

»Das ist sehr viel, Gideon, ich danke dir.«

Jan Vincenz war überrascht und hoch erfreut über die Aussicht, die sich ihm plötzlich eröffnete und seine vagen Pläne um einiges fester und sicherer machte. Und doch fühlte er sich nicht völlig wohl in seiner Haut angesichts der Beweggründe dieses verabschiedeten Offiziers namens Metod Vlach. Er hätte es gern ehrlicher gehabt und war in seinem Innern davon überzeugt, daß auf der Waage der Gerechtigkeit eines Menschen Motive ebenso ins Gewicht fielen wie seine Taten.

Doch schob er das beiseite, die Zeit drängte. Antonin Jurisch bedauerte den Weggang der tüchtigen Helfer — daß er sie anfangs ungern bei sich aufgenommen, war vergessen — und zahlte eine vorher nicht vereinbarte Summe drauf als Handgeld für den weiteren Weg. Er ahnte ja nicht, der redliche Mann, was für ein Unternehmen er dabei mitfinanzierte.

»Willst du nicht lieber hier bleiben?« fragte Vlasta ihre Freundin. »Frau Jurisch würde dich gern behalten, und Prag ist voll Zündstoff an allen Ecken und Enden. Graf

Eggenberg wurde nach Glatz abberufen, um ihn brauchst du nicht zu zittern, und auf deinen Bruder hast du schon lange keinen Einfluß mehr.«

»Ich komme mit«, erklärte Adleta mit Entschiedenheit. »Ich will ihn im Auge behalten und wissen, was er tut.«

Wieder gab der Knappe dem Gideon Löwy das Geleit über die Brücke bis zum östlichen Ufer, und diesmal wurde es ein trüber Abschied, den auch die Maienlandschaft ringsum nicht leichter machen konnte.

Der Alte legt dem Mädchen die Hand auf den Kopf und sprach seinen hebräischen Segen. Dann setzte er bekümmert hinzu: »Möge der Ewige es schenken, daß ich euch drei wohlbehalten wiedersehe. Einige Leute sagen, es wird bald Frieden sein, andere sagen, daß die Schweden sich zu einem neuen Überfall auf Böhmen rüsten. Wirst es schwer haben in der nächsten Zeit, Kindchen, und der alte Löwy wird dir auch diesmal nicht helfen können. Auf die beiden Hitzköpfe derer von Budovetz aufzupassen ist keine Kleinigkeit, da hütete ich gleich lieber einen Sack voller Flöhe. Und vor den Toren von Prag steht der Königsmarck.«

»Gewiß, ja. Der Engel Königsmarck«, sagte Vlasta mit Bitterkeit und spuckte auf den Boden.

10

Am Abend des 6. Juni waren sie in Prag.

Wäre der Junker abergläubisch gewesen, ihn hätte die Leichtigkeit des Unternehmens unbehaglich stimmen müssen, so glatt war alles gegangen.

Der Vetter Vitěslav Smiřicky hatte seit einem Jahr mit dem Eintreffen von Jan Vincenz gerechnet und den Metod Vlach ins Bild gesetzt. Der wurde von den Wachleuten eilends herbeigeholt, besah sich die drei berittenen Leute, hielt kurze Zwiesprache mit dem jungen Herrn. Dieser und sein Knappe, soweit war es in Ordnung, das Fräulein dagegen hätte der Vlach am liebsten zurückgeschickt. Mit Weibern belastete man sich ganz unnötig in solchen Tagen, und daß sich die blutjunge Adleta von Budovetz so energisch und hochmütig gab, besagte nichts. Wenn diese Art Mädchen den ersten Pulverdampf rochen, ließen sie in der Regel alle Hochherzigkeit fahren und klammerten sich an die Männer ausgerechnet in dem Augenblick, wo diese ihre Hände für den Kampf freihaben mußten.

Es bedurfte einiger Überredungskunst, bis Jan Vincenz dem Vlach klarmachen konnte, daß von seiner Schwester keine Scherereien zu befürchten seien. Ein paar Gulden wurden ihm abgeknöpft für die Wachhabenden, die es zu bestechen galt und die sich für das Geld mit Branntwein einzudecken pflegten. Für sich selbst nahm Metod Vlach keinen Heller, und das berührte den Junker angenehm, mochte der abgedankte Offizier auch sonst keine anständigen Gründe für seinen Gesinnungswandel haben.

An Vlasta nahm niemand Anstoß. Sie hielt ihr Geschlecht geheim, saß auf dem Pferd wie ein Junge, zierlich und klein zwar, aber mit durchgedrücktem Kreuz. Während die im Damensattel reitende Adleta den Widerstand des Vlach zu brechen suchte, hörte Vlasta der Diskussion um die Zulassung von Weibern mit einem gelangweilten Gesicht zu, als ginge es sie nichts an. Ein Knappe, der schon einige Schlachten hinter sich hatte und dessen kurzer, frecher Nase man zutraute, daß sie den Gestank von Schießpulver bestens vertrüge.
Der Eindruck täuschte wie immer. Hinter dem ledernen Wams des Knappen schlug das Herz eines Hasen, zu einer Stunde, da die Geschwister Budovetz noch voll Mut und Zuversicht durch das Strahover Tor in die Kleinseite einzogen. Zwar war auch Vlasta nicht abergläubisch, dafür mit dem besseren Instinkt für Gefahren begabt. Sie witterte Unheil; etwas lag in der Luft, das sie nicht benennen konnte. Die plan verständliche Furcht vor Kampfhandlungen, gewiß, vor den Schüssen aus Kanonen und Musketen, vor dem Gemetzel durch Lanzen und Schwerter, vor dem Feuertod in brennenden Häusern.
Doch nicht das allein. Sie hatte einmal der nackten Roheit ins Angesicht gesehen, der ziellosen Unbarmherzigkeit, der Lust am Quälen. Sie hatte einmal den Wendepunkt erlebt, wo der Zweck eines Kampfes umschlug in blutigen Selbstzweck und der Mensch den ihm vom Schöpfer verliehenen Verstand dazu mißbrauchte, dem Mitmenschen die raffiniertesten und ausgefallensten Torturen anzutun, und mit wilder Freude. Man vergißt das nicht. Sie hatte Angst, wieder einmal Menschen verachten zu müssen, und noch mehr Angst, es könne der Jun-

ker in seiner Unschuld sich jenen anschließen, die den Namen Mensch nicht mehr verdienten.

Jan Vincenz kannte sich in Prag aus, als sei er hier zu Hause. So verhielt es sich auch. Auf Abbildungen und Topographien hatte er jeden Stadtteil, jede Gasse durchschritten, mit seinem Geist, der lebhaft und bildbar war. Schattenhafte Umrisse in der Dämmerung, und doch wußte er Bescheid, seht her, das ist Sankt Niklas, das einmal den Utraquisten gehörte, nun haben die Jesuiten es an sich gerissen, und die Dreifaltigkeitskirche der deutschen Lutheraner drüben ist an die Karmeliter gefallen, aber das holen wir uns zurück, die Altstädter Kirchen desgleichen, wenn nur erst der Königsmarck mit seinem Heer hier eintrifft, der wird Ordnung schaffen und Gerechtigkeit und die alten Zustände wiederherstellen, daß die Zwangsbekehrungen ein Ende nehmen.

Adleta sagte zu alledem nichts.

Über die Brücke ritten sie, die breit und mächtig war, von zwei aus großen Quadern gefügten Türmen flankiert, und keinen Vergleich mit Pisek zuließ, auch die Kalvariengruppe nicht mit ihren überlebensgroßen Figuren. Durch das Tor des Altstädter Brückenturms ging es geradewegs auf den Ring und die Teynkirche zu. Zur Linken sahen sie Sankt Salvator und das Clementinum, die Hohe Schule der Gesellschaft Jesu, von der Jan Vincenz zu berichten wußte, daß sie mit dem weiter stadteinwärts gelegenen Carolinum in heftiger Fehde lag. Der weite Platz zwischen Rathaus und Maria Teyn war beinahe menschenleer; ein Händler schob seinen Karren heimwärts, ein Nachtwächter nahm seinen Dienst auf, unter den Lauben sprachen zwei Männer aufeinander ein mit

Stimmen, die leise gemeint waren, denen die Stille aber einen zusätzlichen Nachhall verlieh. Die Laternen an den Straßenecken brannten trübe.
Am Haus der Smiřickys — Jan Vincenz erinnerte sich genau, daß es das dritte nach dem Eckhaus war — brannte überhaupt keine Lampe mehr, auch hinter den Fenstern nicht, von denen die meisten mit Läden dichtgemacht waren. Das Tor verschlossen, der Klingelzug abgerissen, einen Klopfer in Form einer eisernen Hand gab es noch. Ihn betätigte der Junker einigemale in wachsender Ungeduld und zuletzt schon wütend — da näherten sich schlurfende Schritte, und durch einen vergitterten Ausschnitt fragte jemand mit greinender Stimme, wer da Einlaß begehre und warum.
Jan Vincenz sagte seinen Namen, fragte nach Tante Ludovika, behauptete dreist, daß man ihn erwarte. Sie vernahmen das Gerassel von Schlüsseln — es mußten zittrige Hände sein, die im Bund herumsuchten —, dann endlich wurde geöffnet. Eine bucklige Greisin, der das dünne Haar strähnig aus der Haube hing, humpelte ihnen voran, zu den leeren Ställen zuerst, wo sie ihre Rösser einstellten, danach ins Haus. Es erwies sich, daß die wortkarge Beschließerin derzeit die einzige Person war, die das Palais der Smiřickys bewohnte.
Während der Knappe die Pferde striegelte und verpflegte, versuchten die Geschwister, aus dem Weib alles Wissenswerte herauszuquetschen, was sich bei der Trägheit und Weitschweifigkeit der Alten überaus mühsam anließ. Vielleicht war sie auch nur vorsichtig, hatte mit Spionen und Betrügern ihre Erfahrungen gemacht, dann kam es darauf an, ihr Vertrauen zu gewinnen. Dumm war sie

übrigens nicht. Gräfin Ludovika Smiřicky sei mit ihrer Tochter Benigna und sämtlichen Bediensteten vor acht Tagen nach Kursachsen abgereist, nach Pirna, wo die verwandten Familien Kinsky und Trčka seit Jahren eine Exulantengemeinde bildeten. Die Frau Gräfin habe sich vor einem neuen Schwedeneinfall in Prag gefürchtet.

»Vor den Schweden?« Jan Vincenz glaubte schlecht gehört zu haben. »Hat sie wirklich gesagt, daß es die Schweden seien, vor denen sie sich fürchtet? Die Schweden sind unsere Verbündeten und Befreier.«

Das Tatarengericht der Greisin begann zu zucken, in den tiefliegenden Augen glomm Spott auf. »Befreien wollen sie uns alle, Herr. Die Österreicher, die Bayern, die Pfälzer und die Hessen, die Spanier und Kroaten, die Sachsen und Schweden — alle sind immer nur zu unserer Befreiung gekommen. Haben unsere Häuser angezündet, unsere Mädchen geschändet, unsere Söhne niedergemacht, unseren Wein ausgesoffen und uns befreit, das freilich auch, von unserem Geld nämlich und unseren Vorräten —«

»Ach, Geschwätz!« Der Junker schnitt ihr mit einer Handbewegung die Rede ab, drehte sich auf der Stelle um und rannte die Treppe hinauf, um die Räume im Mittelgeschoß zu inspizieren. Adleta blieb noch eine Weile unten und nutzte die plötzliche Gesprächigkeit der Buckligen, um sie weiter auszuhorchen. Als sie genug zu wissen glaubte und den Bruder im Mezzanin aufsuchte, trug der Knappe gerade die letzten Gepäckstücke ins Haus.

Adleta warf sich in einen Sessel, bleich und um Fassung bemüht. »Wir können hier nicht bleiben«, stieß sie hervor, »es ist zu schrecklich, was ich soeben erfahren habe.

Jeder, der nur die Möglichkeit dazu hat, verläßt diese Stadt, und wir, wir Narren, wir kommen hierher, ausgerechnet jetzt, wo sich alle Greuel, die sich so oft in diesen Mauern abspielten, in Kürze wiederholen werden.«

»Ich hatte dich gewarnt«, war das einzige, was Vlasta darauf zu sagen wußte.

Der Junker konnte sich auf eine solche Warnung nicht berufen, er hatte darauf bestanden, die Schwester mitzunehmen, weil er sie dem — wie er es ausdrückte — papistischen Einfluß der Frau Jurisch entziehen wollte. Es dämmerte ihm, daß dies ein Fehler war und daß der Metod Vlach mit seiner Meinung über die Unzuverlässigkeit adliger Mädchen im Recht gewesen sei. Sie vertrugen nichts, sie waren zu behütet erzogen worden.

»Meine Schwester ist zimperlich«, sagte er verächtlich. »Die Tochter des Ritters von Budovetz ist nicht nur abtrünnig, sondern auch feige.«

Adleta schlug die Hände vors Gesicht. »Wißt ihr eigentlich, was ein Schwedentrunk ist?« schluchzte sie. »Wißt ihr, daß wir eine Zeugin im Haus haben, die mitansehen mußte, wie man ihrem Mann einen Eimer Jauche in den Schlund goß, bis er daran erstickte? Der man den Säugling aus den Armen riß und ihn ins offene Feuer warf, der man mit einer Nadel ein Roßhaar durch die Zunge zog, so lange, bis die Gemarterte in Ohnmacht fiel. Was muß ich denn noch vorbringen, daß es dir Eindruck macht?«

»Ich hab von diesem Weibergewäsch genug«, herrschte Jan Vincenz sie an. »Daß sich das eine oder andere davon ereignet hat, weiß ich auch, denn der Krieg lockt stets Gesindel an, das war zu allen Zeiten so. Der aber jetzt vor den Toren von Prag steht, heißt nicht Kajetan von Eggenberg, liebe Adleta! Er ist General in den Diensten der Königin Christine, der erlauchten Tochter unseres seligen Gustav Adolf, und sein Name ist Johann Christoph von Königsmarck. Ich hab sein Bildnis gesehen in Saros Patak, wo der Oheim Matthias es mir zeigte, ein kühner Kopf, ein edles Profil, und der Vetter Vitĕslav bestätigte es mir, denn er war in geheimer Mission am Stockholmer Hof, bevor ihn die Kaiserlichen in den Spielberg sperrten. Von Königsmarck allein kann die Rettung Böhmens kommen, von der reinen Gesinnung dieses Mannes, dem es nur um den Glauben zu tun ist und dem es gelang, den Geist des Evangeliums auch auf seine Truppen zu übertragen. Und vor ihm sollten wir uns fürchten?«

Vlasta Zitkova, mehrere Laken über dem Arm, hatte sich das alles mit unbewegter Miene angehört, nun sagte sie: »Macht mir bitte Platz, Herr, damit ich die Betten überziehen kann für die Nacht. Ihr schlaft mit Adleta in diesem Zimmer, ich richte mir ein Lager im Stiegenhaus vor Eurer Tür. So kann ich Euch ein Signal geben, wenn etwas Verdächtiges geschieht. Hier sind Hemden, ich fand sie in einem Schrank in der Diele. Die Pferde sind versorgt, der Brunnen im Hof ist intakt, zwei Krüge mit Wasser trage ich gleich noch herauf. Ich selbst wasche mich unten.«

Sie machte sich an den Betten zu schaffen, schüttelte Kissen auf, entfaltete die Tücher, zog sie glatt und schlug sie an den Kanten um, breitete die beiden langen Nachtgewänder aus.

Schon wollte sie wieder hinaus, da hielt Jan Vincenz sie

am Ärmel zurück. »Ich danke dir, Vlasta. Ich danke dir für deine Gelassenheit und deinen Mut.«
Sie löste sanft seine Hand von ihrem Arm, blickte zu ihm auf und erklärte: »Ihr irrt Euch, Herr. Ich bin weder gelassen noch mutig, und ich möchte, daß Ihr das wißt. Ihr irrt Euch auch in Adleta. Eure Schwester ist nicht feige, sie war es nie. Sie war immer ein gesundes und natürlich empfindendes Kind, und wenn sie jetzt verzweifelt ist, so reagiert sie damit völlig angemessen, denn unsere Situation ist es auch. Und nun laßt mich, bitte, an meine Arbeit.«
In der Nacht blieb alles ruhig. Sie schliefen nicht gleich ein, ihre überreizten Nerven waren auf ein Verhängnis eingestellt wie das Okular des Astronomen auf einen bestimmten Stern. Da aber nichts sich rührte, forderte die Müdigkeit am Ende ihren Tribut.
Als die Geschwister erwachten, schien die Morgensonne durch grüne Vorhänge und leuchtete den Raum in seiner vollen Größe aus. Ein Saal, dieses gräflich-smiřickysche Schlafgemach, und allem Anschein nach lange nicht benutzt, wahrscheinlich nicht mehr seit dem Tod des Oheims Albrecht, der vor zehn Jahren an der Pest verstarb, hier in Prag, beim Schwedeneinfall unter General Bannér. Vielleicht wirkte dieses Zimmer aber nur deshalb so groß, weil es kaum noch Möbel enthielt; die zwei Betten unter dem Baldachin zu einem einzigen vereint, je ein Kachelofen in den Ecken gegenüber der Fensterwand, zwei hochbeinige Stühle, eine Kommode mit Lavoir aus bemaltem, schon etwas beschädigtem Steingut, eine Aufhängevorrichtung am Plafond, die zeigte, daß dort einmal ein Lüster befestigt gewesen war. Überall lag Staub,

füllten Spinnweben die Winkel aus, knirschte grobkörniger Kalk einem bei jedem Schritt unter den Schuhen. Diese ganze verkommene Pracht, am Abend kaum wahrzunehmen, bot im Tageslicht den Anblick vollendeter Trostlosigkeit, obwohl ein wie durch Blattpflanzen gefiltertes Licht das Ärgste noch milderte. Um die anderen Räume stand es nicht besser, Jan Vincenz wußte es bereits. Dieses Haus war nicht überstürzt verlassen worden, sondern nach reiflicher Überlegung, der die Absicht zugrundelag, es für lange Zeit nicht mehr zu bewohnen. Zuviele leere Stellen gab es, auf den verblichenen Tapeten zeigten sich fein abgezirkelte Flächen, wo einmal Spiegel oder Gemälde gehangen hatten, die Konsolen waren ohne Aufsatz, manches Möbelstück nur noch ein Torso, den die Vorstellungskraft nach Gutdünken ergänzen konnte, heruntergenommen, herausgedreht, abgeschraubt und weggeschleppt alles, was wertvoll und erlesen war und nicht gerade von den Mauern festgehalten wurde. Die Tante Ludovika hatte tabula rasa gemacht, ohne Zweifel, dies sah nach Hoffnungslosigkeit und Endgültigkeit aus — warum? War die gute Beziehung zu Kardinal Harrach zerstört, des Erzbischofs von Prag, der die Gesellschaft Jesu nicht mochte und die Smiřickys bisher vor jesuitischem Ausweisungseifer beschützt hatte?
Der Sommermorgen erwärmte sich rasch, und doch kleidete Adleta sich mit der Eile eines Frierenden an, der nicht schnell genug in seine Kleider kommen kann. Vlasta kramte seit einer Stunde schon unten bei der Alten herum und bereitete auf ihrem Herd das Frühstück, Hagebuttentee, Hafergrütze, was gerade zur Hand war von den zurückgebliebenen Vorräten der Speisekammer.

Die Beschließerin hatte eine Nachricht für den Junker von Budovetz — keine schriftliche natürlich, das wäre gegen alle Vorsicht und Vernunft gewesen. »Gräfliche Gnaden haben einen Boten geschickt und lassen dem jungen Herrn ausrichten, daß nächste Nacht Zusammenkunft und Besprechung ist in einem Keller zwischen Pulverturm und Universität. Der Metod Vlach wird eine Stunde vor Mitternacht unter der Rathausuhr warten und den Herrn hinbringen.«

Kaum hatte die Alte sich entfernt, da belebte sich Jan Vincenz. Er sprang auf, warf die Arme in die Luft, die schwarzen Augen sprühten vor Tatendrang. Er konnte sehr schön aussehen, wenn er sich wie jetzt zur vollen Höhe seiner Begeisterungsfähigkeit aufschwang.

»Endlich ein Zeichen!« rief er zu Vlasta und Adleta hinüber, ein glühender Planet, egozentrisch um sich selbst kreisend und ohne die geringste Empfindung dafür, daß von den beiden Mädchen keine Teilnahme zu erwarten war, »endlich rührt sich etwas, habt ihr's gehört? Der Vetter Vitĕslav weiß von meiner Ankunft, er hat für mich vorgearbeitet und wird mir verraten, wie an den Eggenberg heranzukommen ist. Ein bis zwei Tage noch, und der Mörder unserer Eltern hat ausgespielt für immer. Auch was du erdulden mußtest, Vlasta, wird damit seine Sühne finden.«

»Danke!« erwiderte der Knappe lakonisch. »Schiebt es nicht auf mich, Herr, mir liegt nichts daran. Was Ihr Sühne nennt, macht nichts ungeschehen, weckt keinen Toten von Bilina auf und gibt mir meine Unschuld nicht zurück. Es beruhigt bloß Eure Unrast und löst Eure Spannung, und vielleicht haltet Ihr es anders nicht aus, da Ihr zur Trauer nun einmal nicht den Mut habt. Fragt Ihr Euch eigentlich nicht, weshalb der junge Smiřicky Euch zu nächtlicher Stunde zwischen Pulverturm und Carolinum erwartet anstatt hierher in sein Haus zu kommen?«

»Da würde man ihn suchen. Du weißt doch, wie gefährdet er ist seit der Flucht aus Brünn.«

»Zu der Ihr ihm verholfen habt!« ergänzte Vlasta mit Nachdruck. »Und das bedeutet, daß wir drei hier genauso gefährdet sind wie der Graf. Dieses Haus steht unter Bewachung, ich weiß es von der Alten. Alle paar Tage läßt der Stadtkommandant sämtliche Räume von seinen Bütteln durchsuchen.«

Adleta lehnte sich zurück und preßte die Hand gegen ihr Herz. Jan Vincenz fuhr ärgerlich herum.

»Das hat dir die Alte vorgeschwindelt, um Schweigegeld herauszuschlagen, merkst du das nicht? Mir scheint, es macht dir wollüstige Freude, zu sehen, wie meine Schwester sich ängstigt.«

Vlasta blieb ganz ruhig. Sie konnte das: unbewegt erscheinen wie ein Stein, während es in ihrem Innern brodelte vor Sorge, Liebe, Verständnis, Bestürzung. Seit dem Eggenbergschen Überfall und dem damit verbundenen Ende ihrer Kindheit verstand sie sich auf die Kunst der Maskierung.

»Ich kenne die Wollust nicht, von der Ihr sprecht«, entgegnete sie ernst. »Mir liegt auch nichts daran, Adleta Furcht einzujagen, ich fürchte mich ja selbst. Aber dadurch, daß wir uns belügen, schaffen wir keine Gefahr aus der Welt.«

Adleta war nur noch ein zitterndes Bündel. »Ich bleibe nicht hier. Ich reite allein nach Pisek zurück.«

»Von mir aus geh zum Teufel!«

Jan Vincenz rannte zur Tür und verschwand, indem er sie krachend hinter sich zuschlug. Man hörte ihn durch den Hof stapfen und über die Bohlen poltern, die der Pferde wegen vom Eingang bis zu den Stallungen in den Boden eingelassen waren, das Tor fiel ins Schloß. Wieder einmal war er blind und taub vor Zorn, denn sich am hellichten Tag aus diesem berüchtigten Haus mitten auf den Ring zu begeben, war unverantwortlicher Leichtsinn. In der Stadt selbst umherzugehen, hätte keinen Verdacht erregt, doch das Haus der Smiřickys verließ er unter den gegebenen Umständen besser im Schutz der Dunkelheit.

»Wir können ihn nicht festbinden«, sagte Vlasta, »er tut, was er will. Aber daß du mir allein nach Pisek reitest, werde ich nicht zulassen. Hör zu, ich hab eine Nachricht für dich, eine gute und tröstliche, möchte ich meinen. Die Alte kommt täglich auf den Markt und sperrt ihre Ohren auf, und die Köchin der Eggenbergs ist ihre Vertraute. Gräfin Domenica wird morgen noch vor dem Mittagsläuten Prag verlassen und nach Böhmisch-Krumau zurückfahren. Der Kajetan hat einen Kurier aus Glatz geschickt und es ihr anbefohlen. Sobald es dunkel ist, gehen wir heute abend aus dem Haus, und dann bring ich dich über die Brücke hinüber zur Kleinseite ins Eggenbergsche Palais. Wir kommen hinein, denn die Wache hält der junge Kabelka aus Krumau, der uns beide kennt.«

Adleta betrachtete ihre Freundin wie jemand, der aus einem Albtraum erwacht. Sie brauchte geraume Zeit, bis sie die rettende Bedeutung dieser Botschaft in ihrem ganzen Ausmaß begriff.

Dann sagte sie leise, mit einem leichten Spott, der ihre Rührung in Grenzen halten sollte: »Schade, Vlasta, daß sie in der Unität den Schutzengel abgeschafft haben. Die römische Kirche glaubt fest an ihn und ist auch damit den Evangelischen voraus. Dich hat Gott zu meinem Schutzengel ausersehen, denn daß du mir zu wiederholtem Male in äußerster Bedrängnis Hilfe bringst, kann kein Zufall sein.«

Vlasta rückte unwillig die Schultern unter ihrem Leinenhemd zurecht.

»Laß das!« sagte sie streng, »mir ist der Kopf schwer genug, und nun willst du mir noch einen Nimbus draufsetzen. Mit Engeln machen sie neuerdings auch in der Brüdergemeinde so gewaltig viel her, daß es mir schon widerwärtig ist. Bei den Exulanten geht das um, verständlicherweise, weil ihnen das Heimweh den Blick für die Wirklichkeit trübt. Mit dem Schwedenkönig damals hat es angefangen: Gustav Adolf, der Engel aus Norden. Dann die Poniatovska, ein Engel der Weissagung. Schon nennen einige den versoffenen Drabik in Saros Patak einen Engel. Dem himmlischen Vater müßte übel werden beim Anblick solcher Gestalten um seinen Thron.«

»Nicht zu vergessen den Königsmarck!«

»Von dem reden wir erst gar nicht.«

Sie deckten den Frühstückstisch ab, wuschen das Geschirr, räumten auf. Einmal schaute die Alte herein, nickte zufrieden und zog sich wieder zurück. Auch die Pferde im Stall tränkten und fütterten sie gemeinsam; es schien, als habe Adleta sich vorgenommen, keinen Schritt mehr von Vlastas Seite zu weichen, solange sie in diesem unheimlichen Haus sein mußte. Die Frist bemaß

sich nach Stunden, aber ihr wurde sie ungebührlich lang.
Wegen Jan Vincenz kam es zu einer Meinungsverschiedenheit. »Warum soll er vorher davon erfahren?« fragte Adleta. »Er verbringt den ganzen Abend bei seinen Spießgesellen, das macht es uns leicht, ohne sein Wissen zu verschwinden. Ich fürchte seinen Jähzorn, und daß er mich festhalten könnte. Ausgerechnet zur Gräfin Eggenberg — das wird er nicht dulden.«
»Er wird«, versicherte Vlasta. »Er ist froh, wenn er dich in Sicherheit weiß. Wir dürfen ihn nicht betrügen, das hätte er nicht verdient. Ich will, daß ihr versöhnlichen Abschied voneinander nehmt, wie es sich für Geschwister gehört.«
Manchmal übernahm er sich, der junge Admonitor. Zwar hatte er den Glorienschein des Schutzengels bescheiden von sich gewiesen, aber ein wenig Eitelkeit schlich sich doch ein nach seinem geglückten Planspiel, nach seiner mehrfach erfolgreichen Operation gegen die Herausforderungen des Schicksals. Da kann ein im Grunde ängstliches Geschöpf durchaus die Schwäche anwandeln, sich für begnadet zu halten. Der Knappe wollte es diesmal feierlich: Bruder und Schwester sollten in Frieden auseinandergehen.
Der Junker kam gegen Mittag zurück, fahrig und mißgelaunt. Hinter dem Tor prallte er mit Vlasta zusammen, die ihn dort empfing. Sie enthüllte ihm ihr Vorhaben ohne Umschweife, und er hörte sie düster an, halb abweisend, schweigsam. Vlasta hatte den Eindruck, die Schwester interessiere ihn gar nicht. Während sie noch stehenblieb — denn irgendeine Erwiderung mußte von

ihm ja erfolgen auf diese Eröffnung hin — packte Jan Vincenz sie plötzlich beim Hemdausschnitt und zog sie dicht zu sich heran.

»Mit dir hab ich noch ein Hühnchen zu rupfen, Knappe! Warum hast du mir verschwiegen, daß der Eggenberg nicht in Prag ist? Du hast es doch gewußt, oder?«

Vlasta schluckte. Man soll die Lüge nach Möglichkeit meiden, hatte der Gestütsmeister Zitek seiner Tochter eingeschärft; wenn sie sich aber nicht umgehen läßt, dann lüge gut!

Der Junker hielt sie mit der Faust immer noch vorn am Kragen fest, und seine Augen funkelten böse.

»Die Alte hat es heute früh vom Markt heimgebracht, daß der Kajetan seiner Gemahlin die Nachricht übermitteln ließ, durch einen Emissär aus dem Puchheimischen Lager, und es war ein Befehl. Das ist alles, was ich darüber weiß, zu dienen, Herr.«

Er stieß sie von sich, und zwar so, daß sie mit dem Kreuz hart gegen einen Torbalken schlug. Das weckte ihren Trotz und jene zweifelhafte Art von Mut, die man als Flucht nach vorn bezeichnet.

»Ich hab mich rechtschaffen abgemüht für Euch und Adleta und verdiene eine bessere Behandlung, mit Verlaub. Ihr stoßt mich hier herum, als sei ich es gewesen, die den Eggenberg nach Schlesien beordert hat. Dürft ich mir die Frage erlauben, was wir nun eigentlich noch tun sollen in Prag?«

Das Gesicht des Junkers drückte Abscheu aus.

»Was heißt: wir?« fragte er zurück. »Du hast hier überhaupt nichts mehr zu suchen. Von mir aus kannst du Adleta nach Böhmisch-Krumau begleiten und mit ihr wieder im Eggenbergschen Schloß wohnen, beim Mörder eurer Eltern, pfui Deibel. Für mich gibt es in Prag eine Menge zu tun, jetzt, wo der Königsmarck vor den Toren steht. Oder denkst du, ich werde Vitĕslav und seine Freunde im Stich lassen, wenn es gilt, unsere Hauptstadt für den wahren Glauben zurückzuerobern? Und daß ich's nur gestehe: von deiner Tücke und Weiberlist habe ich nachgerade genug.«

»Ihr seid ungerecht, Herr. Als Ihr mich noch für einen Knaben halten mußtet, kamen meine Ränke Euch sehr gelegen. Da nanntet Ihr mich pfiffig und schlau und lobtet mich dafür. Ich habe mich nicht als Mädchen erschaffen. Es gab sogar eine Stunde in meinem Leben, da hätte ich sehnlichst gewünscht, kein Weib zu sein.«

Jan Vincenz senkte den Kopf. Sie verstand es falsch, glaubte ihn milder gestimmt und wagte sich mit ihrer Bitte heraus.

»Macht Adleta keine Vorwürfe, wenn Ihr Euch nachher von ihr verabschiedet! Nicht wegen ihres Weggangs mit der Eggenberg, und auch nicht wegen ihres Übertritts zum römischen Glauben. Der Himmel über Böhmen hat sich so schrecklich verfinstert, Tod und Verderben rücken wieder ganz nahe heran, da dürft Ihr nicht im Groll von ihr scheiden, weil man doch nicht weiß, ob man sich wiedersieht und es gutmachen kann.«

Er kehrte ihr den Rücken zu und ging wortlos davon.

Vermied er eine Begegnung mit der Schwester, so versuchte diese jetzt, sie zu erzwingen. In einem schmalen, von einem einzigen Fenster erleuchteten Flur standen sie sich am Nachmittag plötzlich gegenüber, beide dunkel und hochgewachsen, beide mit den scharfgeschnittenen

Zügen des Jan Evangelista, einer des anderen Spiegelbild. Vlasta hielt sich im Hintergrund.

»Geh mir aus dem Weg!«

»Nicht, bevor du mir die Hand gibst und mir sagst, daß du mir verzeihst.«

»Ich habe eine Schwester gehabt«, sagte er statt dessen und bahnte sich den Weg mit Gewalt. Dabei blieb es.

Vlasta Zitkovas Bauernhände umkrampften das Treppengeländer in Enttäuschung und Erbitterung.

»Dafür habe ich Euch die Schwester in Bilina bewahrt«, schrie sie in die Halle hinunter, »dafür habe ich meinen Körper martern und entehren lassen, daß Ihr Euer Liebstes in die Gosse werft, gottlos und undankbar, denn nicht einmal im Angesicht des Todes findet Ihr die Kraft, Euren Starrsinn aufzugeben –«

»Laß gut sein, Vlasta!« Adleta zog die Freundin sachte vom Geländer weg. »Er hört dich ja gar nicht mehr.«

Die Uhr der Teynkirche schlug die zehnte Stunde, da machte sich Vlasta mit dem Fräulein von Budovetz auf den Weg vom Altstädter Ring zur Kleinseite. Die Dunkelheit bot nicht den Schutz, den sie sich von ihr erhofft hatten, denn es war Vollmond. Er hatte sich rasch aus der Ebene erhoben, einem Lampion gleich, den eine unsichtbare Hand an einem Faden in die Höhe zieht, und stand nun im Süden über dem Fluß, ein Verräter, kein Bundesgenosse. Er leuchtete alles aus, was in ihrem Blickfeld lag, und das war nicht wenig: den Hradschin mit seinen Befestigungen, die dreifach gebuckelte Haube von Sankt Veit, den Kleinseitner Brückenturm mit seiner Fialenbekrönung, die Häuserruinen am westlichen Ufer, die noch vom Einfall der Passauer herrührten, die zinnen-

bewehrten Stadtmauern, die zwischen Strahov und Smichov den Berg hinaufkrochen, um Burgtrakt und Kleine Stadt vor Überfällen abzuschirmen. Auf der Moldauinsel erkannte man jeden Baum.
Adleta schmiegte sich an ihre Freundin.
»Wir hätten genausogut bei Tage gehen können«, flüsterte sie. »Vielleicht wäre es sogar ungefährlicher gewesen.«
Vlasta schüttelte den Kopf. Sie schlug während des Gehens ihren weiten Mantel um Adleta, eine Glucke, die ihr Küken unter die Flügel nimmt, und behauptete: »Bei Tag hätten uns die Leute sehen können, die das Haus deiner Tante bewachen. Dein Bruder kann von Glück sagen, daß er heute morgen nicht entdeckt wurde. Noch hat der Stadtkommandant keine nächtliche Ausgehsperre verhängt, sei also unbesorgt. Eher sollte der Colloredo sich Sorgen machen, aber der scheint für Prag nichts zu befürchten, seit ihnen die schwedischen Pläne in die Hände fielen, die einen Angriff auf Schlesien vorsehen. Unser Gideon glaubt an eine Finte, ich übrigens auch. Denn daß der Metod Vlach und dein Vetter Vitĕslav etwas im Schilde führen, liegt auf der Hand. Kein Wort übrigens davon zu der Gräfin, versprich mir das!«
»Was fällt dir ein? Damit würde ich meinen Bruder ja an den Galgen bringen. Und dann — diese ganzen konspirativen Sachen liegen mir nicht. Mich wundert, wie du dich damit beschäftigen kannst.«
»Ich tu's, weiß Gott, nicht zum Zeitvertreib.«
Unter dem Torbogen des Kleinseitner Turmes wurden sie angehalten. Jemand richtete eine Lanze so unvermittelt auf sie, daß sie beinahe hineingelaufen wären.

»Halt, wer da, und wohin?«
Vlasta hielt Adletas Hand fest, die im Beutel nach einem Dukaten suchen wollte. Mit einem Versuch zur Bestechung hätten sie sich erst recht verdächtig gemacht. Der Knappe mutmaßte richtig, daß hier nur Unverfrorenheit weiterhalf.
»Dies ist das Fräulein von Bilina, und ich bin ihr Diener, Zitek Vlasta. Wir sind auf dem Weg zur Gräfin Eggenberg, weil wir eine wichtige Nachricht für sie haben. Laßt uns durch, es pressiert, wir sind ohnehin spät dran.«
Die Lanze stand wieder senkrecht, der Wächter forschte in ihren Gesichtern, konnte sich nicht entschließen. Dieser Mann hätte kein Geld genommen, das war einmal sicher.
Der Knappe stampfte mit dem Fuß auf. »Wir sind in Eile, ich muß das Fräulein zur Gräfin Domenica bringen und gleich umkehren. Ihr könnt uns gern einen Eurer Burschen mitgeben, damit Ihr seht, daß alles seine Richtigkeit hat.«
Das half. Nur wenige Minuten, und ein etwas tölpelhaft aussehender Pikenier in Stirnhaube und Halbküraß, einen langen Degen an der Seite, schloß sich ihnen unter Knurren und Verwünschungen an. Er taumelte, war entweder betrunken oder aus dem Schlaf geweckt worden.
Vlasta führte auch weiterhin das Wort. »Mann Gottes, so gebt schon Ruhe, mein Fräulein wird Euch entlohnen! Kennt Ihr das Stadthaus der Eggenbergs in der Spornergasse? Um so besser, dann zeigt uns den Weg!«
Sie wanderten durch die Brückengasse, immer unter den Lauben der Südseite, um Sankt Niklas herum auf den Wälschen Platz zu, wo die italienischen Baumeister ihre

Niederlassung hatten, sodann in die angegebene Gasse, die zum Burgberg anstieg. Auch ohne Mondschein hätte man das Eggenbergsche Haus leicht finden können, da dort sämtliche Fenster erleuchtet waren. Die Dienerschaft packte. Die drei gerieten in ein lebhaftes Rufen und Rennen, durch den Torbogen sahen sie in einen von Laternen erhellten Hof, wo zwei Kaleschen beladen wurden, ein Lakai wußte zu berichten, daß seine Herrin noch nicht schlafen gegangen sei, sondern am Schreibtisch sitze, Briefe abfasse, letzte Sachen ordne.

»Dann meldet der Frau Gräfin, daß das Fräulein Adleta gekommen ist und um Einlaß bittet.«

Der Pikenier stand stramm, blickte ernst und dienstlich unter seiner Stirnhaube hervor, doch ohne Mißtrauen mittlerweile. Der junge Kabelka aus Krumau lief freudestrahlend herbei: das Fräulein möge nur eintreten, Ihre Gräfliche Gnaden lasse bitten –

Ein Augenzwinkern Vlastas, und Adleta zog das Geldstück, das nun angebracht war, aus dem Beutel. Der Begleiter bedankte sich, indem er salutierte. Seine Augen weiteten sich gleich darauf vor Staunen, als sich das Fräulein und der Page in den Armen lagen. Aber was sollte es; er hatte seinen Dukaten, und diese merkwürdige Liebesgeschichte ging ihn nichts an.

Den Rückweg trat Vlasta unter dem Schutz des Pikeniers an. Sein Dienst endete am Brückenturm, wo er dem Vorgesetzten melden konnte, daß die observierten Personen harmlose Passanten seien. Am liebsten hätte Vlasta den Mann gebeten, die Beaufsichtigung bis zum Altstädter Ring zu verlängern. Aber das ging nun einmal nicht.

Wieder hieß es für sie, sich ein Herz zu fassen und den

Mut, der ihr fehlte, wenigstens glaubhaft darzustellen. Dazu braucht man vor allem einen klaren Kopf. Weiberlist, Weibertücke — aber daß der edle Vetter Smiřicky am Kommandanten von Brünn wortbrüchig wurde, lieber Jan Vincenz, das war in deinen Augen wohl eine männliche Tat? Vlasta wünschte sich nicht, ein Mann zu sein, trotz Bilina nicht, trotz ihrer Verkleidung nicht. Die Männer waren nicht besser dran in dieser fluchbeladenen Zeit, und gegen Kanonen halfen keine Fäuste. Dem Adam hat der Schöpfer sehr bald eine Eva an die Seite gegeben und sich gewiß etwas dabei gedacht; es ist nicht gut, daß der Mann allein sei, und: ich will dir eine Gefährtin schaffen, daß sie um dich sei.

Warum schleiche ich nur hier an den Brückenfiguren vorbei wie jemand, der etwas auf dem Kerbholz hat und sich davonstehlen muß? Ist einer in der Nähe, sieht er mich sowieso, heller kann eine Nacht gar nicht mehr sein. Wozu also die Schritte dämpfen? Lieber fest auftreten mit den gespornten Stiefeln, den Kopf hoch, das Kreuz durchgedrückt und dann rasch und weit ausschreiten mit dem besten Gewissen der Welt gegen Tod und Teufel wie der Geharnischte auf dem Kupferstich. Ob dem Dürerschen Ritter allerdings die Knie so geschlottert haben wie dem Knappen Vlasta, darf man bezweifeln. Immerhin erreichte er mit forschen Schritten und jagendem Herzen das Haus der Smiřickys, ohne daß es zu einem Zwischenfall kam.

Eine Stunde später kehrte Jan Vincenz von seinem Verschwörerzirkel zurück, da war Mitternacht schon vorüber. Der Platz zwischen Rathaus und Teynkirche lag vereinsamt und öde, vom hochstehenden Mond in ein kalk-

weißes Licht getaucht. Alle Häuser machten einen abweisenden Eindruck, auch das größte unter ihnen neben dem Teyn mit den beiden mächtigen Toren. Verrammelt und mit Eisen beschlagen, schienen sie überhaupt nicht zum Einlaß geschaffen, schlossen im Gegenteil jeden aus, der sich ihnen zu nähern wagte, verweigernd, verwehrend. Die Arkaden, an heißen Tagen ein luftig-schattenspendender Aufenthalt, hatten der Nacht ein Stück Schwärze entrissen und verbargen es vor dem Mond wie einen geraubten Schatz. Keine Menschenseele weit und breit, nicht einmal ein Nachtwächter mochte auf dieser abgeräumten Bühne seine Rolle spielen.
Der Junker blieb an der Ostseite des Rathauses stehen und sah empor zum Erker mit dem spitzen Helm, zu der Reihe hoher, wie zum Appell angetretener Fenster — hier mußte es gewesen sein, an diesem Flecken mußte sie stattgefunden haben, die Exekution jenes denkwürdigen Montags nach Sankt Veit im Jahre 1621, die der Reformation und der Freiheit Böhmens ein jähes Ende setzte. Unter der Parade dieser Fenster hatten sie das Blutgerüst errichtet, stand der Richtblock, übte der Henker mit dem geschliffenen Schwert sein schauderhaftes Handwerk aus. Für siebenundzwanzig böhmische Rebellen hatte der Kaiser das Todesurteil unterschrieben, das hier vollstreckt wurde, viereinhalb Stunden lang, denn kürzer war es nicht zu machen mit nur einem einzigen Scharfrichter, der das alles gut überstand und nicht etwa wahnsinnig darüber wurde, es war ja sein Metier. Unter dem Erker die Tribüne, auf der die kaiserlichen Exekutoren saßen, um mit ihren strengen Blicken das Drama unter Kontrolle zu halten, in ihrer Mitte der Statthalter Liechten-

stein, von einem Baldachin überdacht. Daß alles nach der Vorschrift zuginge und kein Zuschauer sich etwa in Jammer und Entsetzen dazwischenwarf, dafür sorgten die im Karree angetretenen Soldaten des Albrecht von Wallenstein. Es war schon am frühen Morgen jenes 21. Juni sehr warm, und von den zuschauenden Herren sollen einige arg ins Schwitzen geraten sein, und froh, als sie es hinter sich hatten, gegen neun Uhr etwa, da konnten sie endlich zum Essen gehen.

Der Junker kniete nieder, hier im Vollmond auf dem Altstädter Ring, und was er nun tat, muß als ungewöhnlich bezeichnet werden für einen, der im Kalvinismus erzogen wurde und mit Riten sparsam umzugehen lernte: er berührte mit der Stirn das Pflaster an der Stelle, wo sein Großvater Wenzel von Budovetz, Freiherr auf Budov, als zweiter das Schafott betrat. Von seiner Standhaftigkeit hatten Augenzeugen dem Enkel in Saros Patak berichtet, wie er, in seinem vierundsiebzigsten Lebensjahr stehend, weißhaarig und in schwarzen Samt gekleidet, mit der brüderischen Bibel in der Hand die Stufen hinaufstieg, klaglos, fromm und gefaßt, vor sich das bereits abgeschlagene Haupt des Grafen Schlick. Geistlichen Beistand verschmähte er, ging ganz allein, da man ihm einen lutherischen Pfarrer zur Seite stellen wollte; den mußte er ablehnen, der Böhmische Bruder Budovetz, denn er war ein strenggläubiger Kalvinist.

Jan Vincenz löste die Stirn vom Boden, verharrte kniend, dachte nach. Ganz verstand er es nicht, das Zurückweisen des Lutheraners, der doch ein Evangelischer war wie die Böhmischen Brüder, wie die Waldenser, Hussiten, Taboriten, Utraquisten, Zwinglianer und welche protestanti-

schen Gruppen es noch geben mochte, alle einte doch das gemeinsame urchristliche Verlangen nach dem unverfälschten Evangelium. Daß der Großvater vor den Stufen des Schafotts noch diesen Unterschied betonte, warf auf seinen Märtyrertod einen kleinen Schatten, konnte vom Enkel mit gleicher Überzeugung nicht vertreten werden.
Und plötzlich hatte er die helle Stimme seines Knappen im Ohr: »Denn nicht einmal im Angesicht des Todes findet Ihr die Kraft, Euren Starrsinn aufzugeben.«
Woher kam ihm das jetzt? Er stand auf, schüttelte es ab, sah noch einmal zu der Stelle, wo er gekniet hatte und murmelte: »Ich hab nicht zu richten. Es war Eure Sache, Wenzel von Budovetz, wie Ihr es mit den Lutherischen hieltet. Meine Sache wird es sein, Euren Tod zu rächen und unserem Glauben zum Sieg zu verhelfen. Johann Christoph von Königsmarck hat schon das Flammenschwert des Erzengels über Böhmen erhoben.«
Er brauchte die Alte nicht mehr zu wecken, Vitěslav hatte ihm einen Schlüssel zum Tor ausgehändigt. In der Diele oben wäre er beinahe über das Lager seines Knappen gestolpert, so tief war er in seine trüben Betrachtungen versunken, denn eigentlich konnte man Vlasta schlecht übersehen in diesem von Mondlicht überfluteten Winkel. Sie lag halb aufgerichtet auf ihrem Strohsack am Boden, die Ellenbogen gegen ihr Gepäck gestützt, das ihr als Kopfkissen diente, eine Pferdedecke auf den Knien, angetan mit dem gestärkten, von zahlreichen Falten brüchigen Hemd des verewigten Hausherrn. Das war ihr viel zu lang und zu weit, sie verschwand fast völlig in dem zerknitterten Nachtgewand des Albrecht von Smiřicky, dessen Leibesumfang beträchtlich gewesen sein mußte. Man

darf annehmen, daß der Junker zu anderer Zeit genügend Humor aufgebracht hätte für den Anblick rührender Komik, den sein Knappe ihm bot; im Augenblick stand ihm der Sinn nicht danach. Die Schicksalslast einer solchen Stunde verträgt kein heiteres Verweilen, schon gar nicht für einen kriegerischen Jüngling, dem ein unzeitgemäßes Lächeln leicht seine grimmige Entschlossenheit untergraben könnte und der daher gezwungen ist, die Kategorie der Freude von jener des Ernstes radikal zu trennen. So übersah er denn geflissentlich, was ihn hätte zerstreuen können, und trat in sein Zimmer.

Er ist mir noch böse, dachte Vlasta bekümmert, darüber sollte ich mich nicht wundern. Es ist wegen Adleta, die ich zur Eggenberg geschafft habe, und auch, weil ich mit ihm schimpfte und ihm harte Worte nachrief. Vielleicht bin ich schon aus seinem Dienst entlassen und weiß es nur nicht. Morgen wird er es mir sagen. Von mir aber, Jan Vincenz, wirst du dich im Guten verabschieden und mir die Hand nicht verweigern. Mit mir kannst du das nicht machen, denk nicht, daß ich mich vor dir fürchte! Wenn es darauf ankommt, stehe auch ich meinen Mann und lasse mich von einem Dürerschen Ritter nicht einschüchtern und nicht einmal von seinen scheußlichen Begleitern. Denen bin ich nämlich schon in Bilina begegnet, vergiß das nicht!

Mannhafte Gedanken, mutige Vorsätze, die sich leider nicht in die Tat umsetzen ließen jetzt und hier in der mondhellen Diele des Palais Smiřicky. Sie hätte sich gern hingelegt, um zu schlafen, hätte ihren vor Müdigkeit schweren Kopf gern auf den Mantelsack gebettet anstatt ihn mühsam aufrechtzuhalten, wobei er ihr schon ein paarmal vornüber gefallen war. Sie hob ihn mit Anstrengung hoch und sah durch den Schleier ihrer Haare aufs neue zu der Ecke hinauf, wo Fensterwand und Decke sich berührten. Dort hatte eine fette Spinne sich ein frisches Netz gesponnen und lauerte auf Beute.

Seit wann fürchtete sie sich vor Spinnen? Sie wußte es nicht. Als Kind hatte sie Kanker und Weberknechte mit den Fingern aufgenommen und ins Freie gesetzt, um sie vor dem Besen der Mutter zu schützen. Es waren Gottesgeschöpfe; Gott hatte nichts Böses erschaffen.

»Und der Herr sah an alles, was er gemacht hatte, und siehe, es war sehr gut.«

Das war vor dem Sündenfall gewesen, vor dem der Schöpfung insgesamt wie vor ihrer eigenen Begegnung mit dem Bösen, von der sie sich immer noch nicht erholen konnte.

Nun war die da oben allerdings in einer Weise dick und speckig glänzend, wie man es nicht oft antraf, und wenn sie wie eben jetzt die gekrümmten Beine krabbelnd bewegte, kam einem der Ekel hoch. Vlasta würgte ein paarmal, dachte dann: ich werde nicht mehr hinsehen, und irgendwann sank ihr auch der Kopf auf das Lager, fielen die Augen ihr zu.

Die Spinne, die wirkliche, hatte sich tief in die Ecke verkrochen und schien gleichfalls zu schlafen, da kein Insekt ihr den Gefallen tat, ins Netz zu fliegen. Die Spinne in Vlastas Traum aber wurde munter und kam an der Wand heruntergelaufen auf ihren gedrungenen und flinken Beinchen, schnell, immer schneller und im Takt zu den plätschernden Klängen einer Tafelmusik von Marini oder Fontana, kam näher und wuchs, wurde überlebensgroß und sah aus wie der Eggenberg, der Vlasta mit gierigen Augen fast verschlang und seine plumpen Hände nach ihr ausstreckte —

Mit einem Schrei fuhr sie hoch, schlug um sich, verstand sich als völlig wach und doch nicht bei sich selbst. Denn war der Traum auch gewichen — die kompakte Angst, die er zurückgelassen hatte, löste sich nicht auf. Die schwand erst, als sie sich von zwei kräftigen Armen hochgehoben und davongetragen fühlte, von den Armen des Junkers, der ihre Not nicht mehr mitanhören konnte und sie zu sich nahm in sein Bett.

Dort fand sie Platz, nachdem er sie aus dem unglücklichen Nachthemd des Oheims Albrecht herausgeschält hatte, und zu frieren brauchte sie auch nicht, denn Jan Vincenz deckte sie mit seinem Körper zu. Sie wurde seine Frau, als sei es das Einfachste von der Welt. Ohne Ziererei — das ergab sich von selbst durch ihr Schicksal, da ihr einmal eine brutale und unerbetene Aufklärung zuteil wurde —, aber auch ohne das sonst übliche Lampenfieber. Die Sensation war der entsetzliche Traum gewesen, bei dem sie außer sich geraten war; die Vereinigung mit dem Geliebten verschaffte ihr Beruhigung und führte sie zu sich selbst zurück. Er sagte ihr kluge und zärtliche Worte, streichelte und lobte ihren festen kleinen Körper, der sehr weiblich war und bei weitem nicht so knabenhaft, wie die Verkleidung es hatte vermuten lassen, und er wußte, warum er dies immer wieder sagte, in einfühlendem Verständnis für die Verletzung, die sie erlitten hatte, da sie zuweilen in ihrer Kindlichkeit gemeint hatte, ihr Leib sei für alle Zeit besudelt. Nun war das ausgelöscht, gutgemacht, es galt nicht mehr. Sie gab sich hin und empfand

Glück dabei, schenkte und ließ sich beschenken, in seligem Erstaunen darüber, daß diese elementarste Verbindung nicht einseitig bleiben muß, sondern ein Dialog sein kann. An die Zukunft dachte sie nicht, am allerwenigsten an Heirat. Vlasta Zitkova gehörte nicht zu den Mädchen, die in der Liebe kalkulieren. Alles in dieser Stunde war lodernde, stürmisch erlebte Gegenwart, gesammeltes Licht im Brennglas des Lebens.

Das konnte sich auf dieser Höhe nicht halten, der Abfall blieb nicht aus. Dennoch vermochten sie beide die Ernüchterung, die der fahle Morgen in ihre erschöpfte Stimmung einbrachte, mit Anstand zu bewältigen. Sie wuschen sich, kleideten sich an, alles ohne Befangenheit voreinander. Jan Vincenz schob die grünen Vorhänge beiseite, nahm Vlasta bei der Hand und zeigte auf die Kirche am Teyn.

»Sieh dir den Giebel zwischen den Türmen an! Aus ihm haben die Papisten den hussitischen Kelch entfernt und eine Madonna daraus geschmiedet. Diesen Giebel hab ich mir zum Zeichen genommen für mein Ziel. Versteh mich recht: ich werde mich erst dann zufriedengeben, wenn der Königsmarck in Böhmen Verhältnisse schafft, die uns erlauben, unsere Kirche am Teyn wieder mit dem Kelch zu krönen.«

Sie lehnte sich an seine Schulter, sah hinaus und schwieg. Nachvollziehen konnte sie es nicht, behielt dies aber für sich, um ihm nicht weh zu tun. Madonna oder Kelch — warum lag ihm so viel an dieser Unterscheidung? Es waren doch beide Symbole des einen Herrn der Christenheit: die Gottesmutter, die den Erlöser gebar; der Kelch, aus dem er uns zu trinken gebot, siehe, das ist mein Blut, das

ich vergießen werde zur Vergebung eurer Sünden. – Mußte man darum Krieg führen?
Über der Kommode hatte er sein Lieblingsbild befestigt, Ritter, Tod und Teufel. Er schnallte sich den Degen um, sie sah es mit leichtem Erschrecken.
»Wollt Ihr ausgehen, Herr? Doch nicht bei Tageslicht, bitte. Ihr wißt, daß man das Haus bewacht.«
Es war nur ein Nachgeschmack verlorengegangener Seligkeit, als er sie flüchtig auf die Wange küßte. Eigentlich war sie schon nicht mehr gemeint, stand jedenfalls nicht mehr im Zentrum seiner Absichten. Er ordnete sich wieder auf Pflichten hin, der er als männliche ansah.
»Sorg dich nicht, Liebes!« sagte er herablassend. »Ich gehe jetzt hinunter, um die Pferde zu satteln, meines und das von Adleta. Der Vetter Smiřicky wird heute morgen hier erscheinen und mit mir wegreiten. Wenn Vitĕslav sich am hellen Tag in sein eigenes Haus hineinwagt, hab auch ich nichts zu befürchten. Er ist immer gut informiert und weiß, wie weit er gehen darf. Bleib du bei der Alten unten und laß dich von ihr beraten, wenn es losgeht. Die kann dich notfalls verstecken, sie kennt sich in krisenhaften Situationen aus und hat schon manchen Sturm überlebt. Gott befohlen, mein Herz, und vergiß nicht, daß es eine reine Sache ist, für die ich kämpfe.«
Er umarmte sie, preßte sie kurz an sich, ließ sie los und stob davon.
Sie ihrerseits begann Ordnung zu machen, hektisch und ziellos, im Schlafzimmer, in der Diele, immer lag da noch dieser Staub herum, dieser Kalk, sie schüttelte die Kissen auf, öffnete das Fenster, holte einen Besen und fegte aus, goß das benutzte Wasser aus dem Lavoir in einen Kübel,

was man halt tut, um nicht nachdenken und vor allem — nicht weinen zu müssen.
Gegen zehn Uhr hörte sie Pferdegetrappel auf dem Hof. Sie trat an ein Flurfenster des Mezzanins und sah hinunter. Es schnürte ihr die Brust zusammen: der junge Graf Vitěslav auf dem Eggenbergschen Pferd, mit dem Adleta hergeritten war. Es gehorchte ihm nicht, er versuchte angestrengt, es zu versammeln, mit verbissener Miene und viel zu straff gezogenen Zügeln. Kein angenehmer Mann, der Vetter Smiřicky, vom Typ der rötlichblonden mit hellen Wimpern und rosiger Haut, unter denen es mitunter sehr schöne Menschen gibt, und auch dieser hatte regelmäßige Züge, ein paar Pockennarben, aber die störten nicht, das Abstoßende kam aus tieferen Schichten. Dickfelligkeit — war es das? Zynismus — erlaubte der bloße Augenschein ein solches Urteil? Aber Härte bestimmt, die fiel ihm schon geradezu aus dem Gesicht heraus, er konnte und wollte sie vielleicht gar nicht verbergen. Es war dieselbe Härte, die den eisernen Ritter auf dem Dürerschen Stich veranlaßte, so unbeschwert geradeaus zu blicken, und an dem Stundenglas vorbei. Von diesem Vetter — das spürte Vlasta in allen Poren — konnte dem Junker nichts Gutes kommen.
Sie ritten davon, die beiden Helden, von der Alten aus dem Tor gelassen, und der Knappe marschierte ins Zimmer zurück, mit zusammengekniffenen Augen, die großen Hände zu Fäusten geballt. Vor der Kommode blieb er stehen, riß kurzentschlossen das Blatt von der Wand und zerfetzte es in kleine und allerkleinste Stücke. Sie fielen wie Schnee auf den Boden; da würde er dann gleich noch einmal fegen müssen.

11

Nachdem Johann Christoph Graf Königsmarck, General in schwedischen Diensten, die nordböhmischen Städte Klattau und Elbteinitz genommen hatte, stand er in der Nacht zum 26. Juni mit dreitausend Mann beim Kloster Breunau oberhalb von Prag. Für den abgedankten kaiserlichen Offizier Metod Vlach war die Stunde der Abrechnung gekommen. Er ließ Königsmarck wissen, wo die südliche Befestigungsmauer schadhaft und am leichtesten zu erklimmen war, und als ein Vortrupp das Hindernis bezwungen hatte, war es den Eroberern ein Leichtes, die schläfrige Wachmannschaft auszuschalten und den nachfolgenden Kameraden das Strahover Tor zu öffnen. Das schwedische Heer, an der Spitze der wackere Königsmarck, ergoß sich über die Prager Kleine Stadt.

Das erste Palais, das sie erstürmten, war das des Fürsten Lobkovitz, bei dem der Verräter Vlach als Gestütsaufseher amtete. Die fürstliche Familie hatte sich rechtzeitig nach Mähren auf ihren Sommersitz Holleschau abgesetzt. Die schwedischen Söldner hielten sich an die zahlreich vorhandene Dienerschaft und machten alle nieder, die sich ihnen in den Weg stellten oder flüchteten, das blieb sich gleich, aus Versehen auch den Metod Vlach, der sich nicht schnell genug zu erkennen geben konnte und dem die Schweden, indem sie ihn erstachen, eine künftige kaiserliche Exekution in barmherziger Voraussicht ersparten. Den anderen Häusern der Kleinseite erging es nicht besser. Es wurde erschossen, erstochen, erschlagen, vergewaltigt, gebrandschatzt, geplündert, sie ließen nichts aus.

Die Toten konnte man nur schätzen; an die vierhundert sollen es gewesen sein, die man am anderen Morgen in den rauchenden Trümmern fand.
Die Stadt wehrte sich. Konfessionsstreitigkeiten, Rivalitätskämpfe, die in ruhigeren Zeiten so viel bedeuteten, wurden vergessen und überwunden. Das Massaker, das die Eindringlinge anrichteten, war so gravierend, daß die Stellungnahme nicht schwer fiel. Feldmarschall Colloredo, der die kleine Besatzung befehligte, floh aus seinem Kleinseitner Palast und ruderte in der Dunkelheit mit einem Kahn über die Moldau zur Altstadt, um dort die Verteidigung zu organisieren. Er fand Unterstützung beim Turek von Rosenthal, dem Oberstwachtmeister der städtischen Miliz, der ihm seine Mannschaft zur Verfügung stellte und darüber hinaus die Studenten des Carolinums für den Kampf zu mobilisieren verstand. Da mochten die Jesuitenzöglinge des Clementinums nicht zurückstehen; die alte Fehde um den Vorrang der Hochschule wurde hinfällig, die vormals Verfeindeten schlossen sich zusammen, besetzten den Altstädter Brückenturm und schworen sich, keinen schwedischen Söldner über die Brücke in die Altstadt herüberzulassen, koste es was es wolle.
Die Kleinseite mußte man zunächst einmal verloren geben. Königsmarck hatte den Hradschin eingenommen und sich damit zugleich in den Besitz des Zeughauses und Pulvermagazins gebracht. So sah denn die zitternde Prager Bevölkerung auf dem östlichen Ufer bald ihre eigenen Geschütze auf sich gerichtet. Als die Beschießung begann, kam tröstliche Nachricht: General Puchheim und sein Adjutant Kajetan Graf Eggenberg hatten ihr Quar-

tier in Glatz verlassen und rückten mit zweitausend Mann auf Prag zu, der bedrängten Stadt zur Hilfe.
Von den Kämpfen, die sich mit wechselnden Vorteilen über vierzehn Wochen hin erstreckten, bekam der Junker von Budovetz nur einen Bruchteil mit. Er hatte sich etwas zu forciert ins Kampfgetümmel geworfen und wurde gefangengenommen, ohne übrigens verwundet zu sein, was er als Schande empfand. Es war der Primator Turek von Rosenthal selbst, der Jan Vincenz verhörte, ihm seine Jugend zugutehielt und ihn, da er mit ihm nichts Rechtes anzufangen wußte, in das Verlies des Altstädter Pulverturms sperrte. Da saß er dann, nachdem er drei Tage mehr schlecht als recht seine Muskete bedient hatte, war mal wütend, mal mutlos und fühlte sich mit seinem abgeschnittenen Tatendrang wie ein Verstümmelter. Zwar wurde durch die Gefangenschaft höchstwahrscheinlich sein Leben bewahrt, der Lernprozeß jedoch, der ihm so nötig gewesen wäre wie das tägliche Brot, in fataler Weise hinausgezögert. Die Abgeschiedenheit des Kerkers verstärkte seinen Trotz, befestigte die Parteinahme; die papistischen Studenten nannte er Halunken und Satansbrut, und der Heiligenschein, den er dem Königsmarck zumaß, konnte goldener nicht mehr werden.
Gegen Ende des lange unentschiedenen Kampfes, bei dem die Prager sich so hartnäckig wehrten wie nie zuvor, wendete sich das Kriegsglück noch einmal den Eroberern zu. Die Schweden erhielten Verstärkung durch den Grafen von Württemberg wie durch die Truppen des Karl Gustav, Pfalzgrafen am Rhein. Zu diesem Zeitpunkt war es Vitĕslav von Smiřicky möglich, seinen Vetter aus dem Turmverlies zu befreien und ihm sogar Pferd und Degen

zuzustellen, was beides er für ihn aufgehoben hatte. Eine Muskete nahm Jan Vincenz nicht wieder zur Hand.
Vitěslav sah blühend aus, war unversehrt und wohlgenährt, und der abgezehrte Junker, dessen Kost in den letzten Wochen nicht eben die bekömmlichste gewesen war, fragte sich insgeheim, wie der Vetter es nur angestellt haben mochte, sich so heil und wohlbehalten über die Runden zu bringen in einer Zeit, da andere kämpften und starben, litten und darbten. Es war seine Sache, gewiß, aber Jan Vincenz fühlte sich dadurch beunruhigt und in seiner Bewunderung für den Älteren zum erstenmal irritiert. Natürlich war er dem Vetter dankbar, daß der ihm sein Eigentum aufbewahrt hatte, den Degen, den Fuchs, den Beutel mit Geld sogar — aber wie denn eigentlich, mit welchen Mitteln, und wo? Den Kampf Mann gegen Mann schätzte Vitěslav nicht besonders, wie er unumwunden zugab, seine Stärke lag auf taktischem Gebiet; er nannte sich selbst lachend einen Schleicher und Intriganten, das mußte man nicht ernst nehmen, oder doch? Auch jetzt, gleich nach der Befreiung, kam er wieder mit einem Auftrag konspirativer Art. Nach Smichov sollten sie reiten, ohne Verzug, weil man nicht wußte, wie lange die Brücke von den Schweden noch gehalten werden konnte, denn ein kaiserliches Entsatzheer rücke von Süden heran, und der schwedische Obrist, der die Fähnlein auf dem Hügel von Smichov befehligt, müsse darüber Bescheid wissen und notfalls mit Geiseln manövrieren.
Wie denn manövrieren, und mit welchen Geiseln? fragte Jan Vincenz nun schon vollends verwirrt.
Und der Vetter entgegnete, wiederum lachend, das sei nun

einmal der Brauch, hüben wie drüben. Der in Smichov habe kaiserliche Gefangene in Gewahrsam, mit deren Tötung er drohen könne, die würden dann niedergemacht nach vorher vereinbartem System, jeder dritte Mann in einer Reihe etwa, oder nach dem Alter, manchmal werfe man einfach das Los.

Jan Vincenz hörte es, aber er faßte es nicht. Am wenigsten die Schamlosigkeit, mit der ihm das Ungeheuerliche aufgetischt wurde, die ging ihm über alle Begriffe. Er saß schlecht auf seinem Fuchs, obwohl der seinen Herrn mit freudiger Bereitwilligkeit wieder angenommen hatte, und war die gekrümmte Haltung des Junkers zu einem Teil auch auf seine mangelhafte Ernährung zurückzuführen, so bestand die Hauptursache dafür doch in einer tiefen Verstörung.

Er ritt wie im Fieber. Wallende Nebel ballten sich vor seinen Augen zusammen und lichteten sich wieder, es hätte Nebel herrschen können nach der Jahreszeit, aber dieser Herbsttag war klar, und er wußte es.

Am Kleinseitner Brückenturm lümmelten Söldner herum, wärmten sich an Feuern, rösteten Maroni. Die Kleine Stadt bot ein verheerendes Bild. Jan Vincenz konnte es nicht mitansehen und wandte den Kopf zum Fluß, der unverändert durch sein Bett dahinströmte, bleigrau, mit flirrenden Lichtpünktchen auf dem Spiegel. Schreie auf der Straße nach Strahov, verzweifelte grelle Hilferufe aus Frauenkehlen, und dort sah man sie schon, zwei junge Mädchen, die sich vergeblich wehrten, denn die Kerle waren kräftig, bewaffnet und in der Überzahl.

Der Reiter auf dem Fuchs wurde hellwach, reckte sich, wollte den Degen ziehen und einschreiten.

»Laß das!« knurrte Vitěslav und fiel ihm in den Arm. »Das gehört dazu, du wirst dich daran gewöhnen müssen. Wenn wir ihnen ihren Spaß verbieten, laufen sie uns davon. Es wird immer schwieriger, Söldner zu bekommen. Die letzten Anwerbungen waren teuer wie keine zuvor.«

Ein gellender Laut, von rauhem Gelächter der Männer begleitet. Blut begann zu fließen.

»Aber sie bringen sie ja um!« brüllte Jan Vincenz und versuchte mit zusammengebissenen Zähnen, sich aus der Umklammerung des Vetters zu befreien.

»Los, weiter jetzt, mach keine Dummheiten!«

Smiřicky hieb mit seiner Gerte auf des Junkers Fuchs ein, jagte sodann auf Adletas Pferd hinterher und war ganz sicher, sein Bestes getan zu haben, indem er Jan Vincenz aus dem Dunstkreis des Geschehens hinwegexpedierte.

Der mußte es geschehen lassen, indes geschah mit ihm noch ganz anderes, das nicht von außen kam, das vielmehr aus ihm selbst aufbrach, aus einem Abgrund, den er noch nicht bewohnt hatte.

Hinter dem Strahover Tor war die Straße menschenleer, soweit von lebenden Menschen die Rede ist, dafür säumten Leichen den Weg nach Smichov, Frauen waren darunter und ein Säugling mit aufgeschlitztem Bauch; man hätte sie längst wegschaffen müssen, sie stanken bereits, Scharen von Fliegen hockten in schwarzen Klumpen darauf.

»Das haben sie davon, wenn sie ihre Vorräte nicht herausrücken. Sie müßten wissen, daß ihr Sträuben Folgen hat, sie erleben es ja nicht zum erstenmal. Es ist ein ungeschriebenes Gesetz, daß der Krieg den Krieg ernährt. –

Was ist dir? Wir müssen hier nach links, bitte! Über den Sträuchern drüben kannst du schon die schwedischen Zelte sehen.«

Sie bogen in einen Hohlweg ein, der immerhin so breit war, daß sie nebeneinander reiten konnten. Das rosige Gesicht des Vetters Smiřicky, am Kinn durch Blatternarben ein wenig verunstaltet, strahlte Zufriedenheit und Siegeszuversicht aus. Die Kaiserlichen würden den Angriff nicht wagen, frohlockte er, denn unter den Geiseln befänden sich hochgestellte Leute. Noch zwei, drei Tage, und Königsmarck habe auch die Neustadt und den Wischehrad in seinem Besitz. Damit sei Böhmen gefallen, und dem Einmarsch nach Mähren stünde nichts mehr im Wege. Der Gedanke an den bevorstehenden Sieg stimmte ihn so glücklich, daß er zu singen begann, mit einer tiefen, wohllautenden Stimme, die eine sorgfältige Schulung anzeigte und damit zugleich den Grund für seinen Gesang, denn dies war sein Mittel, einem Überschwang Ausdruck zu geben.

»Nun lasset uns den Leib begrabn
und daran keinen Zweifel habn,
er werd am Jüngsten Tag aufstehn,
und unverweslich hervorgehn.«

Das brüderische Lied aus dem Kantional des Comenius, das erste Lied aus Vlastas Mund, damals, als er sie noch für einen Knaben hielt, in Ernst und Trauer hatte sie es vorgetragen zum Gedenken der Erschlagenen von Bilina.

»Nicht dieses Lied jetzt!« bat der Junker leise, doch mit unverkennbarer Schärfe. Es klang gepreßt und drohend und eigentlich wie ein Befehl.

Vitěslav überhörte die Warnung, warf den Kopf zurück

und lachte. In seine Abgebrühtheit drang nicht ein, daß Jan Vincenz mit seinen Nerven am Ende war. Der Tag war schön, der Sieg so nahe, warum sollte er nicht singen, ein Lied aus den großen Tagen der Böhmischen Unität, deren Wiederbelebung in diesem Land bevorstand? Unbekümmert setzte er fort:

»Sein Jammer, Trübsal und Elend
ist kommen zu ei'm sel'gen End –«

In diesem Augenblick zog der Junker von Budovetz seinen Degen und stieß ihn dem Vetter mit voller Wucht in die Brust.

Der fiel vom Pferd, lag im Gras mit hintübergeneigtem Kopf und verstarb in wenigen Sekunden. Das einzige, was Jan Vincenz von dem Sterbenden in seinem Gedächtnis festhielt, war das Staunen in den weit aufgerissenen Augen. Es blieb darin stehen, auch nachdem das Leben aus ihm gewichen war, dieses ungläubige Emporstarren eines Kindes, diese stupide Fassungslosigkeit. Und weil er die nicht ertrug, beugte er sich hastig zu dem Toten hinunter und zog ihm die Lider über den unabänderlichen Blick. Es war nicht als letzter Liebesdienst gemeint, auch empfand er keine Reue. Alle Gefühle in ihm waren erloschen.

Das Pferd, Adletas Pferd aus dem Eggenbergschen Stall, das sich in den vergangenen Wochen an seinen neuen Herrn gewöhnt hatte, blieb bei dem Toten, beschnupperte ihn, fuhr ihm mit seinen Nüstern übers Gesicht. Jan Vincenz ließ es dort stehen, schwang sich auf seinen geduldigen Fuchs und ritt durch das Strahover Tor langsam in die Stadt zurück. Die Leichen am Wegrand beachtete er diesmal nicht.

Am 25. Oktober dringt das kaiserliche Heer über den Wischehrad gegen die Neustadt vor und bombardiert den Befestigungszug zwischen Bergtor und Roßtor. Die Schweden müssen auf ihre Reservisten zurückgreifen, um die Altstadt zu halten, eine einzige Mine sprengt fünfhundert schwedische Söldner in die Luft. Jan Vincenz von Budovetz ist nicht darunter, er kämpft auf der Kleinseite, unterhalb des Hradschin, auf dem Graf Königsmarck seine Residenz aufgeschlagen hat.

Der Junker weiß nicht mehr, wofür er eigentlich kämpft und erst recht nicht, für wen, es ist ihm auch gleich, er handelt nach einem ihm fremden Gesetz, mechanisch, wie eine aufgezogene Uhr. Die muß irgendwann ablaufen, gegen Abend vollzieht sich das bei ihm, er spürt es genau, daß er nun aufhören muß, ist leicht verwundet, warmes Blut rieselt ihm über die Schulter, und darum stellt er sich in eine Mauernische und sieht zu. Er sieht einiges, was zu sehen er bei Gott nie für möglich gehalten hätte, und trotz seiner Entkräftung registriert er es mit Ernüchterung und Qual.

Johann Christoph von Königsmarck verläßt die Stätte seiner Niederlage mit einem gewaltigen, nicht endenwollenden Beutezug. Wagen auf Wagen – man fragt sich, wo er die alle auftreiben konnte! – rasselt und rattert über das Kopfsteinpflaster der Kleinen Stadt durch die Leipziger Straße nach Strahov zu, dem einzigen Ausweg, der ihm geblieben ist. Einer, der neben Jan Vincenz steht, ob Freund oder Feind, tut nichts mehr zur Sache, weiß zu berichten, was der schwedische General sich alles angeeignet hat, denn er war dabei und hat beim Aufladen helfen müssen: die halbe Schatzkammer des Kaisers Rudolf wurde geplündert, Böhmens Kleinod auf dem Hradschin, und er hätte sie gewiß zur Gänze ausgeraubt, wäre ihm genügend Zeit geblieben. Miseroni mußte die Schlüssel herausrücken, der General beaufsichtigte selbst die Ausräumung und traf seine Wahl, die ihm bei der Fülle der Kostbarkeiten nicht leicht geworden sein dürfte. Seine Königin Christine war eine gebildete, kunstverständige Frau, und er glaubte zu wissen, was ihrem Geschmack entsprach, an Büchern vor allem war ihr gelegen, und darum ging auch der herrliche Codex argenteus mit, das gotische Evangelium des Wulfila, und die gesamte Bibliothek der Rosenbergs. Im übrigen: Juwelen, Gläser, seltene Steine und Gemmen, Wandteppiche aus Flandern, wertvolle Möbel, Bilder, Skulpturen, ja, ganze Brunnenfiguren hatte er Tage vorher abmontieren und verladen lassen, für alle Fälle.

Das zieht nun an Jan Vincenz vorbei, in allen diesen Wagen, in deren einem sich auch der Engel Königsmarck verbirgt, ohne Glorienschein und mit schon arg beschmutzten Flügeln.

»Und hat die Könige dieser Erde reich gemacht bei Verlust ihrer Ehre«, zitiert der Junker mit lallender Stimme und weiß, er hat nicht ganz richtig zitiert. Der Fremde sieht ihn scheu von der Seite an.

»Ihr seid verwundet, Herr, Ihr solltet Euch verbinden lassen.«

Jan Vincenz greift sich in den Nacken, nimmt die feuchtklebrige Hand zurück, betrachtet sie teilnahmslos.

»Es kann keine tiefe Wunde sein«, behauptet er mit schwerer Zunge, »ich hätte sonst Schmerzen. Doch sagt mir, was bedeuten alle diese kleinen Feuer?«

»Das wißt Ihr nicht? Ihr seid wohl nicht aus Prag. Es sind Pestfeuer, die immer angezündet werden, wenn jemand von der Seuche erfaßt wurde. Die Feuer reinigen die Luft, auch verbrennt man darin die Kleider der Toten. In Smichov soll es die ersten Fälle gegeben haben.«
»In Smichov, ja« murmelte der Junker, löste sich von der Wand und ging grußlos davon. Das heißt, er versuchte zu gehen, in Wahrheit torkelte er wie ein Betrunkener. Das Poltern der letzten Wagen des Königsmarck verhallte in den Gassen, es war völlig dunkel inzwischen, nur die Pestfeuer in den Pfannen verbreiteten ein unruhiges Licht. An einer dieser Feuerstellen in der Brückengasse hockte der Junker sich hin, löste die blutbefleckte schwedische Schärpe von seiner Schulter und wartete, bis sie auf der Pfanne zu einem Häufchen Asche verbrannt war.
Dann taumelte er über die Brücke der Altstadt zu. Niemand achtete auf ihn, niemand belästigte ihn. Die Epoche hielt den Atem an, für eine kurze Weile herrschte Windstille in der bewegten Geschichte der Stadt, eine Flaute aus Ungewißheit und Ermattung, in der noch niemand die endlich errungene Befreiung wahrzunehmen oder gar den Sieg auszukosten vermochte, im Guten wie im Bösen. Aber das würde sich finden. Daß fast zur selben Stunde im fernen Westfalen der Friede geschlossen wurde, der endgültige Friede nach diesen dreißig Jahren voll unsinnig-blutiger Fehden, war noch nicht allgemein bekannt. Der Königsmarck freilich, der hatte es gewußt.
Von allen Kirchen Prags, die man dem jungen Budovetz in Saros Patak als denkwürdig und sehenswert hingestellt hatte, fiel ihm jetzt nur die Kapelle Sankt Simon und Juda ein, das Gotteshaus der Böhmischen Brüderge-

meinde. Er erinnerte sich genau, wo er sie finden konnte, hier in der Altstadt, nicht weit vom Ufer entfernt, und er fand sie, ohne erst lange suchen zu müssen. Ihm kam nicht in den Sinn, daß er Vlasta im Haus der Smiřickys zurückgelassen hatte, wie ihm überhaupt der Name Smiřicky gänzlich entfallen war.

Die kleine Kirche Sankt Simon und Juda war eine der ältesten der Unität in Prag, vor nun fast zweihundert Jahren erbaut, nachdem die Brüderlehre vom böhmischen Kunwald bis in die Hauptstadt gedrungen war. In diesem einschiffigen Saalraum hatten die Väter gepredigt: der Gründer Ritter Gregor von Rokycana, der bibelkundige Laie Peter von Chelčice, die Brüder Lukas und Taborsky, die deutschen Diakone Michael Weiße und Johann Roh. Ein Ort der Andacht und der Tradition; jedes Kind in der Brüdergemeinde kannte seine Bedeutung.

Nun war das ja längst Erinnerung an Vergangenes, Verwehtes. Der kleine Bau existierte nach wie vor, man hatte ihn sogar durch Anbauten erweitert; wer aber annahm, daß in diesen Räumen noch die Brüder beteten, predigten und ihr karges Sakrament verwalteten, der mußte die Weltgeschichte verschlafen haben. Nach der Schlacht am Weißen Berg war diese Kapelle von allen evangelischen Kirchen in Prag die erste, die Kaiser Ferdinand II. beschlagnahmte und verschenkte.

Seine Wahl fiel — und das kann man nicht von allen Nutznießern dieser Konfiskationen behaupten — auf einen ehrenwerten Mann. Es handelte sich um den sehr fähigen Leibarzt des Kaisers, einen Grafen von Ferrara, der das Grundstück sofort dem Bettelorden der Barmherzigen Brüder zur Verfügung stellte. Der gleichklingende

Name darf nicht dazu verleiten, hier auch ein gleiches Bekenntnis zu vermuten. Der Hospital-Orden des heiligen Johannes von Gott war in Spanien entstanden, seine Obersten saßen in Rom, seine religiöse Ausübung stand zu jener der Brüder-Unität in demselben Gegensatz wie die jedes anderen römischen Ordens auch. Und doch gab es eine unterschwellige Gemeinsamkeit, von der man mit Vorsicht sagen könnte, sie habe in der Gesinnung gelegen. Die Fratres der Barmherzigen Brüder, die nach der Regel des Augustin lebten und in der Heilkunde ausgebildet waren, nahmen in ihren Spitälern jeden Kranken ohne Ansehen der Konfession in Pflege. Im Unterschied zu den Jesuiten jener Tage, die von einem fanatischen Bekehrungseifer besessen waren und sich die Pflege eines Protestanten gern mit einem Glaubensübertritt bezahlen ließen, tasteten die Barmherzigen Brüder das Gewissen eines Leidenden nicht an.

Damit war er also doch an die richtige Adresse geraten, der an Leib und Seele verwundete Jan Vincenz; fast müßte man von einem inneren Weiser sprechen, der ihn hierher leitete. Er hatte in einer Brüderkirche beten wollen, nichts weiter, und nun wurde sie ihm, die eine Kirche der Unität nicht mehr war, zum Rettungsanker und Hort einer — wenn auch noch nicht umfassenden — Genesung.

Als er vor den Stufen der Kapelle zusammenbrach, kamen sogleich die Brüder in den schwarzen Kutten mit einer Bahre herbeigeeilt, luden ihn auf und schafften ihn hinein — nicht ins Gotteshaus, obwohl auch dieses wie immer in Kriegszeiten aus Platzmangel mit Verwundeten vollgestopft war, sondern in den Spitalanbau zum Pater

Adalbert, damit der sich den Fremden erst einmal anschaue und dann bestimme, wo er unterzubringen sei.
Der Abt, von den Tschechisch sprechenden Fratres auch Pater Vojtěch genannt, beugte sich über die Bahre, sah dem Ohnmächtigen flüchtig ins Gesicht, betrachtete statt dessen ausgiebig den Degen an seiner Seite, den Knauf mit den Initialen HMT des Heinrich Matthias Grafen Thurn, und sagte nach einer Pause beklommenen Schweigens, während welcher die ihn umstehenden Mönche gespannt zu ihm hinblickten:
»Da haben wir uns ja einen seltenen Vogel eingefangen. Tragt ihn hinauf in die leere Zelle neben meinem Amtszimmer! Den da möchte ich selber pflegen und allein.«
Die Fratres gehorchten und brachten den Junker in den ersten Stock, wo sie ihn notdürftig versorgten. Sie hätten gern Fragen gestellt, doch das war ihnen nicht erlaubt.
Pater Adalbert, ein erfahrener Arzt, untersuchte als erstes die Wunde und stellte fest, daß sie nicht lebensgefährlich war. Den Schlag auf die Schulter hatte eine kraftlose Hand geführt, eine, die vielleicht behindert worden oder einfach kriegsmüde gewesen war und nur noch aus Gewohnheit gefochten hatte. Keine ernsthafte Entzündung, kein roter Streifen oder sonstige Anzeichen einer Vergiftung. Die lange Narbe zwischen Schlüsselbein und Brust, die von einer früheren Verletzung herrührte, deutete auf einen gefährlicheren Hieb, aber sie war ausgezeichnet behandelt worden. Man würde der Sache in kurzer Zeit Herr werden, sofern der junge Mann sich entschließen könnte, an seiner Heilung mitzuwirken. In ihm schien jeglicher Lebenswille gebrochen, und der Pater brauchte nicht lange, um herauszubringen, warum.

War er ein naher Verwandter des Matthias Thurn, oder sein Freund, sein junger Adlatus? Auf protestantischer Seite hatte er gefochten, die Initialen auf dem Degen bewiesen es, mochten andere Kennzeichen einer Kriegspartei auch fehlen. Und enttäuscht worden war er, zutiefst enttäuscht und angeekelt von den Händeln dieser Welt, die ihm sein reines Wollen befleckten, seine lauteren Absichten immerzu ins Gegenteil verkehrten. Nirgends stritt einer für die Wahrheit, für das Recht, was zu tun sie doch alle vorgaben; jeder kämpfte um seinen persönlichen Vorteil, einen ideellen, wenn es hoch kam, in der Regel jedoch für nichts Besseres als die eigene Tasche. Dies alles erfuhr Pater Adalbert aus dem Gestammel des Fiebernden, und ihm genügte es.

Als Jan Vincenz, nachdem er sich tagelang vergeblich gegen das Weiterleben gewehrt hatte, eines Morgens mit klarem Bewußtsein erwachte, fiel sein Blick auf ein Mädchen, das neben seinem Bett saß und ihm aus hellen Augen erwartungsvoll entgegenstrahlte. Es trug ein Kleid aus grauem Tuch, darüber ein schwarzes Mieder; ein silberblonder Zopf umrahmte eine gewölbte Stirn. Die hochangesetzten Backenknochen, die kurze, etwas abgeflachte Nase, der breite und gesunde Mund erinnerten den Junker entfernt an seinen Knappen, doch den hatte er nur in Reithosen, Wams und Stiefeln gekannt. Unter dem Rocksaum der jungen Dame bemerkte er zwei schmale Füße in zierlichen Schuhen, die er ebenfalls zum erstenmal sah, und ihre Hände hatte sie im Schoß verschränkt, Hände wie Schaufeln, großer Gott! Das Unmaß dieser Hände an einer sonst tadellosen Weibsperson rührte den Junker und brachte ihn gleichzeitig zum Lachen. Mit dem Gefühl für Komik kehrte ein verwandeltes Leben in ihm zurück.

»Was hat man denn aus meinem Admonitor gemacht? Du hast dich sehr verändert, Vlasta Zitkova.«

»Zu dienen, Herr«, entgegnete sie fröhlich, indem sie seinen gutmütigen Spott wie einen Ball auffing und zurückwarf.

Er wollte sich setzen, aber sie verhinderte es.

»Wo bin ich eigentlich? Und wie kommst du hierher?«

Sie klärte ihn auf, erzählte lange und wählte dabei doch nur das Nötigste aus, um ihn nicht vorzeitig zu ermüden.

Kaum waren die Schweden abgezogen, die Kampfhandlungen zu Ende, da hatte sie sich, damals noch in männlicher Verkleidung, aus dem Palais hinausgewagt und sich auf die Suche nach ihm begeben, in der festen Annahme, daß er sich irgendwo unter den vielen Verwundeten befinden müsse. In alle nur erreichbaren Feldlazarette, in alle Spitäler der Stadt wußte sie sich Einlaß zu verschaffen und forschte von Bett zu Bett, von Strohsack zu Strohsack in den Gesichtern eines jeden Blessierten nach seinen vertrauten Zügen, scheute selbst den Anblick gräßlich Verstümmelter und Entstellter nicht, nur um ganz sicher zu gehen. Auch in das Spital der Barmherzigen Brüder drang sie ein und ließ sich nicht abweisen, als sie ihn im Kirchenschiff nicht fand, und erst Pater Adalbert, dem sie den Vermißten schilderte, brachte sie auf die richtige Spur. Der Degen des Matthias Thurn war der entscheidende Anhaltspunkt gewesen.

»Dann haben die Fratres Euch hierher hinuntergetragen

in die ehemalige Sakristei, damit ich Euch weiterpflegen konnte, denn eine Frau darf die Klosterzellen nicht betreten, und ich hab dem Herrn Pater nicht verheimlichen wollen, daß ich ein Mädchen bin. Er hat mir Frauenkleider besorgt und mich zur Pflege auch der übrigen Kranken angestellt, als ich ihm sagte, daß ich mich darauf verstehe, vom Vater her. Er ist sehr froh über meine Arbeit, sie brauchten dringend Hilfe bei den vielen Verletzten, und ich bin genauso froh, denn ich kann in Eurer Nähe sein und muß nicht zurück ins Palais Smiřicky. Dort haben sich kaiserliche Landsknechte breitgemacht in allen Räumen, von den Puchheimischen welche, die treiben es wie alle anderen, und die Alte hat gesagt, daß sie für meinen Schutz nicht bürgen kann.
Soweit dies. Auf meinen Exkursionen durch die Spitäler erfuhr ich so mancherlei, hab freilich auch tüchtig auf den Busch geklopft, und dabei sind gleich mehrere Häslein herausgesprungen. Der Kajetan von Eggenberg, der Verderber von Bilina, ist beim Sturm auf den Wischehrad zu Tode gekommen, was sagt Ihr dazu? Gott hat die Strafe selbst vollzogen, Ihr müßt ihm nun nicht mehr nachjagen, Herr.«
»Der Kajetan? Der Eggenberg, sagst du?« Es schien, als könne Jan Vincenz sich nur mühsam erinnern. »So, der ist also tot. Und was hast du sonst noch erfahren?«
Vlasta zögerte. Sie befürchtete, daß er die zweite Nachricht, die sie für ihn bereithielt, nicht mit der gleichen Gelassenheit aufnähme. Aufregen dürfe man ihn nicht, hatte Pater Adalbert geboten. Aber der Junker bestürmte sie, er wollte alles wissen.
»Euren Vetter Vitěslav hat man erschlagen in einem

Hohlweg bei Smichov gefunden und gleich dort am Hügel begraben.«
Jan Vincenz runzelte die Stirn. »Seit wann hab ich einen Vetter, der Vitěslav heißt?«
Es kostete Vlasta Mühe, ihre Bestürzung nicht zu zeigen. Seine Krankheit war hartnäckiger, als sie vermutet hatte, und von einer Beschaffenheit, der man nicht beikommt wie einer Schnittwunde. Jetzt wünschte sie geradezu, er möge sich ein bißchen aufregen, weil es die normalere Reaktion wäre, und darum bestand sie auf dem vorhin Gesagten.
»Von Eurem Vetter Vitěslav ist die Rede, demselben, den Ihr aus dem Brünner Spielberg befreit habt im Frühsommer des vorigen Jahres.«
Sein Blick wanderte gegen die Decke, sog sich dort eine Weile fest, kehrte mit hilflosem Lächeln zu ihr zurück.
»Ich weiß von keinem Vitěslav, Vlasta, und auch nicht, daß ich in Brünn war.«
»Es ist der Smiřicky«, beharrte sie. »Euer Vetter Vitěslav Smiřicky, der Euch abgeholt hat im Altstädter Palais. Ihr habt ihm Adletas Pferd gegeben. Und der ist in einem Hohlweg bei Smichov erstochen worden.«
Jan Vincenz wurde lebhaft. »Smiřicky, natürlich erinnere ich mich. Tante Ludovika und meine Cousine Benigna sind vor den Schweden nach Pirna geflüchtet. Von einem Vetter gleichen Namens weiß ich nichts. In Smichov, sagst du, habe man ihn getötet? Armer Vitěslav! Ich war nie in Smichov, nur den Namen hörte ich einmal. Dort ist die Pest ausgebrochen, nicht wahr?«
»Das hat man angenommen, doch zum Glück stellte es sich als Irrtum heraus.«

Vlasta atmete erleichtert auf. Sein Gedächtnisverlust war nicht total, es gab da nur einige Lücken, die man mit Hilfe der vorhandenen Bruchstücke nach und nach ergänzen und ausfüllen mußte. Wie gut, daß sie ihn hier gefunden hatte! Ein Fremder hätte die eigentliche Krankheit bei ihm gar nicht aufdecken und ihm darum auch nicht helfen können. Der Pater hielt den Junker für beinahe geheilt.

Er genas erst in den nächsten Wochen mit Vlastas Hilfe, hatte bis Weihnachten etwa die wichtigsten Requisiten seiner geistigen Rüstkammer wieder beisammen. Sie ging alles täglich mit ihm durch: Saros Patak, Bilina, die Gefangenschaft beim Oheim Slavata auf Teltsch, den Besuch in Böhmisch-Krumau, die Ziegelei in Pisek –

»Den Überfall der Kroaten hast du ausgelassen«, erinnerte er sie. »Die Hunde hatten mir doch meine Tasche mit Geld geraubt.«

»Ja, richtig«, sagte Vlasta und ging rasch darüber hinweg. Es waren so viele Ereignisse gewesen, jedes einzelne ein bedeutsames Glied in einer langen Kette, in der sich immer das eine aus dem anderen herleitete. Der Besuch des Gideon, der Ritt nach Prag, der abendliche Einzug ins Palais Smiřicky, Adletas Angst, ja, auch dies gestand er sich jetzt ein, daß es barbarisch von ihm gewesen sei, ihr beim Abschied nicht die Hand gegeben zu haben.

»Und dann? Was geschah danach, als du sie bei der Eggenbergischen abgeliefert hattest?«

»Nichts, Herr, was ich Euch noch sagen könnte. Von da ab müßt Ihr alles Weitere allein zurückverfolgen.«

Die Tochter des Medikus Osvald Zitek hätte sich eher die Zunge abgebissen, als den Junker an die gemeinsame Liebesnacht zu erinnern. Das mußte er schon selbst her-

ausfinden; Pech für ihn selbst, sollte sein Gedächtnis auch diese kostbaren Stunden ertränkt haben!
Im ganzen konnte das Ergebnis sich sehen lassen. Er hatte sich wieder in der Hand, war mit sich selbst identisch, und die Wunde auf der Schulter vernarbte. Daß er von der Schlacht um Prag so gar nichts aus sich herauszuholen vermochte, führte Pater Adalbert auf seine Erschütterungen zurück und hielt es nicht weiter für schlimm. Die einzige bedenkliche Lücke betraf den Vetter Vitěslav, wobei Vlasta sich damit tröstete, daß es am Ende kein erheblicher Verlust sei, wenn er diesen üblen Verführer aus seinen Gedanken getilgt habe.
Vorerst blieben sie bei den Barmherzigen Brüdern und machten sich nützlich, um ihren Dank zu beweisen. Es war nicht möglich, allen Verwundeten zu helfen, obwohl die Fratres ihr Äußerstes versuchten; fast ein Drittel aller Kranken starb ihnen weg, und der Hof hinter der Kapelle wurde zum Gräberfeld. Die anderen konnten nach und nach als geheilt entlassen werden, und als Ostern herankam, wurde die einschiffige Kirche wieder ihrer Bestimmung zugeführt. Ihr Inneres blieb schlicht, wie es den Grundsätzen eines Bettelordens entsprach, ein paar Bilder schmückten den Altar, Skulpturen fehlten. Jan Vincenz und Vlasta wohnten dem Ostergottesdienst bei, beteiligten sich an Gebet und Gesang, doch nicht an der Heiligen Kommunion. Die fremde Form des Sakraments bildete immer noch eine Barriere.
Pater Adalbert beobachtete seine beiden Schützlinge in einer Mischung aus Verständnis und Kummer. Sein Kummer hatte einen handfesten Hintergrund. Das Ende des Dreißigjährigen Krieges bedeutete für die Länder Böh-

men und Mähren die Befestigung der habsburgischen Herrschaft und den Sieg der römischen Kirche. Die Zeit des Atemholens, des Übergangs war für die evangelischen Gruppen vorbei; der jetzt die Macht innehatte, gebot unumschränkt über sie und gab sie nicht mehr preis. Im ganzen Kronland kein Fleckchen für Improvisation und konfessionelle Mogelei, mit Scheinbekehrungen war es aus, seit der Friedensvertrag jede Hoffnung auf eine Änderung zerschlagen hatte. Niemand hinderte die Obrigkeit mehr daran, Ordnung zu schaffen nach ihrem Verständnis, und sie schickte ihre Büttel bis in die letzten Winkel, um die Glaubensübungen der Verdächtigen zu überwachen. Sie ging darin noch weiter. Denn auch wer von Ketzern wußte und sie nicht meldete, machte sich strafbar, und das Spitzelunwesen gedieh.

Immerhin ließ die Humanität nicht zu, das Netz so dicht zu knüpfen wie einst in hussitischer Zeit; es war erlaubt, ins Exil zu gehen. Man lebte nicht mehr im Mittelalter, man hatte seinen Erasmus von Rotterdam gelesen und wollte die Gewissen nicht knechten. Human, vielleicht, oder doch infam? Denn bei Lichte besehen hieß das ja auch: Du Ketzer wirst also Farbe bekennen müssen und zeigen, wieviel dein Gewissen dir wert ist. Wir foltern nicht mehr, wir verbrennen dich nicht, wir lassen dir die Wahl zwischen Heimatliebe und Glaubensernst.

»Wohin könntet ihr gehen, meine Kinder?« fragte Pater Adalbert, nachdem er Vlasta und den Junker mit der neuen Verordnung bekannt gemacht hatte.

»Nach Pirna«, erwiderte Jan Vincenz, ohne zu überlegen. »Dort leben Verwandte von mir in einer lutherischen Exulantengemeinde, die nehmen uns auf.«

Vlasta sah ihn erstaunt an. Sie hatte angenommen, daß er sich für Saros Patak entscheiden werde, für das siebenbürgische Exil, in dem er aufgewachsen war. Sie wußte nicht, daß Jan Vincenz seit der Erfahrung mit Königsmarck nur mit Ekel daran dachte, er könne seinem Oheim Matthias Thurn oder dem versoffenen Seher Drabik noch einmal begegnen. Für ihn war die Residenz der Rákóczis durch die Lügen und Täuschungen der dort lebenden Exulanten unerträglich geworden. Vlasta war dies übrigens gleich. Wenn sie schon nicht mehr in Bilina leben durfte, wohin jede Faser ihres Herzens sie drängte, dann konnte es ebensogut ein anderer Ort sein, und das sächsische Pirna hatte den Vorzug, daß es von Prag aus in zwei Tagen zu erreichen war.

»Und zum Übertritt könntet ihr euch nicht entschließen?«

Die beiden schüttelten traurig ihre Köpfe.

»Dann will ich euch weiterhelfen, damit eure Unsicherheit ein Ende hat. Schon seit dem Prager Frieden ist der Handel mit Sachsen wieder in Gang gekommen, und der Moses Aehrental, ein Hofjude beim König Leopold, unterhält Beziehungen zur Sandsteinindustrie in Pirna. Die zerstörten Kirchen der Kleinseite sollen als erste wieder aufgebaut werden, die welschen Baumeister haben zu einer Verkleidung aus Sandstein geraten, deshalb fährt der Aehrental morgen im Auftrag des Kardinals nach Pirna. Ich werde ihn bitten, daß er euch mitnimmt.

Und nun kniet nieder, meine Kinder, und verschmäht meinen Segen nicht, auch wenn er aus der Hand eines Andersgläubigen kommt. Es ist ja doch ein- und derselbe Herr, an den wir glauben, und der segne euch und behüte

euch, er lasse sein Angesicht leuchten über euch und gebe euch Frieden. In nomine Patris et Filii et Spiritus Sancti, Amen.
Ich mache mir Sorgen um euch beide, ich weiß, wie es in euch aussieht. Wer in den böhmischen Ländern daheim ist, verschmerzt eine Ausweisung nie. Sollte euer Heimweh übermächtig werden, so gebt mir durch den Aehrental Bescheid, damit ich euch einen Freibrief ausstellen lasse. Die Heilige Kommunion müßtet ihr dann schon annehmen, das wäre der Preis. Vielleicht scheint er euch eines Tages nicht mehr zu hoch. Eine zweite Taufe mute ich euch nicht zu, die eurige ist mir gültig und heilig.«
Jan Vincenz verneigte sich, Vlasta beugte ihr Knie und küßte Pater Adalbert die Hand. Sie war so ergriffen, daß sie kein Wort des Abschieds herausbrachte.
Zum erstenmal dachte sie deutlich, was ihr bisher nur flüchtig durch den Kopf gegangen war: Warum eigentlich gehe ich nach Pirna, und was soll ich dort?
Auch die Antwort gab sie sich, ausdrücklich und ohne Versteckspiel vor sich selbst: Weil er will, daß ich mit ihm komme, weil er sich etwas anderes gar nicht vorstellen kann. Das ist der einzige Grund, fragt sich nur, ob er das Opfer trägt, das ich ihm bringe. Denn es haben sich die Dinge zwischen uns so sehr verschoben, daß ich meinen Stand ihm gegenüber nicht mehr kenne, und das ist schlecht. Sein Knappe bin ich nicht mehr, seine Frau kann ich nicht werden, daß ich einmal seine Liebste war, hat er vergessen, und seine Magd will ich nicht sein. Wozu also ziehe ich mit ihm, anstatt ihm zu gestehen, daß mir der Glaubenswechsel kein zu hoher Preis ist, wenn ich dafür in Bilina leben kann?

Entscheidungen, die in Unklarheit getroffen werden, können sich nicht zum Guten auswachsen, hat der Vater einmal gesagt. Und der liebe Pater Vojtěch, der so gut böhmisch spricht, scheint gemerkt zu haben, was in mir vorgeht — er sähe mich sonst nicht so durchdringend an.

12

Der privilegierte Moses Aehrental gehörte zu den wenigen Juden, die der Krieg reich gemacht hatte, im Gegensatz zum Gideon Löwy, dem zum Reichwerden jegliches Talent abging. Der Gideon brachte es immer nur zu einem bescheidenen Auskommen, was gewiß auch daran lag, daß er mit diesem Auskommen zufrieden war und ihm also der Ehrgeiz fehlte. Auch sang er zu gern. Moses Aehrental sah nicht aus wie einer, der die Stunden, die man mit Rechnen und Planen nutzbringend ausfüllen konnte, an irgendwelche Lobgesänge verschwendete.
Doch war er nicht geizig. Er hatte die beiden jungen Leute umsonst mitgenommen, dem Pater Adalbert zuliebe, der es ihm nahelegte und ihm verriet, daß der junge Herr seine paar Dukaten im Exil noch brauchen werde, nachdem er alle seine böhmischen Güter verloren hatte. So schlug er denn freundlich die Summe aus, die der Junker ihm anbot. Und nun saßen die zwei — ein Liebespaar, oder auch nicht? — in seiner gepolsterten Kalesche ihm gegenüber, und gemeinsam schaukelten sie auf die sächsische Grenze zu.

Aehrental erzählte. Er erzählte gern, eine pädagogische Natur von Haus aus, und hier hatte er einen vor sich, der viel wissen wollte, der immerzu fragte mit seinem großen Nachholbedarf an Wissenswertem über die nordböhmischen und kursächsischen Verhältnisse.

Wer vor zwei Jahren noch in der fürstlich-siebenbürgischen Residenz lebte, vollzog mit dieser Reise den Schritt in eine ganz andersgeartete Welt. Es würde gut sein, den jungen Herrn ein wenig darauf vorzubereiten, damit ihn später das Heimweh nicht verzehre. Denn diese ungarisch-mährisch-böhmischen Kinder waren allesamt Bodenmenschen von östlicher Schwermut und Schwerfälligkeit, die sich nicht leicht verpflanzen ließen, und das erzwungene Exil bedeutete für die meisten den geistigen Tod, auch wenn ihre Leiber in der Fremde weiterexistierten. Sie taten ihm leid, dem Moses Aehrental, und angesichts ihres Schicksals empfand er sein Judentum nicht mehr als die Last, als die es ihm oft erschien, da er jetzt auch den Vorteil darin erkannte. Denn seit es ihm gelungen war, sich aus der Enge des Gettos zu befreien, hätte er in jedem Teil der Welt leben können, der seinem Ehrgeiz Ziele steckte. Seine Heimat hieß Aufstieg.

Gefährdet war er dennoch, immer war ein Jude gefährdet.

Die christlichen Herren, die der Krieg noch viel reicher gemacht hatte, saßen sicherer auf ihrer Habe als er, am sichersten nach dem Westfälischen Frieden, weil die früheren Besitzer nun für die Dauer im Exil verbleiben mußten. Alle diese Harrachs, Sternbergs, Liechtensteins, Eggenbergs, Lobkovitz', Schwarzenbergs und Michnas, die begonnen hatten, sich prunkvolle Paläste auf der Kleinseite zu bauen – sie saßen auf ihren Gütern, breit und behaglich, als sei es für die Ewigkeit, und sagten: Heimat.

Ein Jude konnte das nicht. Ein Jude konnte reich werden, sich einen Palast bauen, das schon, nur Ländereien erwarb er sich nicht, keinen Boden, keine Heimat. Er diente einem Herrn, er stieg mit ihm auf, und er fiel mit ihm, wenn die Ungunst der Stunde es wollte, und manchmal aus großer Höhe. So war es vor nicht langer Zeit dem Jakob Bassevi ergangen, der mit seinen Finanzierungskünsten hintereinander drei Kaisern zu Geld verhalf, dazu am Ende noch dem Wallenstein, dem windigen. Den erblichen Adel hatte ihm Ferdinand II. verliehen mit beziehungsreichem Namen; von Treuenberg durfte er sich nennen in Anbetracht der treuen Dienste am Hause Habsburg, das Geld und immer mehr Geld gebraucht hatte für den nicht endenwollenden Krieg. Die Geschäfte mit Albrecht von Wallenstein brachen ihm dann das Genick. Zunächst geächtet, stürzte Jakob von Treuenberg endgültig, als Wallenstein in Ungnade fiel; der Sturz des Friedländers riß auch ihn mit in die Tiefe. Den schmachvollen Abstieg des Bassevi vor Augen, schwor sich Moses Aehrental, geschickter und vor allem wachsamer zu sein, als jener es gewesen war.

Regen und Hagelschauer prasselten auf das Verdeck. Der Junker sah viel hinaus, besonders dann, wenn es durch Dörfer oder kleine Städte ging, die allesamt die Spuren des Krieges trugen, Trümmer, Vernachlässigung, Armut, Hoffnungslosigkeit.

»Was hat sich hier abgespielt?« fragte er, und seine dunklen Augen verhüllten sich vor Schmerz. Es war dies ja immer noch Böhmen, immer noch sein Zuhause. Die Unterredung wurde übrigens deutsch geführt, in der gebräuchlichen Sprache böhmischer Juden.

»Die Schweden«, antwortete Aehrental. »Zum größten Teil die Schweden. Erst Bannér, dann Torstenson, dann der Leichenfledderer Königsmarck. Denn der hat natürlich vom bevorstehenden Friedensschluß Wind bekommen und wußte, daß die protestantische Sache in Böhmen verloren war. So wollte er wenigstens einen kleinen Vorsprung noch nutzen und Beute machen. Leitmeritz ist von ihm furchtbar verheert worden, Ihr saht es vorhin. Die Zerstörungen in diesen Grenzdörfern sind älteren Datums, sie gehen auf den Einfall der Sachsen zurück, auf den November 1631, als Arnheim hier einmarschierte.«

Jan Vincenz beugte sich vor. »Ja, ich erinnere mich, mir haben Exulanten davon berichtet. Es war ein Jahr großer Hoffnungen für die Unsrigen, als die Sachsen Prag einnahmen und in der Teynkirche wieder evangelischer Gottesdienst abgehalten wurde.«

»Vorübergehend!« warf Aehrental rasch ein, um zu verhüten, daß des Junkers Träume zur Wirklichkeitsverfälschung ausarteten.

»Vorübergehend, gewiß, aber es hat sich doch Erhebendes abgespielt in der kurzen Zeit. Der Prediger Samuel Martinius, ein böhmischer Lutheraner, ließ damals die Häupter der beim Prager Blutgericht Geköpften vom Altstädter Brückenturm herunterholen und feierlich bestatten. Allein für diese fromme Tat hat sich der sächsische Feldzug gelohnt. Ihr müßt wissen, daß mein Großvater Wenzel von Budovetz unter den Hingerichteten war. Daß sein armes Haupt zehn Jahre lang vor aller Öffentlichkeit vermoderte, zur Abschreckung, wie der Kaiser es verlangte — das war mir immer ein entsetzlicher Gedanke.«

Moses Aehrental nickte und gab zu, daß er dies dem Junker nachfühlen könne. Im übrigen habe der Sachseneinfall der Stadt Prag nur Schaden gebracht, auch den Prager Protestanten, erhöhte Steuerlasten, wilde Einquartierungen, zuletzt die Pest.

»Die kaiserlichen Söldner haben danach nicht weniger schlimm gehaust«, ereiferte sich Jan Vincenz.

Der Jude schwieg. Er wußte, daß dies stimmte, aber er schwieg. Mir stellst du keine Fallen, junger Herr, ich stehe in habsburgischem Sold, und wes Brot ich eß, des Lied ich sing. Dies Schicksal hab ich mir nicht ausgesucht. Aber der da stellte keine Fallen, der wußte wohl nicht einmal, wie man so etwas macht. Ein offenes, bekenntnistreues Gesicht. Leute wie der junge Budovetz wurden allenfalls durch Arglosigkeit gefährlich, nicht durch Vorsatz.

»Euren böhmischen Pfarrer Martinius werdet Ihr in Pirna wiedersehen«, erklärte er in dem Bestreben, den Junker freundlicher zu stimmen. Man würde noch einige Stunden beisammen sein müssen, und der Kaufmann haßte jeden Disput außerhalb des Geschäftlichen. Weltanschauliche Streitigkeiten brachten nichts ein. »Er leitet dort die lutherische Exulantengemeinde, und soviel ich hörte, predigt er manchmal auch tschechisch, um den Flüchtlingen aus Böhmen das Einleben zu erleichtern.«

Die Nachricht hatte den gewünschten Erfolg; Jan Vincenz bezeugte eine unverhohlene Freude. »Seid Ihr sicher, daß Ihr Euch nicht irrt? Ist es wirklich Samuel Martinius von Dražov, der vor der Schlacht am Weißen Berge in der Teynkirche gepredigt hat?«

»Es ist der von Dražov, der Euren Ahn im einunddreißiger Jahr in Ehren begraben ließ. Er ist Hauptpfarrer der lutherischen Stadtkirche in Pirna.«
Der Junker, in Schwung gekommen, rüttelte das Mädchen, das neben ihm in der Polsterecke eingenickt war.
»Hast du gehört, Vlasta, wer in Pirna der Stadtpfarrer ist? Samuel Martinius aus Dražov, und er predigt Tschechisch. So erwartet uns dort nicht nur meine Verwandtschaft, sondern auch ein Stück des evangelischen Böhmen, das wir schon verloren glaubten.«
Das Mädchen in dem schlichten Kleid schlug die Augen auf, helle und etwas schrägstehende Augen ohne Schläfrigkeit, wahrscheinlich war sie überhaupt wach gewesen die ganze Zeit und hatte alles mitangehört.
Sie sagte: »Auf mich wartet niemand in Pirna, gnädiger Herr«, — und plötzlich in einwandfreiem Deutsch, an den Kaufmann gewandt: »Verzeiht, Euer Ehren, wenn meine Worte undankbar klingen. Wir sind Euch sehr verbunden, der Junker und ich, für die Selbstlosigkeit, mit welcher Ihr uns an dieser Reise teilhaben laßt. Dies schicke ich voraus. Die Begeisterung meines Herrn indes kann ich nicht teilen. Denn in Wahrheit steht es so mit uns, daß wir keine Wahl haben, und wer ein Gefangener der Umstände ist, sollte mit Hoffnungen sparsam umgehen und eher danach trachten, den Schlingen und Fußangeln auszuweichen, die in jeder Zwangslage auf ihn warten. Eine Stunde sonntäglichen Gottesdienstes, ob böhmisch oder deutsch, dürfte schwerlich entschädigen für eine ganze Woche voll Fremdheit und Einsamkeit. Dies ist es nämlich, was ich mir erwarte, halten zu Gnaden.«
Dem Moses Aehrental geriet seine gesamte Menschen-

kenntnis durcheinander, in der er bislang so erfolgreich bilanziert hatte. Diesen neuen Posten — das Mädchen Vlasta — konnte er nicht unterbringen. Eine Rechnung aber, die nicht aufgehen wollte, legte ihn lahm. Er durchlief in Gedanken rasch alle Möglichkeiten, ob sich das Phänomen nicht doch einordnen oder wenigstens vergleichen ließe. Ein Kind der böhmischen Kronlande, mährisch dem Akzent nach; in der Muttersprache hatte sie sich bisher flüssig und beiläufig ausgedrückt. Ihr Deutsch war Literatur, im Klang ohne landschaftliche Färbung und daher nicht lokalisierbar, die sterile Schriftsprache eines Magisters, der an mehreren Universitäten doziert hatte, es konnte Köln oder Heidelberg, Prag oder Leipzig sein. Dann fiel beim Aehrental eine Klappe: es war das Deutsch des Comenius, gehoben und bilderreich. Nur — seit wann studierten Mägde Philosophie? Daß sie zu dem Junker in keinem ebenbürtigen Verhältnis stand, hatte sie ja durch die Anrede deutlich gemacht.

Bis Pirna knackte Moses an dieser Nuß, ohne sie öffnen zu können. Sie bekam am Ende nur einen kleinen Sprung, und zwar die Erkenntnis — darin glaubte er sich nicht zu täuschen — daß es sich bei den beiden um kein Liebespaar handeln konnte. Dies betraf nicht den Junker, denn die Mannsbilder verstehen ihre Weltbezogenheit von erotischer Neigung im allgemeinen gut abzutrennen. Eine Weibsperson aber, die imstande wäre, ihren Geliebten mit der gleichen Nüchternheit zu betrachten wie einen gewöhnlichen Käfer, kam nach den Vorstellungen des Moses Aehrental im Schöpfungsplan nicht vor. Und weiblich war diese Vlasta Zitkova, rundum weiblich, bei allen Göttinnen Griechenlands!

Auf dem Marktplatz zu Pirna, es war später Nachmittag und regnete immer noch, verabschiedete sich das Paar von seinem Gönner mit letzten herzlichen Dankesworten und schritt dann in Richtung Schloß Sonnenstein davon, der Junker mit dem Felleisen auf dem Rücken und dem Degen an der Seite, das Mädchen mit großer Reisetasche, an der es schwer trug. Wie klein und zierlich sie war, sah man erst jetzt; der Chevalier wäre gewiß nicht zusammengebrochen, hätte er ihr die Tasche abgenommen. Moses Aehrental ließ seinen Kutscher noch eine Weile halten. Er sah den beiden nach, und selbst hinter den Brillengläsern, die er zur Hilfe nahm, blieb sein Blick so ratlos wie zuvor. Er galt nicht dem jungen Budovetz, der so durchschaubar war, daß er schon beinahe langweilte, er galt immer noch diesem mährischen Kind mit seiner kunstvoll formulierten Altersweisheit. Eine Novität, eine Rarität — als Jude war er sensibel im Aufspüren von Außerordentlichem.
Die Smiřickys auf Schloß Sonnenstein besaßen nicht den geringsten Nerv für das Besondere an Vlasta Zitkova, und warum sollten sie auch? Hier hatte man andere Sorgen. In diesem Kreis verarmter Exulanten regierten ältere Frauen, denen der Glaubenskampf die Gefährten entrissen hatte, die Witwe Kinsky, die Witwe Trčka, die beiden Damen Margarete und Ludovika Smiřicky, die so schwach miteinander verwandt waren, daß nur der Name sie noch verband. Männer spielten eine untergeordnete Rolle: Margaretes Bruder Heinrich, ein Geistesgestörter, der als Trumpfkarte in einem eigensinnig und ergebnislos geführten Erbschaftsstreit diente, dann ein Slavata aus dem protestantischen Koschumberger Zweig, ebenfalls ein

Heinrich, der sich aber nun Henry nannte, um sich von dem Blöden zu unterscheiden; ferner ein Berthold von Hirschberg, der trotz dieses Namens das schlechteste Deutsch in der Runde sprach, und er hieß in Wahrheit auch anders, nämlich Hyzrle, aber daran hätte sich ein Sachse die Zunge zerbrochen. Der junge Hauspfarrer Karel Paskovsky schließlich entstammte einer alten Kunwalder Brüderfamilie. Er kehrte sein Luthertum mit einer Aufdringlichkeit hervor, die abstoßend wirkte. Er tat es nicht ohne Grund.

Eine gespenstische Gesellschaft, zusammengehalten durch die Not des Exils, ein paar gleichartige schreckliche Erlebnisse, einen gemeinsamen Feind. Der hieß seit eh und je Habsburg, Rudolf und Matthias, Ferdinand und nochmals Ferdinand. Seit kurzem saß ein Leopold auf dem Königsthron in Prag. Den Witwen verwischten sich die Vornamen, sie sagten nur Habsburg, gelegentlich auch: Wien — und verzogen ihre Münder, als könnten bei der bloßen Nennung dieser Stadt Kröten aus ihnen hervorschlüpfen. Gemeinsame Interessen gab es kaum. Das Band des Glaubens hätte sie einen können, wäre es ihnen mit ihrem Glauben ernst gewesen, was schon deshalb nicht der Fall war, weil man in Pirna jede evangelische Richtung außer der Lutherischen als Ketzerei betrachtete. So wurden sie denn alle Lutheraner, mit oder ohne Überzeugung. Ihre materiellen Interessen gingen sogar auseinander; kamen Erbschaftssachen zur Sprache, fiel da leicht einer über den anderen her.

Sie waren alle miteinander verwandt, diese alten böhmischen Geschlechter, obwohl der Grad nicht immer exakt zu bestimmen war und sich manchmal im Dunkel der

Geschichte verlor: die von Budovetz' mit den Smiřickys, die Trčkas mit den Slavatas, diese wiederum mit den Budovetz', und die Kinskys mit den Trčkas auch, und alle ausnahmslos mit den Waldsteins, sogar mit dem Generalissimus, der auf Befehl des Kaisers in Eger ermordet worden war. Je kleiner das Land, um so größer das Standesbewußtsein, und man heiratete untereinander trotz der Folgen, die solche Gepflogenheit mit sich bringen konnte und die an dem armen Heinrich ersichtlich wurden. Jeder hatte zudem einen Familienzweig im rekatholisierten Böhmen sitzen und sprach von ihm mit unverhülltem Haß; das mochte Abscheu sein vor Leuten, die um ihrer Güter willen ihr Glaubensfähnlein nach dem Wind hängten oder aber Neid und heimliche Reue, daß man es ihnen nicht gleichgetan, als noch Zeit dazu war.

Manchmal wurden in einer Art pseudojuristischem Gesellschaftsspiel die zurückgelassenen Allodialgüter neu verteilt: Gitschin, Nachod, Schwarzkosteletz und Skal — wenn Tante Margarete ihren guten Tag hatte, war sie nicht kleinlich. Den Piccolomini in Nachod, den Gallas auf Friedland, den Liechtenstein in Mährisch-Kromau brauchte dies nicht anzufechten, da die Partie längst zu ihren Gunsten entschieden worden war, in Wien und in Prag. Die Verlierer auf Schloß Sonnenstein aber hatten sich stillschweigend geeinigt, es nicht zur Kenntnis zu nehmen.

In diese Welt trat an einem rauhen Apriltag der Junker Jan Vincenz von Budovetz und fühlte sich wohl. Er war bei den Seinen, die unter sich ganz ungeniert Tschechisch sprachen und das Deutsche dem offiziellen Gebrauch vorbehielten, da man nun einmal in einem deutschen Fürstentum lebte. Und er wurde mit einer Liebenswürdigkeit willkommen geheißen, die er sich nicht hätte träumen lassen und für die es vorderhand keine Erklärung gab. Er kam ja mit leeren Händen, mit einem Taschengeld im Beutel, das nicht der Rede wert war.

Drum war dies das erste, was er den Verwandten offenbarte: Ich bin arm, ich besitze nichts mehr, und ich werde sofort wieder gehen, wenn ich euch zur Last falle.

Tante Ludovika ließ ihn gar nicht ausreden und nahm ihn ans Herz. Es grenzte für ihn an ein Wunder, denn man sah sich zum erstenmal.

Auch die schöne Cousine Benigna lernte er kennen, und da hatte er gleich einen Grund mehr, sich wohlzufühlen. Ihre Schönheit war ihm einmal gerühmt worden — er erinnerte sich nicht mehr, von wem —, aber die Wirklichkeit übertraf die Schilderung bei weitem. Noch trug sie Trauer wie ihre Mutter, doch trat auch in der dunklen Kleidung das Leuchtende ihrer Erscheinung hervor. Das dichte, kupferfarbene Haar zur kunstvollen Frisur aufgesteckt, daß man sich fragte, wie der schlanke Hals den schweren Kopf zu tragen vermochte; die Haut durchscheinend, die Hände weiß und klein, jede Geste von einer wohldosierten Anmut, die den Eindruck der Gespreiztheit klug zu vermeiden wußte. Wer sie ansah, erfand unwillkürlich einen Rahmen hinzu, so sehr erschien sie wie ein Bild aus ferner Zeit, und war doch einfach ein Mädchen mit Maß, wohlerzogen, in sich ruhend, man konnte sich nicht vorstellen, daß sie einmal außer sich geriete.

Augen, Nase und Kinn kamen Jan Vincenz bekannt vor.

Dieses Gesicht hatte er schon gesehen, leicht abgewandelt und nicht ganz so angenehm, doch von unabweisbarer Ähnlichkeit. Es störte ihn, daß ihm nicht einfallen wollte, wann und wo und bei wem. Bis er sich sagte, daß sie ja miteinander verwandt seien von der Mutter her und daß er sich damit zufriedengeben könne.

Vlasta Zitkova brauchte kein Rätsel zu lösen, sie wußte sofort, an wen die schöne Benigna sie erinnerte, und auch, daß nicht die Pockennarben den jungen Smiřicky entstellt hatten. Seine Schwester war schöner, weil sie unverdorben war. Eine positive Feststellung, in Aufrichtigkeit getroffen von einer, die ihre Gefühle — auch Neid, auch Eifersucht! — am Zügel hielt und sich selbst im Hintergrund. Wollen abwarten, wollen sehen.

Vlasta antwortete karg und einsilbig, war darauf bedacht, sich nicht auszuliefern und wartete gespannt darauf, mit welcher Geste man sie verabschieden werde. Einen Wink hätte sie übelgenommen, und es erfolgte auch keiner. Vielmehr nahm das Gesicht des Fräuleins einen leidenden Zug an, eine schwer zu bezwingende Nervosität, die Hand spielte mit dem Spitzentüchlein.

Schon gut, ich werde gehen, auf solche Zeichen verstehe ich mich. Wer die kleine Zitkova gut kannte, hätte bei ihrem Abgang allerdings feststellen müssen, daß sie ihre Knie nur noch andeutungsweise beugte.

Benigna atmete auf, als sich die Tür hinter dem Mädchen geschlossen hatte. Sie waren auch dann nicht ohne Zeugen, der Vetter und die Cousine, aber die mit einer Stikkerei beschäftigte Gesellschafterin im Hintergrund war Benignas engste Vertraute.

»Es ist freundlich von dir, daß du dich um eure junge

Magd gekümmert und ihr das Exil ermöglicht hast, das entspricht bester Brüdertradition. Es wird sich eine Unterkunft für sie finden, sie scheint nicht verwöhnt.«
»Gewiß nicht«, beeilte sich Jan Vincenz zu bestätigen, »aber sie ist keine Magd, ich meine, nicht das, was man gemeinhin darunter versteht. Sie ist die Tochter unseres Gestütsmeisters, und der war in jungen Jahren sogar Feldscher im Regiment deines seligen Vaters, wenn ich darauf hinweisen darf.«
Benigna hob die Brauen, schien die Heraushebung nicht recht einzusehen, lächelte nachsichtig. »Wie auch immer. Ich werde Sorge tragen, daß man sie angemessen unterbringt und im Lohn nicht übervorteilt. Unsere Mittel sind knapp, wir leben am Rand dessen, was man gerade noch als standesgemäß bezeichnen kann. Aber das braucht dich nicht zu bedrücken, denn es hat bisher gereicht und wird auch in Zukunft reichen. Es ist nicht nötig, daß du dir eine Anstellung als Sekretarius suchst, im Gegenteil, die Unsrigen würden es als unschicklich empfinden. Man ist hier lutherisch und hält nichts von den Formen der Unität.«
»Deine Mutter sagte es bereits, und ich werde mich damit abfinden müssen. Obwohl es mich beschämt, euch gar nichts bieten zu können.«
»Keine Ursache, Jan Vincenz. Wir sind es, die dir zu danken haben. Mein armer Bruder, der in der Schlacht um Prag den Tod fand, berichtete uns bei seinem letzten Besuch, daß du ihm zur Flucht aus dem Spielberg verholfen hattest, unter Einsatz deines Lebens. Das vergessen wir dir nicht. Und du bist in Prag wirklich nicht mehr mit Vitĕslav zusammengetroffen? Er hielt sich doch bis zuletzt dort auf.«

»Nein, leider.«

Immer dieser Vitěslav. Sein Tod war ihnen hierher gemeldet worden, um ihn trugen sie Trauer, Tante Ludovika, Benigna, die Muhme Margarete. Es war Jan Vincenz peinlich, auf diese Gedächtnislücke angesprochen zu werden, er kam sich dann jedesmal wie ein Monstrum vor. Hatte er den Vetter gekannt, wie behauptet wurde, so mußte er doch von ihm wissen. Er neigte dazu, die ganze Entführungsgeschichte um den Spielberg für eine Legende zu halten, aber dagegen stand, daß auch Vlasta sie in vollem Umfang aufrechthielt, und Vlasta phantasierte nicht.

»Wir haben«, fuhr Benigna bekümmert fort, »unsere in Prag verbliebenen Freunde beauftragt, meinen Bruder auf dem kleinen Friedhof von Smichov zu bestatten und sein Grab zu pflegen. Es hat ein Holzkreuz mit Namen erhalten, mehr konnten wir nicht tun.«

Sie weinte, und Jan Vincenz griff nach ihrer Hand. Sie überließ sie ihm und zog sie in dem Augenblick zurück, wo die Wärme der Berührung über das bloße Mitgefühl hinauszugehen schien.

Ihre Stimme bemühte sich um Festigkeit. »Trotz allem, wir sind stolz auf ihn. Ihm kann es nicht angelastet werden, daß der Feldzug des Königsmarck glücklos endete. Vitěslav hat viel gewagt, um der Gerechtigkeit zum Sieg zu verhelfen.«

»Königsmarck«, murmelte Jan Vincenz, dumpf vor sich hinbrütend. »Für den Königsmarck hab ich auch gekämpft, in Prag. Es gab seinetwegen eine Konfusion, wenn ich nur wüßte –«

»Ach, vergiß es, es war ja alles vergeblich. Und wenn ich

dir einen Rat geben darf, so erwähne den Namen in Pirna nicht. Die Sachsen sind nicht gut auf die Schweden zu sprechen seit der Belagerung von neununddreißig. Damals rächten sich die Schweden am sächsischen Kurfürsten, weil er den Prager Frieden mit Habsburg geschlossen hatte. Bannér hat Pirna belagert und die Stadt zur Hälfte zerstört. Zum Glück konnten seine Geschütze das Schloß nicht erreichen. Tante Margarete hat jene Tage miterlebt.«

Dem Junker verwischte sich wieder einmal alles. Er hätte gern Stellung bezogen und etwas Männlich-Kraftvolles, Entschiedenes zur Sache gesagt, über Königsmarck, Bannér, Habsburg, den Kurfürsten Johann Georg — aber sie wurden ihm alle zu Schemen wie der sagenhafte Vitěslav. Ohne Anschauung kam er nun mal zu keinem Urteil, und sobald einer die Rede auf den Krieg und seine Parteiungen brachte, sah er überhaupt nichts mehr.

Bei den gemeinsamen Mahlzeiten zum Beispiel, am Mittag, am Abend, wenn sich die Exulanten mitsamt ihrem jungen Pfarrer Paskovsky im kleinen Speisesaal um den runden Tisch versammelten und sich in uferlose Spekulationen über die Zukunft Böhmens verstrickten — bei solchen Gelegenheiten passierte es dem Junker regelmäßig, daß ihm das Sehen abhanden kam. Er empfand es so. Dann hatte er nicht einmal Augen für Benigna, die zu betrachten er den Tag über nicht müde wurde. Es war kein Gefühl von Blindheit, für das es Worte gegeben hätte wie Finsternis, Schwärze, tiefe Nacht, nein, er vermochte durchaus alle Menschen und Gegenstände um sich herum wahrzunehmen, zu benennen, immer aber in dem Bewußtsein, daß er sie in Wirklichkeit nicht sah.

Er nahm das Eigentümliche solcher Störung nicht einfach hin, es beunruhigte ihn ebensosehr wie der in seinem Gedächtnis fehlende Vitěslav. Ich werde wunderlich, dachte er besorgt, und bin doch kein Greis, was ist mit mir?

Fiel sein Blick dann auf den umnachteten Heinrich Smiřicky, der neben Margarete saß und von ihr gefüttert wurde, so erfüllte ihn die Angst, daß auch in ihm ein fatales Familienerbe zum Ausbruch käme, und sein Herz begann in Panik schneller und beinahe hörbar zu klopfen. Ich bin krank, und das darf nicht sein, mein Gott, nicht jetzt, wo ich im Begriff bin, mich zu verloben. Es muß doch eine Zukunft geben, Zukunft als Raum von noch nicht Verwirklichtem, als Spielraum, in dem nicht alles festgelegt, sondern verfügbar und veränderbar ist.

In diesem Kreis — am runden Tisch war es ein Kreis im wörtlichen Sinn, auch wenn die Geschlossenheit eine Täuschung blieb — gab es nicht einmal eine Gegenwart. Die Vertriebenen hatten die Vergangenheit zum Stillstand gebracht, wie man eine Uhr anhält, und sie merkten es nicht. Sie sprachen durchaus nicht nur von früheren Zeiten, wie alte Menschen es verständlicherweise tun, sie erwähnten unentwegt das Jetzt und Später, zogen Fäden durch den Alltag, erledigten Anfallendes, planten mit Emphase allerlei Künftiges, und projizierten in Gegenwart und Zukunft doch immer nur die Formen und Muster einer Zeit, die längst über sie hinweggegangen war.

Die junge Benigna tat mit. Anfangs dachte Jan Vincenz, sie betreibe das Spiel zum Schein und aus Gutmütigkeit, aber er brauchte nur ein paar Tage, um sicherzugehen, daß auch sie es für bare Münze nahm.

Der Gottesdienst in der Stadtkirche von Pirna, die böhmische Predigt des Samuel Martinius von Dražov – sie erzeugten das genaue Gegenteil von Trost und Ermutigung. Jan Vincenz ging nur ein einziges Mal hin. Er verzichtete auch darauf, sich bei Martinius persönlich zu bedanken für die Bestattung des großväterlichen Hauptes in Prag, wie er es anfangs vorgehabt. Der Mann war ihm suspekt, mehr noch: widerwärtig. Es gab eine Erklärung für seine Wesensart, man kann schließlich alles erklären, kann alles aus besonderen Umständen herleiten, nur hilft es nicht weiter.

Der aus Dražov geiferte, wie er zu Prag in der Teynkirche gegeifert hatte. Es war ihm zur zweiten Natur geworden, und dann fragt einer nicht mehr nach dem Sinn seines Tuns, sondern handelt nur noch drauflos, einzig darum besorgt, aus der eingeschliffenen Spur nicht auszuscheren. Seine Jugend in Prag hatte im Zeichen des Kampfes gegen die römische Kirche gestanden, gegen einen mächtigen Feind, der zu Übergriffen neigte und den abzuwehren so sinnvoll wie berechtigt gewesen war.

Ein wenig fühlte sich der Junker beim Anblick des wutschnaubenden Martinius an den Seher Nikolaus Drabik erinnert. Der Unterschied lag jedoch klar zutage: Während Drabik nach wie vor unverdrossen und wirkungslos den gleichen fernen Feind bekämpfte, brauchte der Stadtpfarrer von Pirna einen Gegner in nächster Nähe, den Nahkampf, bei dem man das Weiße im Auge des Feindes sieht. Das hatte er von seinem Schutzpatron Luther übernommen, nach dessen Vornamen er sich nannte und der seinen Glaubenskampf auch gern mit den Wahrzeichen des Soldatenlebens schmückte: feste Burg, Wehr und

Waffen, grausam Rüstung, auf dem Plan sein, das Feld behalten, laß fahren dahin Gut, Ehr, Kind und Weib — ein fabelhaftes Beispiel für den Böhmischen Bruder Jan Evangelista von Budovetz! Und ausgerechnet die Böhmische Unität war dem Böhmen Samuel Martinius ein Dorn im Auge, da sie in ihrer Verfassung den Kalvinismus bevorzugte, was in seiner Gedankenwelt der Ketzerei gleichkam.

Er tönte nicht nur herum, daß er die Irrlehre des Johannes Calvin mit Stumpf und Stiel auszurotten gedächte, er handelte auch danach. Jan Vincenz zog Erkundigungen ein. Von sechsunddreißig bis neununddreißig hatte eine Brüdergemeinde in Pirna gelebt, bis ihr Landsmann Martinius sie vertrieb. Die Brüder zogen ins polnische Lissa, enttäuscht und aufgebracht, und beschwerten sich bei dem großen Senior der Böhmisch-Mährischen Brüder.

Jan Amos Comenius schrieb nach Pirna, ermahnte den Martinius sogar in einer öffentlichen Schrift, er möge die Sache der Evangelischen durch engherzige Konfessionsstreitigkeiten nicht unnötig erschweren. Vergebens — Martinius schimpfte, drohte, verfolgte; die ganze Heilige Schrift bestand für ihn nur noch aus der Rechtfertigungslehre, über deren Auslegung sich Kalviner und Lutheraner nicht einigen konnten.

Comenius schrieb auch an den Dresdener Hof. Aber Kurfürst Johann Georg fühlte seit dem Prager Frieden nicht mehr die Verpflichtung, sich in Glaubensfragen einzuschalten. Er gab sich leiblichen Genüssen hin — ein Asket war er nie gewesen — und tat es mit vermehrter Lust, seit ihm die Ärzte sein nahes Ende prophezeiten. Es wäre durch Fasten aufzuschieben gewesen, doch war es ihm dies Opfer nicht wert. Mit dem Tod als ständigem Gast neben sich an der Tafel fiel der kranke Fürst seiner Genußsucht bis zum letzten Bissen und Tropfen anheim. Was Wunder, daß er den Martinius in Pirna gewähren ließ! Vielleicht kannte er ihn nicht einmal.

Jan Vincenz richtete in dieser Lage seine Wünsche und Zukunftshoffnungen einzig auf Benigna. Noch wußte er nicht, ob er sie als seine Verlobte ansehen durfte, darin blieb manches unklar. Er hatte bei Tante Ludovika und bei dem Hirschberg alias Hyzrle, der zum Vormund der Cousine bestellt war, um ihre Hand gebeten und jedenfalls keine abschlägige Antwort bekommen. Man ließ ihn zappeln. Auch Benigna hielt ihn hin, indem sie ihm mit Worten und Blicken zwar die zärtlichsten Gefühle verriet, ihm aber keine Vertraulichkeit erlaubte. Auf seine Bitte hin legte sie die Trauerkleider ab, und danach erschien sie ihm noch schöner und begehrenswerter. Sie musizierte mit ihm, ritt mit ihm aus, ging mit ihm spazieren, aber nie ohne die Gesellschafterin, die sich diskret im Hintergrund hielt und doch überall anwesend war.

Auf einem Spaziergang durch die frühsommerlichen Fluren, es war Anfang Juni, klagte er Benigna sein Leid.

»Warum beträgst du dich so kühl und gibst doch vor, mich zu lieben? Warum weichst du jeder Umarmung aus?«

Wieder dieser warme Blick aus ihren grünen Augen, diese sanfte Stimme, deren Wohllaut ihn bis in den Schlaf verfolgte. In einer Bewegung von unnachahmlicher Grazie, wie er sie nie gesehen hatte, faltete sie die Hände und hob sie zart und flehend gegen ihre Lippen.

»Weil Mutter es wünscht«, kam es leise und traurig.

»Aber deine Mutter ist doch einverstanden mit unserer Verbindung, sie hat es mir selbst gesagt.«

»Ich weiß, und doch befahl sie mir Zurückhaltung. Sie wird wissen, warum.«

Er wurde ärgerlich. »Bist du eigentlich immer so fügsam?«

Benigna blieb stehen, wandte langsam den Kopf und sah ihn verständnislos an. Sie spielte ihm nichts vor, das spürte er gleich; die Verständnislosigkeit war ehrlich, war ihrer Schönheit zudem abträglich, denn sie ließ ihr Gesicht leer und ausdruckslos erscheinen.

»Ich verstehe nicht, was du meinst«, erwiderte sie nach einer Pause des Schweigens.

Der Junker schwieg ebenfalls. Er konnte dieser Leere nichts entgegensetzen, es war kein Angriffspunkt da. Benigna war wohl immer fügsam gewesen, hatte nie einen eigenen Willen gekannt, und erstmalig kam ihm der Verdacht, daß sie auch ihre gescheiten Ansichten über die Zeitläufte, über Menschen, Gedichte und Musik von anderen erborgt hatte. Dennoch drängte er hastig das Gespräch auf eben diese Themen ab, die ihr profilierte Äußerungen zu entlocken pflegten, erborgt oder nicht, ihm kam es nur darauf an, daß die Leere in ihrem Gesicht sich wiederum mit Zustimmung oder Ablehnung füllte, damit ihm ihre Schönheit erhalten blieb. Er hatte schon genug verloren.

Sechs Wochen waren seit dem Einzug des Junkers auf Sonnenstein vergangen, da bat ihn Tante Ludovika eines Abends um ein Gespräch unter vier Augen. Er fuhr beglückt hoch, als der Diener es ihm meldete, dachte: endlich, jetzt wird sie den Termin bestimmen, es wurde auch Zeit. Er kleidete sich sorgfältig, wählte das resedagrüne Seidenwams mit den geschlitzten Ärmeln, prüfte im Spiegel den Sitz des neuen Überrocks, nahm den kostbaren Degen hinzu. Man war hier zu einem bescheidenen Leben gezwungen und legte gerade deshalb Wert auf eine Robe, die diesen Umstand weitgehend verdeckte. Gut denn, das konnten sie haben. In Kleinigkeiten nicht kleinlich zu sein, hatte Jan Vincenz gelernt.

Die Unterredung verlief nicht ganz nach seinem Geschmack, und das Ergebnis, auf das es ihm ankam, schien noch ferner gerückt. Wieder wandelte ihn der Verlust seines Sehvermögens an, diese zwittrige Art der Wahrnehmung, da er schon nach den ersten Sätzen die Tante zwar reden hörte und sah, sich aber gleichzeitig des Eindrucks erwehren mußte, daß er sie nicht sähe. Sie wollte wissen, ob er mit seinem Oheim und Vermögensverwalter Matthias Thurn noch in Verbindung stände. Er mußte es verneinen.

»Dann wird es Zeit, daß du ihm deinen Aufenthalt mitteilst, teurer Neffe, und um dein Erbe kämpfst. Die dreihundert Gulden, die dir von den Kroaten geraubt wurden, wie du uns erzähltest, waren ja nur ein Vorschuß. Nach den Recherchen, die ich inzwischen angestellt habe, beläuft sich dein gesamtes Erbe auf viertausend ungarische Gulden. Nicht viel, aber auch nicht zu verachten, und in Anbetracht der geringen Mitgift, womit ich meine Tochter ausstatten kann, will ich nicht anspruchsvoll sein. Du wirst aber verstehen, daß dir Benigna erst dann als versprochen gilt, wenn du im Besitz deines Vermögens bist.

Kümmere dich also darum! Meine Befürchtung geht dahin, daß der ruhelose Thurn, der zur Zeit wieder in der Türkei sein Wesen treibt, sich am Ende von deinem Geld verköstigt, wenn er es nicht schon getan hat. Nach dem Friedensschluß nehmen manche Leute es mit den Besitzverhältnissen nicht mehr genau, Gott sei's geklagt. Ich danke dir — wir sehen uns bei der Tafel.«

Er war in Gnaden entlassen, verneigte sich und ging. Ging an einer langen Reihe heller Fenster vorbei, an denen Schwalben entlangflitzten, sah in der Ferne den milden Abend heraufdämmern, hörte im Hof das Gezänk einiger Mägde und dachte: Es ist alles nicht wahr. Dies ist eine Kulisse, gleich wird sie versinken. Ich werde erwachen und dann in Bilina sein, oder in Teltsch, in Krumau, in Pisek. Aber doch nicht in Pirna — wo liegt das überhaupt?

Benigna zuliebe nahm er sich zusammen und begann nachzudenken. Mit dem Oheim Matthias hatte er nichts mehr zu tun haben wollen — warum eigentlich nicht? Dafür gab es einen Grund, der war ihm entfallen. Sein Admonitor würde es ihm sagen können, aber den hatten sie hier in die Küche gesteckt, und er hatte es geduldet. Das mußte als erstes geändert werden.

Plötzlich lachte er laut auf. Sein Oheim trieb sich in der Türkei herum — wie denn ihn erreichen, wie denn eine Verbindung aufnehmen über mehr als tausend Meilen hinweg ohne einen böhmischen Groschen in der Tasche? Das Kunststück sollte ihm die Tante Ludovika einmal vormachen.

Daß er sich um Vlasta kümmern wollte, hatte er am nächsten Tag bereits vergessen. Er war unausgeschlafen

und zermürbt, hatte die Nacht mit Grübeln und Briefeschreiben zugebracht und die Briefe am Morgen zerrissen, weil sie ihm bei wiederholtem Durchlesen unsinnig erschienen. Ein Stein lastete auf seinem Gemüt. Er brauchte Geld, wenigstens so viel, daß er einen Boten in die siebenbürgische Residenz entsenden konnte, um nachzufragen, ob er mit seinem Erbteil noch rechnen könne. Wenn ja, dann sollten sie es ihm zustellen. Er selbst mochte nicht reisen, nicht nach Saros Patak. Er fand keine Erklärung für diesen Widerstand gegen den Ort seiner Kindheit, aber er war so stark in ihm, daß er ihn respektieren mußte. Die schlaflose Nacht hatte ihm einen Dämon in den Nacken gesetzt, den er nicht loswurde.
Doch mußte ja nicht alles schon heute geregelt werden. Wo war Benigna? Er würde mit ihr ausreiten, sich in ihren Anblick vertiefen und für ein paar Stunden alles andere hinter sich lassen.

Vlasta hatte nur wenige Tage als Küchenmagd auf Sonnenstein gedient und sich dann auf eigene Faust nach einer Arbeit umgesehen, die ihr mehr Spaß machte und vor allem besser bezahlt wurde, denn sie sparte. Wenn eine Person wie die kleine Zitkova sich derartig fanatisch aufs Sparen verlegte, hatte sie ein Ziel. Ihre Beziehung zum Geld war von der solidesten Art: man brauchte, man verbrauchte es, heute oder morgen. Die Versuchung, sich in einen angesammelten Schatz zu verlieben, war ihr so fremd, daß sie auch über einen längeren Zeitraum hinweg ihr Ziel nicht aus den Augen verlor und sich gar nicht vorzustellen vermochte, wie jemand das Anhäufen von Geld als Selbstzweck betreiben könne.

In einem Neubau, der dem Pirnaer Schloß lose angegliedert war, befand sich ein kurfürstliches Gestüt, dessen Aufseher einen Bereiter suchte. Vlasta holte ihre Knappentracht aus der Reisetasche, lüftete, bürstete, bügelte sie und zog sie an, um sich in dieser Aufmachung für den Bereiterposten zu melden.

Als erstes verriet sie dem Meister, daß sie ein Mädchen sei (was der ohnehin gemerkt hatte) und die Mannskleidung nur aus praktischen Gründen trage, denn er habe ja einen Burschen gesucht. Das hatte er, und er war zunächst keineswegs gewillt, von dieser Bedingung abzugehen. Sie erbat sich das schwierigste Pferd aus seinem Stall und führte ihr Können vor, danach engagierte er sie. Ohne ein Wort über ihre Weiblichkeit zu verlieren, ohne des weiteren darauf Bezug zu nehmen.

Sie schlief in der Kammer seiner Tochter, da er sie nicht gut in die Gemeinschaftsunterkunft der Pferdeknechte einweisen konnte, in allem anderen zählte nur ihre Tüchtigkeit. Die imponierte auch den Knechten. Niemand hänselte sie, niemand trat ihr zu nahe. Was diesen Umstand betrifft, dürfte da freilich die Autorität des Gestütsmeisters ausschlaggebend gewesen sein.

Vlastas Sparstrumpf füllte sich.

Für Ludovika Smiřicky war es gar nicht so leicht, den Aufenthalt der jungen Magd auszumachen, die der Neffe aus Mähren gerettet hatte. Begreiflicherweise, denn sie suchte ein Mädchen und fand einen Stallburschen. Anstoß nahm sie an der Verwandlung kaum, dazu war diese Magd mit den groben Händen ihr zu gleichgültig. Sie brauchte nur ein paar Auskünfte, in aller Eile, und die konnte Vlasta ihr geben. Von viertausend Gulden habe ihr Herr einmal gesprochen, die der Graf Thurn als Heiratsgut in Kommission verwahrt halte, für den Fall, daß der Junker sich standesgemäß zu verehelichen gedenke. Gräfin Smiřicky schien über die Höhe der Summe verblüfft.

»Viertausend ungarische Gulden — bist du sicher? Ich hoffe doch, du schwindelst mich nicht an, nur um deinem Herrn zu einer guten Partie zu verhelfen. Dankbarkeit ist eine Tugend, aber sie berechtigt nicht zur Lüge. Mir kommen Bedenken, weil mein Neffe bei seiner Werbung den Eindruck erweckte, er stehe mit leeren Händen da.«

»Mit Verlaub, Euer Gnaden, da hat er nicht gelogen. Aber auch ich lüge Euch nicht an. Mein Herr ist in der Schlacht um Prag verwundet worden und erinnert sich nicht mehr an alles. Man muß ihm auf die Sprünge helfen wie einem verletzten Gaul, dann renkt es sich ein. Ihr dürft ihm Eure Tochter ruhig geben, das Erbe steht dem Junker zu.«

Ludovika runzelte die Stirn, unangenehm berührt vom Freimut des Mädchens, das so vulgär in Hosen herumlief und sich mit lauter Pferdeknechten abgab. Sie fand, daß dieser Freimut überhaupt schon an Dreistigkeit grenze und daß sie selbst sich mit ihrer Vertraulichkeit dem weiblichen Stallburschen gegenüber unter ihr Niveau begeben habe. Immerhin, sie hatte erfahren, was zu erfahren ihr wichtig war.

Dies also war der Weg, auf dem Ludovika Smiřicky sich Einblick in des Junkers Vermögensverhältnisse beschafft hatte. Für das Leben der Vlasta Zitkova ergab sich daraus die Wende. An diesem Tag traf sie eine Entscheidung, die sie bisher hinausgezögert hatte und nun nicht mehr verschieben mochte. Die trügerischen Hoffnungen, mit denen die Exulanten hier ihr Dasein fristeten, konnte sie nicht teilen. Lieber unter der Herrschaft der römischen Kurie leben als unter der Anfechtung, sich täglich aufs neue selbst belügen zu müssen. Vlasta wartete drei Tage ab, sah einmal des Nachmittags ihren jungen Herrn mit der schönen Komteß über die Wiesen reiten — ein Anblick, der sie zu einem betrübten Kopfnicken bewog, ohne daß sie davon wußte — und ließ sich dann bei dem Junker von Budovetz melden, da sie ihm eine bedeutende Mitteilung zu machen habe. Er empfing sie in einem kleinen Vorzimmer, freudig bewegt über das Wiedersehen und mit einem schlechten Gewissen ihretwegen.

Sie kam in Hosen, denn sie hatte sich nur eine Stunde freimachen können, und trug in das parfümgeschwängerte Zimmer unverzüglich den scharfen Geruch von Ammoniak und Pferdemist. Ihre Reisetasche hatte sie bei sich und stellte sie auf den Boden. Lange schien sie sich nicht aufhalten zu wollen, wirkte ein bißchen nervös und atemlos, war wieder einmal schnell gelaufen.

»Setz dich doch!« bat Jan Vincenz und schob ihr einen Stuhl hin, »wie schön, Kind, dich wiederzusehen. Du machst jetzt Stalldienst, man riecht es. Hat es dir in der Küche denn nicht gefallen?«

Sie übersah den Stuhl, ihre Zeit war knapp.

»Zu dienen, Herr, in der Küche hat es mir nicht einen Tag gefallen. Ich wollte ihnen böhmische Speckknödel beibringen, aber die Trottel haben mich nicht gelassen. Da dacht ich mir, daß man niemanden zu seinem Glück zwingen soll. Es wird schlecht gekocht in Sachsen. Jetzt bin ich Bereiter, mit Verlaub zu sagen, aber nur solange, bis ich mir Reisegeld für Mähren erspart hab. Ich werd über Prag fahren und den Pater Vojtěch bitten, daß er mich in die römische Kirche aufnimmt, dann kann ich nach Bilina zurück und Prokop bei der Arbeit helfen.«

»Du willst papistisch werden, Vlasta? Das hör ich nicht gern. Es stimmt nicht zusammen mit deiner Ehrlichkeit. Du kannst es doch mit reinem Gewissen nicht tun.«

Sie atmete tief, strich sich die Haare aus dem Gesicht, zog die Tasche dicht zu sich heran.

»Ihr werdet bald heiraten, gnädiger Herr, und hier auf Sonnenstein Euren Hausstand gründen. Dazu wünsche ich Euch und dem Fräulein Gottes Segen. Nur dürft Ihr es nicht so darstellen, als gingen Euch meine Ehrlichkeit und mein Gewissen noch etwas an. Das kann ich Euch schlecht abnehmen, nachdem Ihr Euch wochenlang nicht um mich gekümmert habt und nicht einmal wußtet, daß ich die Küchenschürze mit dem Sattel vertauschte. Es soll dies aber kein Vorwurf sein, junger Herr.

Und nun hört mich an. Ihr braucht Geld, und ich kann es Euch beschaffen. Nein, bitte, wehrt nicht ab, es ist nämlich Euer Eigentum, das ich Euch heute zurückgebe. Ich hab's nur aufbewahrt, damit Ihr keinen Unsinn damit anstellt – den Eggenberg verfolgen oder Ausrüstung kaufen für den Kriegsdienst beim Königsmarck, was alles ja eine gottlose Verschwendung gewesen wäre, wie Ihr heute zugeben müßt. Heiraten dagegen ist eine gute und vernünftige Sache, und da man in dieser Welt leider auch das Liebste nicht ohne Geld bekommt, stelle ich Euch das Eurige zurück. Viel ist es nicht, doch besser als gar nichts. Zweihundertfünfundsiebzig ungarische Gulden, nichts fehlt, Ihr könnt sie nachzählen.«

Sie bückte sich, holte die Ledertasche aus ihrem Gepäck und überreichte sie dem Junker mit einer Verbeugung.
Der nahm sie, wich einen Schritt zurück, wurde blaß. »Meine Geldtasche, mein Reisegeld, das mir die Kroaten unterwegs — — wie kommt das in deine Hände?«
Vlasta sah ihn nur an.
Er schmiß das lederne Etui auf einen Tisch, daß die Münzen schepperten, und seine schwarzen Augen flackerten. »Du also warst die Diebin! Du hast mir mein Eigentum monatelang vorenthalten und mich in der Meinung bestärkt, es sei mir im Wald von Hlubok entrissen worden. Mach, daß du wegkommst und laß dich bei mir nicht mehr blicken!«
Vlasta nahm ihre Reisetasche hoch, die nun nichts mehr enthielt, verneigte sich noch einmal kurz und sagte, den Türgriff bereits in der Hand: »Das hatte ich auch nicht vor, Herr, und an Eure Undankbarkeit bin ich gewöhnt. Ich wünsche Euch dennoch von Herzen eine angenehme Zukunft.«
Damit ging sie und ließ ihm den Stallgeruch zurück. Jan Vincenz rannte zum Fenster, öffnete es mit fliegenden Händen und lehnte sich hinaus. Er brauchte dringend frische Luft.
Nachdem er seinen Atem geordnet und sich halbwegs beruhigt hatte, fiel sein Blick wiederum auf die flache Tasche mit seiner Barschaft, und da erst ging ihm auf, daß er sich mit Hilfe dieser Summe in den Besitz seines gesamten Heiratsguts bringen konnte. Sie würde alle Unkosten reichlich decken, mit ihr konnte er den Boten nach Siebenbürgen entlohnen, wo sich die Sache in Abwesenheit des Paten auch mit dem Fürsten regeln ließ. Damit wurde

auch die letzte Hürde vor einer Eheschließung mit Benigna hinweggeräumt. Doch was ihm vor zwei Tagen noch als die Erfüllung seiner heißesten Sehnsucht erschienen wäre, stimmte ihn nun nicht mehr froh.
Erregung macht hellsichtig, und die des Junkers war so übermächtig, daß sie ihn ganz nahe an seine Selbstfindung herantrug. Es fehlte nur der Auslöser, ein Anlaß, der wie eine Lampe in der spinnwebverhangenen Dämmerung seines Geistes genau den Gegenstand beleuchtete, auf den es ankam. Benigna in ihrer Unschuld sollte ihm zu diesem Auslöser werden.
Sie musizierten vor dem Abendbrot wieder miteinander, wie so oft, und waren wie jedesmal auch jetzt nicht allein, die Gesellschafterin saß dabei, Tante Ludovika, der Vormund Hyzrle. Jan Vincenz hatte in Saros Patak das Flötenspiel erlernt und war mit Hilfe der Cousine wieder in Übung gekommen. Er blies die Querflöte, es war ein Menuett, zu dem Benigna am Cembalo begleitete. Ihr Spiel hatte nicht den Glanz wie das der hochbegabten Adleta, fiel aber doch klar und fehlerfrei aus, und die Augen der beiden zuhörenden Damen schwammen in Verzückung.
»Sing uns etwas, Benigna!« bat die Mutter und setzte im Flüsterton hinzu: »Ein brüderisches Lied aus dem Fulneker Kantional. Mir ist danach.«
Das Mädchen am Klavier sah erschrocken hoch. »Und wenn der Herr Pfarrer es hört?«
Hyzrle winkte begütigend ab. »Der Paskovsky ist in der Stadt und kommt erst zum Nachtmahl zurück. Wir sind unter uns, kein Lutherischer ist in der Nähe, und Jan Vincenz wirst du mit einem Lied aus der Unität sicherlich erfreuen.«

Benigna wandte fragend ihren Kopf dem Vetter zu, und dieser nickte. Was sie nun spielte und sang, war ihr so geläufig, daß sie keine Noten dazu brauchte.

»Das Lieblingslied meines Sohnes«, sagte Ludovika Smiřicky und suchte nach dem Spitzentuch in ihrem Beutel.

Nun lasset uns den Leib begrabn —.

Der Junker stand mit verschränkten Armen beim Fenster. Er hörte das Lied und sah dabei das feine Profil der Benigna Smiřicky, die gerade Nase, deren Spitze sich kaum merklich nach unten bog, das leicht vorspringende Kinn, das rötliche Haar, in dem die Nachmittagssonne sich verfing; alles das sah er und wußte mit einem Schlage Bescheid. Die Lücke in seinem Gedächtnis schloß sich. Er war dem Vitĕslav nicht nur auf die Spur gekommen, er wußte auch, daß er ihn in einem Hohlweg bei Smichov getötet hatte, und warum. Und er war darüber nicht im mindesten entsetzt.

Beim Nachtmahl die Gespensterversammlung der Exulanten an der runden Tafel, er mitten unter ihnen, beobachtend, schweigend. Kein quälendes Widerspiel mehr, jenes Sehen, das immer zugleich ein Nichtsehen gewesen war; für ihn lagen die Karten offen auf dem Tisch. Dieselben Gespräche wie immer, nur konnte er sich endlich davon distanzieren und brauchte sich nicht hineinziehen zu lassen.

Wieder einmal beschworen die Witwen Trčka und Kinsky in klagenden Tönen die Nacht von Eger, als man ihnen die Gatten zu einem Fest gelockt und hingemordet hatte, kurz bevor es auch dem Wallenstein an den Kragen ging. Der Friedländer sei überhaupt an allem schuld gewesen mit seiner Unentschiedenheit, sie hätten es ihren Männern vorausgesagt, daß man nichts Gutes erwarten könne von einem, der so lange in habsburgischen Diensten gestanden.

»So ist es«, versicherte Margarete Smiřicky und putzte dem neben ihr sitzenden Heinrich die Nase, »aber ich werde uns an Habsburg rächen, verlaßt euch auf mich. Mein Advokat weiß Mittel und Wege, wie wir dem Piccolomini seine Beute abjagen, und dann ziehen wir hier weg und richten uns auf Nachod häuslich ein. Kann sein, ich bekomme auch Skal oder Gitschin zurück, da ich's ja schwarz auf weiß habe, daß es meinem armen Bruder gehört. Jeder von euch wird einen Anteil erhalten, meine Lieben, ich lasse euch nicht im Stich. Doch wollen wir nun die Hände falten, der Herr Pfarrer möchte beten.«

Paskovsky sprach den Segen und verlas einen kurzen Abschnitt aus der Schrift des Doktor Martinus Luther über die rechten und edelsten Bücher des Neuen Testaments. Das kraftvolle Deutsch des Reformators nahm sich in dem singenden Tonfall des böhmischen Geistlichen höchst seltsam aus. Aber das merkte hier keiner. Die Andacht war eine Pflichtübung, man erledigte sie ohne innere Teilnahme und griff danach sofort wieder den Faden des unterbrochenen Gesprächs auf.

Tante Ludovika hatte heute noch keine Gelegenheit gehabt, ihr Los zu beklagen, und holte es, da man sie nicht gleich zu Wort kommen ließ, mit erhobener Stimme nach.

»Ich habe nicht nur meinen Mann und meinen Besitz, ich habe darüber hinaus noch meinen Sohn verloren«, rief sie auftrumpfend über den Tisch den Damen Kinsky und Trčka zu, als hätten diese es bestritten. »Vitěslav, meinen blühenden ritterlichen Sohn! Bis zuletzt hat er für unsere gemeinsame Sache gekämpft und für sie sein Blut vergossen, als alle anderen sich feige verdrückt hatten. Einem gepanzerten Engel gleich hat er neben dem Königsmarck das Flammenschwert des Evangeliums geschwungen, ein Held der reinen Lehre, ein Mensch der edelsten Gesinnung.«

Feierliche Stille, eine Pflichtübung auch dies.

Nun aber tat der Junker von Budovetz ganz ungebeten seinen Mund auf und erklärte laut und akzentuiert, daß es jedermann in der Runde auf Anhieb verstehen mußte: »Mein Vetter Vitěslav war mitnichten ein Held und schon gar keine edle Seele. Ich habe ihn gekannt. Er war ein erbärmlicher kleiner Schuft, niederträchtig und hartherzig.«

Benigna faltete ihre Serviette zusammen – mit der gleichen Anmut, die alle ihre Handlungen auszeichnete, welche Bedingungen ihnen auch immer zugrunde lagen – und verließ den Raum. Die Älteren brauchten noch Zeit, die Sätze zu verkraften. Sie glaubten anfangs an eine Sinnestäuschung, bis sie sich, einer den anderen anblikkend, gegenseitig vergewisserten, daß ihrem Gehör kein Fehler unterlaufen war.

Am Ende blieb Jan Vincenz allein an der Tafel zurück. Er saß lange noch dort und starrte verloren in die zuckenden Flämmchen der heruntergebrannten Kerzen. Erst als die Lakaien den Tisch vollständig abgeräumt hatten, machte auch er sich davon.

Niemand zog ihn zur Rechenschaft, niemand stellte ihn zur Rede, man hielt ihn für geistesgestört. Ein Familienübel. Bedauert wurde allein Benigna, die man vorläufig nicht zu Gesicht bekam.

Nachdem er sich auf diese dramatische Weise aus dem Kreis der Seinen ausgeschlossen hatte, lebte er in Sonnenstein wie auf einer Insel. Doch fand er den neuen Zustand erträglicher als den vorausgegangenen. Was tat's, daß er den anderen befremdlich geworden war, da er sich selbst nun gefunden hatte. Er war weder irrsinnig noch im Begriff, es zu werden. Über die Ereignisse des vergangenen Jahres herrschte in ihm absolute Klarheit. Verrückt war er nicht, aber er war ein Mörder, und damit mußte er zurechtkommen.

Für den dritten Sonntag nach Trinitatis, der mit dem Gedenktag der Augsburgischen Konfession zusammenfiel, hatte sich der Eiferer Samuel Martinius ein apartes Spectaculum ausgedacht, das auch dem letzten Kalvinisten in Pirna zeigen sollte, woher im lutherischen Sachsen der Wind wehte. Die böhmischen Exulanten auf Schloß Sonnenstein waren über das Vorhaben unterrichtet und blieben ihm wohlweislich fern. Der Junker aber, dem niemand mehr etwas sagte, füllte den langweiligen Sonntagvormittag mit einem Spaziergang aus und geriet, von einer zusammenströmenden gaffenden Menschenmenge angelockt, auf dem Pirnaer Marktplatz mitten in das von Martinius veranstaltete Autodafé.

Man verbrannte keinen Menschen, nur Bücher. Aber auch dies mitansehen zu müssen, kann schmerzlich sein, es kommt auf die Bücher an. Das Feuer loderte, Schulbuben schleppten neues Reisig heran, das von der Sommerhitze ausgedörrt war und von den Flammen gierig erfaßt wurde. Die letzten Glockenschläge der Stadtkirche erstarben.

Auf einem Gerüst stand der Prediger im schwarzen Talar, die Lutherbibel unter dem Arm, zu seinen Füßen aufgeschichtet die Bücher, an denen sein ungestillter Haß sich schadlos hielt. Eine Miniaturausgabe seines großen Wittenberger Vorbildes, so stand er da, und was er inszenierte, war der lächerliche Abklatsch einer einst weltbewegenden Tat. Denn hier warf man keine päpstliche Bannbulle ins Feuer, hier wurden nur ein paar unschuldige Schriften verbrannt, und es gehörte nicht der geringste Mut dazu, sie zu vernichten. Was er jedoch an Mut nicht aufzubringen brauchte, ersetzte der böhmische Lutheraner durch Pathos. Die Augen himmelwärts gerichtet, wie um sich der göttlichen Zustimmung zu versichern, ließ er seine Stimme über den Platz dröhnen.

»Ich übergebe den Flammen die ketzerische Schrift des Johannes Calvin aus Genf: INSTRUCTION ET CONFESSION DE FOI.«

Prasselndes Feuer, Johlen, Gelächter, Händeklatschen. Die eilfertigen Buben schleppten und schwitzten.

»Ich übergebe den Flammen das Neue Testament in der böhmischen Übersetzung des falschen Bischofs Jan Blahoslav.

Ich übergebe — —

die Abhandlung des Ketzers Paul Stransky RES PUBLICA BOJEMA —

die ketzerischen Schriften des Seniors Jan Amos Komensky von der sogenannten Brüder-Unität UNUM NECESSARIUM und DAS LABYRINTH DER WELT —

die ketzerischen und antilutherischen Schriften des Kalviners Wenzel von Budovetz GEISTLICHE CHRONIK und MARTINI LUTHERI ANTISOCIUS — —«

Dem Junker reichte es. Er fühlte nicht einmal Empörung,

nur den üblen Nachgeschmack, den eine verdorbene Speise im Mund hinterläßt.
Schmierenkomödiant, du da oben! Kommst dir wohl recht kühn vor und lebst doch seit Jahren hier in völliger Sicherheit, von keinem bedroht oder auch nur herausgefordert, von lauter Willfährigen umgeben. Plagt dich deshalb dein Gewissen, daß du den Helden spielen mußt? Inkonsequent bist du auch. Wenn mein Großvater Wenzel von Budovetz in deinen Augen ein Ketzer war, warum holtest du sein Haupt dann vom Altstädter Brückenturm herunter? Ich könnte es dir sagen. Weil sich nämlich auch damit ein Schauspiel verband, elender Selbstdarsteller. Du solltest die Bühne den Jesuiten überlassen, die verstehen sich besser auf diese Kunst, mit Grazie und Takt, wovon du nichts weißt. Was weißt du überhaupt?
Plötzlich entdeckte der Junker in der Menge, die sich allmählich verlief, den Schimmelkopf seines Knappen.
Er hatte Mühe, Vlasta zu folgen, denn sie war flink, und ohne ihr weißblondes Haar, das in der Sonne leuchtete, hätte er sie gleich wieder aus den Augen verloren. Es hatte nicht den Anschein, daß sie ihm zu entkommen suchte, sie war nur in Eile wie meistens, denn da auch am Sonntag die Pferde versorgt werden mußten, war ihre dienstfreie Zeit begrenzt. In einer schmalen Gasse hinter der Kirche gelang es Jan Vincenz, sie zu stellen.
Sie sah ihn freudig überrascht an, ohne ein Zeichen von Gekränktheit, obwohl er sie doch vor ein paar Tagen noch mit Schimpfworten davongejagt hatte. Er wußte nicht, was er davon halten sollte. Vielleicht war er ihr gleichgültig geworden, oder sie nahm ihn nicht ernst. Nein, gleichgültig war er ihr nicht. Ihr Glück, ihn zu sehen, war

ganz unverhohlen; die schrägen Augen blitzten ebenso wie die kräftigen Zähne, die sie beim Lächeln entblößte, was sie nicht oft tat. Wie reizvoll war dieses Kind! Auf eine gänzlich andere Art als die schöne Benigna, die ein Bildnis blieb, weit weg und unberührbar selbst in unmittelbarer Nähe. Dieses Mädchen hier stand fest und wirklichkeitsbezogen in der Gegenwart, klein und natürlich, verläßlich und sehr entschieden, allen Widrigkeiten zum Trotz, ein Pflänzchen aus Swatoboritz.

»Wie kannst du fröhlich sein nach allem, was eben geschehen ist?«

Sie ließ sich in der schattigen Gasse auf einen Eckstein nieder und hatte es auf einmal gar nicht mehr eilig. Ihr Lächeln vertiefte sich noch, als sie zu ihm aufsah.

»Ihr meint im Ernst, daß ich mich grämen sollte über diesen Narren da? Nein, Herr, im Gegenteil. Wenn es noch einen Anstoß brauchte, mich von hier wegzutreiben, so war es die Verbrennung unserer brüderischen Schriften. Eine Sekte sollen wir sein, keine Konfession, das will man uns jetzt einreden, und wir hatten beide geglaubt, daß wenigstens unsere Unität im Exil eine Heimat fände, nicht wahr?

Nun, da sich auch dies als Illusion erwies, kann ich den Übertritt mit ruhigem Gewissen vollziehen. Gott wird ihn mir nicht verargen. Ich werde wieder in Bilina leben, zu Hause, in Mähren. In Mähren, Herr — wird Euch nicht warm bei diesem Wort? Ihr müßt es einmal aussprechen, nein, nicht einmal, gleich mehrere Male hintereinander, leise und innig, dann werdet Ihr spüren, was ich meine. Warum tut Ihr es nicht?«

Er tat etwas anderes. Er hockte sich hin, brachte seine

schwarzen Augen mit ihren hellen in die gleiche Ebene, strich ihr das seidige Haar aus der Stirn und bat: »Wirst du mich mitnehmen, Vlasta? Nach Prag zum Pater Adalbert, und dann nach Mähren? Du mußt nicht mehr sparen für die Reise, ich hab ja das Geld, das du so klug für uns verwahrt hast.«

Sie schloß die Augen, atmete tief, öffnete sie wieder.

»Ja, Herr, wenn Ihr wollt. Der Moses Aehrental kommt übermorgen für drei Tage. Er kann uns über den Pater Adalbert eine Legitimation für Böhmen besorgen.«

Sie wollte aufstehen, aber er hielt sie mit sanftem Druck zurück.

»Ich bin noch nicht fertig mit Fragen, Vlasta. Wenn wir in Prag sind, wirst du dann meine Frau? Der Pater könnte uns nach dem gemeinsamen Übertritt zusammengeben.«

Sie sah ihn nachdenklich an. Ihre Finger umschlossen sein Handgelenk, lockerten sich, streichelten seinen Arm.

»Seid mir nicht böse, Herr, wenn ich Euch darauf noch keine Antwort gebe. Manches stellt Ihr Euch doch allzu leicht vor. Gern will ich Euch auch weiterhin dienen und Euch auf jeden Wink behilflich sein. Es fällt mir nicht schwer, wenn ich an Bilina denke. Wer mich aber zur Frau haben will, der darf mir nicht bloß winken. Der muß mit aller Kraft seines Herzens, mit aller Weisheit und Geduld, die in ihm ist, mit seiner ganzen Person, meine ich, hinter dieser Absicht stehen, ganz so, wie ich selbst es zu tun bereit bin. Das müßt Ihr Euch gut überlegen.«

13

Es war hoher Sommer, Ende August, als der Abt der Barmherzigen Brüder Pater Adalbert seine beiden Schutzbefohlenen für reif befand, nach vierwöchiger Unterweisung in der Lehre der römischen Kirche erstmalig das Sakrament des Liebesmahls zu empfangen.

Sowohl Vlasta als auch der Junker hatten gebeten, die Beichte gemeinsam ablegen zu dürfen, vor dem Herrn Pater wie voreinander. Der Geistliche zögerte zunächst und stimmte dann zu. Es fiel aus dem Rahmen des Üblichen, aber er war darin freier als die Amtsbrüder in anderen Orden. Außerdem kannte die Kirchengeschichte Beispiele, auf die er sich berufen durfte. Waren schon die Apostel großzügig verfahren, indem sie Formen einer anderen Religion in ihre Lehre hineinnahmen und umdeuteten, damit den Neugetauften die Konversion erleichtert werde, so brauchte auch er diesen jungen Menschen den Konfessionswechsel nicht unnötig zu erschweren. Sie nahmen ihren Glauben ohnehin sehr ernst.

Eine öffentliche Beichte also nach evangelischem Muster, kein Beichtstuhl wurde gebraucht.

»Wer von euch will denn beginnen?« fragte er ein bißchen ratlos, im Ungewissen darüber, ob der Protestantismus in solchem Falle dem Patriarchat oder der Galanterie den Vorzug gab. Der Junker wies auf Vlasta, die neben ihm kniete.

Sie hatte die Hände gefaltet, ihr kleines Gesicht war gesammelt und ernst, die Augen blickten vertrauensvoll zum Pater Vojtěch auf. Dann räusperte sie sich und beichtete. Von der Nacht im Palais Smiřicky sprach sie, wie da der Junker und sie die eheliche Vereinigung vorweggenommen hatten ohne den Segen der Kirche, was ja gewiß eine große Sünde gewesen sei, und darum müsse sie es hier bekennen.

Jan Vincenz starrte sie von der Seite mit großen Augen an. Sein offenkundiges Erstaunen schien Vlasta zu ärgern, eine Falte der Entrüstung bildete sich zwischen ihren Brauen. Sie vergaß den Beichtvater und kehrte sich dem Junker zu.

»So war es, Janek, da magst du schauen, wie du willst. Es ist ein Jammer, daß du von dieser wunderschönen Nacht nichts, aber auch gar nichts mehr behalten hast.«

Über das Gesicht des Geistlichen ging blitzschnell ein Lächeln. Er preßte die Lippen zusammen und versuchte, sich ein strenges Aussehen zu geben.

»Von tiefer Reue zeugen deine Worte gerade nicht, Vlasta Zitkova.«

Sie erwachte wie aus einem Traum und senkte erglühend den Kopf. »Verzeiht, Herr Pater, so — so war es natürlich nicht gemeint.«

Er ließ es dahingestellt sein und verlangte ihr das Eingeständnis von Reue nicht ab. Besser eine Konvention durchbrechen als einen Menschen zum Heucheln zwingen. Nach dem Verständnis seiner Kirche war die Beichte ein Sakrament. Die Reihe kam an den Junker, und nun wurde es blutig ernst.

»Ich habe im Oktober des vergangenen Jahres meinen Vetter Vitěslav Smiřicky in Smichov mit meinem Degen getötet.«

»Nein!« schrie Vlasta, daß die kleine einschiffige Kirche

davon widerhallte, »o Janek, nein, das hast du nicht getan!«

Sie schlug ihre großen Hände vors Gesicht und schluchzte bitterlich. Darauf war sie nicht gefaßt gewesen. Was alles hatte sie nicht auf sich genommen in den Monaten vor der Schlacht von Prag, nur um zu verhindern, daß er zum Mörder wurde. Und jetzt dies — sie sah da nicht durch. Hatte er in seinem Vetter den Eggenberg treffen wollen, nachträglich, aus Enttäuschung darüber, daß dieser ihm entschlüpft war?

Pater Adalbert legte tröstend seine Hand auf Vlastas Scheitel.

»Fahr fort, Jan Vincenz von Budovetz, es muß nun alles gesagt werden. Ihr habt keine Ohrenbeichte gewollt, meine Kinder, aber ich bin jetzt selbst der Meinung, daß es richtig ist, wenn ihr euer Gewissen voreinander erleichtert. Es wird euch helfen, einander besser zu verstehen, wenn ihr in den heiligen Ehestand tretet.«

Jan Vincenz berichtete in allen Einzelheiten, was sich in jenem Hohlweg von Smichov abgespielt hatte, auch welche Erschütterungen vorausgegangen waren. Er bemühte sich, sachlich und genau zu sein, den Vetter nicht übermäßig zu belasten, sich selbst nicht über Gebühr zu rechtfertigen. Der Geistliche mit seinen beichtgewohnten Ohren hörte dennoch die Wahrheit heraus und hielt mit der Absolution auch einen Teil von Verständnis bereit. Das kam öfter bei ihm vor, doch beim Gestehen eines Mordes war es das erste Mal.

Die Reue des Junkers war tief und echt. »Ich gäbe mein Leben dafür hin, könnte ich das Seinige zurückholen«, schloß er beklommen.

Eine Buße wurde ihm auferlegt. Den Degen des Matthias Thurn, womit er den Smiřicky erschlagen hatte, solle er aufheben und sich von ihm mahnen lassen, daß er seinen Jähzorn hinfort in Schranken halte und keinem Menschen mehr nach dem Leben trachte. Ferner müsse er nach Smichov hinauspilgern und am Grab des Vetters ein Vaterunser beten. Mit dem Rosenkranz wollte der Priester den jungen Konvertiten fürs erste verschonen.

Es folgte die Lossprechung, die beide mit demütigen Herzen entgegennahmen. Daß die kleine Zitkova ihre Jungfernschaft vorzeitig preisgegeben, wurde nebenbei miterledigt. Sie brauchte keine Buße zu leisten.

Bei der anschließenden Heiligen Kommunion waren plötzlich alle Fratres zugegen. Auf leisen Sohlen kamen sie herein, brennende Kerzen in den Händen, einige stellten Blumen im Chorraum auf. Im Halbkreis umstanden sie das junge Paar, für das sie beteten. Pater Vojtěch hob die Monstranz.

Die Zeremonie war schlicht, sie wurde anderswo mit mehr Aufwand vollzogen. Jan Vincenz und Vlasta nahmen die Hostie in Empfang und konzentrierten sich redlich darauf, sie für den konkreten Leib des Herrn zu halten. Es war nicht ihre Schuld, wenn es ihnen nicht vollständig gelang, da sie einer kalvinistischen Brüdergemeinde entstammten, die das Sakrament nur als Gleichnis verstand. Immerhin: sie bemühten sich.

Als Pater Adalbert nach dem Kelch griff, wurden ihre Augen weit und begehrlich. Der Priester sah es wohl, aber hier hörten seine Zugeständnisse auf. An das »Ich trinke für euch alle« würden sie sich in Zukunft gewöhnen müssen, diese Abkömmlinge böhmischer Utraquisten, für die der Anblick eine harte Prüfung bedeutete. Um die Erlaubnis des Kelches war viel Blut geflossen in diesem Lande.

Dann war auch dies überstanden, und der Bruder Organist überschwemmte alle Beglückungen und Bedenken mit den brausenden Klängen aus seinem kleinen, meisterhaft gespielten Instrument. Die Fratres gratulierten, später auch Pater Vojtěch. Auf die Konvertierten wartete ein festlich gedeckter Tisch.

Bevor sie sich an diesem Abend trennten, um jeder sein Nachtlager aufzusuchen, nahm Jan Vincenz seine Braut beiseite.

»Es gab ein kleines Mißverständnis heute morgen, mein Herz, das darf zwischen uns nicht stehenbleiben. Aber sag's nicht wieder dem Pater, bitte — du bist neuerdings so beichtfreudig geworden. Daß ich dich bei deinem Geständnis so erstaunt ansah, hatte nichts mit Vergeßlichkeit zu tun. Schon in Pirna ist mir unsere zärtliche Nacht wieder eingefallen, nachdem mir Benigna fremd und gleichgültig geworden war.«

»Wirklich, Janek?« Sie hatte ihre Eifersucht bislang tapfer bekämpft, und nun konnte sie ihren Stolz endlich beiseite lassen und ihm zeigen, daß seine Worte sie von einer schweren Last befreiten. »Warum aber dann dein Erstaunen?«

»Weil ich der Meinung war, du hättest es nicht beichten müssen. Es war doch keine Sünde, Vlasta, das kannst du doch selbst nicht glauben.«

»Ach, Janek, darum hab ich es doch nicht gesagt. Ich hab die Beichte nur dazu benutzt, um es dir zu stecken, denn es hat mich schwer betrübt, daß du dich nicht daran erinnern konntest. Deine anderen Gedächtnislücken waren mir ziemlich egal.«

Er riß sie an sich und küßte sie, atemlos vor Lachen.

Den Sonntag darauf wurden sie in der kleinen Kirche Sankt Simon und Juda von Pater Adalbert getraut. Unter der Woche war Jan Vincenz zur Bußleistung nach Smichov gewandert, allein, da er Vlasta in seine düstere Vergangenheit nicht mehr hineinziehen wollte. Er sprach auch über seine Reue nicht mit ihr.

Auf dem Rückweg suchte er unter den Lauben der Kleinseite einen Trödler auf und kaufte ihm etwas Hübsches ab, ein hellblaues Seidenhäubchen, mit Perlen bestickt und wenig getragen. Es konnte nur einem Edelfräulein gehört haben, die Bürgerstöchter trugen dergleichen nicht.

Er bestand darauf, daß Vlasta zur Trauung ihre Zöpfe löste, und setzte ihr eigenhändig die Haube auf. Sehr feierlich machte er das, als handle es sich um eine Krönung. Der Pater sah es mit Schmunzeln. Zwanzig Jahre alt war er soeben geworden, der Junker von Budovetz, und sein Bräutchen wurde siebzehn. Er hatte im letzten Jahr an Reife gewonnen, an Besonnenheit und Selbstbeherrschung, das mußte ihm zugebilligt werden. Eine Unterstützung würde er dennoch brauchen, einen Ratgeber, dessen Einfluß weiter reichte als der eines kleinen Abtes aus einem Bettelorden. Pater Adalbert hatte seine Fühler bereits ausgestreckt.

Nachdem sie sich das Jawort gegeben und die Ringe gewechselt hatten, fügte Jan Vincenz den vom Kult vorgeschriebenen Worten ein paar eigene hinzu. Diese protestantischen Kinder konnten das Improvisieren nicht lassen. Während sie beide noch knieten, faßte er seine Frau beim Kinn, drehte ihr Gesicht zu sich hin und sagte mit fester Stimme: »Du sollst wissen, Vlasta, daß ich mit aller Kraft meines Herzens, mit aller Weisheit und Geduld, die in mir ist, ja, mit meiner ganzen Person hinter dem heutigen Gelöbnis stehe.«

»Danke, Janek«, erwiderte Vlasta mit leuchtenden Augen, und: »Amen!« sprach Pater Vojtěch energisch, da es sich nun einmal gehörte, daß der Priester bei einem Sakrament das letzte Wort behielt.

In den folgenden Wochen bereiteten sie ihre Reise vor, ihre Heimkehr nach Mähren. Pferde besaßen sie nicht mehr. Dem Junker war sein Fuchs in der Schlacht zuletzt unter dem Leib weggeschossen worden, und Vlastas Stute hatten die Puchheimischen Söldner aus dem Stall der Smiřickys mit sich genommen. Sie überlegten, ob sie für ihr restliches Geld neue Pferde kaufen sollten, um nach Hause zu reiten. Pater Adalbert riet davon ab. Von der Teuerung, die der Krieg zurückgelassen hatte, waren vor allem die Rösser betroffen, die nahezu unerschwinglich geworden waren. Auch wurde man zu leicht getäuscht. Was so ein Tier taugte, stellte sich meist erst nach Abschluß des Kaufes heraus.

Die Befürchtungen des Junkers gingen in eine andere Richtung. Vlasta sah seit ein paar Tagen blaß und abgespannt aus, unter ihren Augen zeichneten sich dunkle Ringe ab, und hatte sie auch von ihrer Munterkeit nichts verloren — die Anstrengungen täglichen Reitens glaubte er ihr nicht zumuten zu dürfen. Weil er aber nicht wußte, ob eine Schwangere sich damit schadete, noch überhaupt, ob sie schwanger war, behielt er es für sich.

Pater Adalbert aber hatte sich schon um einen anderen Weg bemüht. »Euer Oheim auf Teltsch wird euch seinen Wagen schicken«, eröffnete er den beiden eines Abends zu ihrer großen Überraschung. »Er wünscht, daß ihr ihn auf der Rückreise besucht.«

Jan Vincenz lehnte sich betroffen zurück. »Der Oheim Slavata?«

»Ganz recht, Graf Wilhelm vom Fenstersturz. Sieh mich nicht so entgeistert an, mein Sohn. Du hast ihn seinerzeit in deinen Fieberträumen erwähnt, und ich habe ihm über dein Schicksal Bericht erstatten lassen. Es ging ohne Schwierigkeiten. Der hiesige Provinzial der Gesellschaft Jesu ist sein Freund, sie stehen durch Boten in ständiger Verbindung. Ich versichere dir, daß der Herr auf Teltsch sich über deine und Vlastas Bekehrung von Herzen gefreut hat und auch eurer Eheschließung zustimmt. Er ist nicht sentimental, aber ein bißchen einsam. Stellt euch gut mit ihm, er könnte euch von Nutzen sein.«

Vlasta runzelte die Stirn. »Das wird uns nicht schwer fallen, Herr Pater, wir lieben ihn ja.«

»Du liebst meinen Oheim, Vlasta? Das ist mir neu. Damals auf Teltsch hast du dich vor ihm gefürchtet.«

»Aus gutem Grund, Janek. Ich mußte befürchten, daß er unser Spiel durchschaut, und so kam es dann auch. Dich hat er nur eingesperrt, weil er dir zugetan war — siehst du das heute ein?«

Pater Vojtěch folgte dem Dialog ohne Verständnis. Von den Vorgängen, die da zur Sprache kamen, wußte er nichts. Dafür wußte er anderes.

Vlasta wurde quecksilbrig vor Lebensbejahung und Zukunftsfreude. Plänemachen war jetzt ihre Leidenschaft.

»Wenn uns Graf Wilhelm seinen Wagen schickt, Janek, können wir uns einen Umweg über Krumau erlauben und Adleta aufsuchen. Sie dürfte sich über unsere Konversion wohl am meisten freuen, und du kannst ihr sagen, wie oft es dir schon leid getan hat, daß du seinerzeit in Unfrieden von ihr geschieden bist. Dann feiern wir Versöhnung, willst du?«

»Ich habe längst daran gedacht, mein Herz.«

Der Pater blickte traurig. »Diesen Freudenbecher muß ich dir wegnehmen, mein Sohn. Es liegt an dir, welche Lehre du aus meiner Botschaft ziehen wirst. Deine Schwester Adleta siehst du in dieser Welt nicht wieder. In Bilina hatte Gott sie für dich aufbewahrt, doch damals warst du zu egoistisch und verblendet, um ein solches Geschenk zu würdigen.«

»Ist sie — gestorben?« fragte der Junker bang, während Vlasta ihren Arm schützend um ihn legte.

»Nein, nicht gestorben. Oder sagen wir: für die Welt gestorben. Zusammen mit der verwitweten Gräfin Eggenberg nahm sie vor einem halben Jahr den Schleier und lebt bei den Benediktinerinnen in Salzburg. Ihr Noviziat ist noch nicht abgelaufen, doch dürfte sie schwerlich umzustimmen sein. Ich rate dir, es gar nicht erst zu versuchen, sie ist darin empfindlich. Verzeihen wird sie dir mit Sicherheit, wenn du sie darum bittest, und das muß dir genügen.«

Jan Vincenz lehnte sich nicht mehr auf. Immer würden die Schatten der Vergangenheit mächtig sein, man konnte sie nicht verscheuchen. Der Gang nach Smichov war zu leicht gewesen, die sommerliche Luft angenehm, der Weg unter seinen Sandalen trocken und ohne Beschwernis, sein junger Körper kräftig und gesund. In der Linde neben dem Grab des Vetters hatten Meisen gezwitschert. Ein schöner Tag, kein Kreuz lastete auf seinen Schultern — sah so ein Bußgang aus? Und was war das für ein Büßer, der auf dem Heimweg seiner Braut ein Häubchen kaufte und dem auch die angestrengteste Reue keine Träne entlocken konnte? Wurde damit eine Bluttat gesühnt, die schrecklichste Verfehlung, die ein Mensch begehen kann?

Er dachte an die Schwester und fand an diesem Abend keinen Schlaf. Sie war blutjung, gerade sechzehn geworden, und zog einen Schlußstrich unter ein Leben, das kaum begonnen hatte. Es traf ihn mit Wucht, er lud sich die Verantwortung dafür auf, und sie drückte auf seinen Schultern. In dieser Nacht nistete die Melancholie sich bei ihm ein. Sie sorgte dafür, daß sein Schuldgefühl wachblieb, sie legte ihm sogar zur Last, was er sich gar nicht anzurechnen brauchte. Ohne den dunklen Gast in seiner Seele wäre er nämlich bald darauf gekommen, daß es nicht in seiner Macht gelegen hätte, Adleta vor dem Kloster zu bewahren. Sie war eine Budovetz, und das hieß vor allem: rigoros. Zwischen Ja und Nein, Schwarz und Weiß, Recht und Unrecht kannte ihr Temperament keine Schattierungen, und die Hingabe an eine Sache ist solchen Naturen stets wichtiger als die Liebe zu einem Menschen. Aus solchem Holz werden die Märtyrer geschnitzt, die wie der greise Wenzel von Budovetz ihr Haupt unters Fallbeil beugen oder wie Jan Evangelista sich und die Seinen dem Feuertod ausliefern. Die Nachwelt nennt es vorbildlich, legt ihre Kränze nieder und denkt nicht weiter darüber nach.

Jan Vincenz hatte den geraden Weg verlassen, als er statt des Engels, dem er zu begegnen hoffte, einen gemeinen Plünderer fand. Die Entscheidung für die gewundenen Pfade des Alltags, eines Alltags, der unter dem Schwert der Gegenreformation von ihm eine immerwährende Anpassung verlangte, war nun sein Teil, und er bezahlte mit Melancholie. Ein Held hätte er werden können, von den Nachgeborenen verehrt oder verflucht, je nachdem sie es sahen. Da er aber menschlich liebte, mußte er sich auch entschließen, in Zukunft nichts als ein Mensch zu sein.

»Ein ganz gewöhnlicher Mensch, Vlasta. Ist das nicht ein bißchen armselig?«

Sie griff ihm ins Haar und bettete seinen Kopf an ihre Brust.

»Es ist das Schwerste, was es gibt, Janek, und nur die Tapferen stehen es durch. Du brauchst es ja nicht allein zu versuchen, ich helfe dir dabei.«

Als Pater Adalbert seine Schützlinge entließ, hielt er sie für gefestigt im neuen Glauben und schied von ihnen in dem frohen Bewußtsein, daß er seiner Kirche zwei verlorene Schafe zurückgewonnen habe. Sie bestärkten ihn in dieser Meinung, als sie sahen, wie glücklich es ihn machte. Sie hatten ihm so viel zu verdanken. Im Klosterhof wartete die Kalesche des Wilhelm Slavata, der Kutscher drängte.

Auch der Herr auf Teltsch, der hagere Gelehrte, schien ihnen ihre Bekehrung ohne weiteres abzunehmen. Seine eigene Konversion lag in grauer Vorzeit, und Zweifel waren ihm erspart geblieben, weil es keinen Zwang gegeben hatte. Er steckte mit seiner Konfession fest und gut in der eigenen Haut; er ahnte vielleicht nicht einmal, daß mit der Person des Neffen eine ganz andere Welt an ihn grenzte. Oder täuschte er wieder einmal seine Umgebung?

Die junge Frau Budovetz entzückte ihn. Im lichtblauen Kleid, mit Mieder und Häubchen, trat sie schmal und anmutig vor ihn hin, ersichtlich bestrebt, zum Handkuß in die Knie zu gehen, was er im letzten Augenblick erschrokken verhinderte.

»Oh, nicht doch, Kind — von nun ab gehört es sich umgekehrt! Laß dir meine Komplimente gefallen und schenk mir für ein Weilchen die Illusion, ein junger Mann zu sein. Dein silbernes Haar hat mich schon damals begeistert, als du der Page des Neffen warst — wie schön, daß du es heute noch offen trägst! Es verstößt zwar gegen die Sitte, hat dafür aber den guten Geschmack auf seiner Seite.«

»Macht mir mein Weib nicht übermütig, Oheim«, warnte der Junker.

Das war Geplänkel, Plauderei ohne Tiefgang, dem milden Herbstabend angemessen, der auf den Feldern leuchtete: maisgelb, rostrot, tabakbraun, darunter ein Grün, dem graue Töne beigemischt waren und das gleichwohl zu glühen verstand. Die Sonne brachte dies fertig, die Sonne bringt in Mähren Erstaunliches hervor. Auch einen Wein zum Beispiel, den der Fremde hier nicht vermutet. Wilhelm Slavata servierte ihn seinen mährischen Kindern als Willkommenstrunk, einen milden Heurigen von den Hügeln um Nikolsburg, und sie tranken ihn mit großer Andacht. Der Tokajer ruhte tief unten im Keller.

Einen Gast mußten sie bei den Mahlzeiten in Kauf nehmen, dessen Anwesenheit ihnen die Freude minderte, zuweilen sogar die Unbefangenheit nahm. Der Pater Scholastikus war von Böhmisch-Krumau nach Teltsch übergewechselt und dem gelehrten Burgherrn als Gesprächspartner und Beichtiger unentbehrlich geworden. Es störte Jan Vincenz sehr, daß der Oheim so vertraulichen Umgang mit dem Schwarzen pflegte und auch bei familiären Gesprächen keine Geheimnisse vor ihm kannte. Wilhelm Slavata förderte die Jesuiten, ja, einige wollten wissen, daß er insgeheim selbst ein Mitglied der Gesellschaft Jesu geworden sei und die einfachen Gelübde eines weltlichen Koadjutors abgelegt habe.

Am Vorabend ihrer Weiterreise, einem in allen Farben des Sonnenuntergangs schimmernden Oktoberabend, war in der Sala Terrena gedeckt worden. Diese Vorhalle, die sich nach Südosten hinausschob und von prunkvollen Säulen luftig abgeschlossen wurde, war ein Meisterstück des Maio da Vomio und wie geschaffen für die mährischen Abende in Sommer und Herbst. Man sah weit hinaus. Nicht auf die Stadt mit ihren putzigen Giebeln, die hatte man im Rücken, sondern auf den Goldgrund abgemähter Felder, zwischen denen sich die Teiche mit dem Purpur des scheidenden Sonnenlichts kleideten. Ein leichter Wind ging, den man in der Sala kaum spürte, ein Lufthauch, erkennbar nur am Zittern der Spinnwebfäden des Altweibersommers zwischen den Säulen. Noch speicherten die Mauern die Wärme des Tages und strahlten sie zurück.

Wilhelm Slavata, von Vlasta und Jan Vincenz eingerahmt, saß an der Breitseite der Tafel und war damit beschäftigt, seine junge Tischdame zu verwöhnen. Sie sah blühend aus, die Augen blickten klarer als an den Tagen zuvor, aber im Essen mußte sie sich mäßigen. Sie versuchte, ihren Zustand dem Oheim wenigstens anzudeuten, damit er sie nicht für unhöflich hielt. Pasteten, Kapaun, Fasan, Artischocken, scharf gewürzt, zum Abschluß kandierte Früchte — dem Gaumen tat es wohl, aber ihr Magen rebellierte. Slavata schien ihre Anspielung nicht zu begreifen; der Mann in der geknöpften Soutane dagegen verstand sie sofort.

Lakaien trugen die Speisereste ab, brachten den Wein. Der Burgherr lehnte sich in seinen Armstuhl zurück.

»Hast du Nachrichten aus Saros Patak?« fragte er plötzlich, sich an den Neffen wendend. »Du wirst doch eine Verbindung dorthin aufrecht erhalten haben, nehme ich an.«

Die Falkenaugen des Paters richteten sich auf den Junker.

»Ihr irrt Euch, Oheim«, entgegnete Jan Vincenz nach einer Pause, während welcher er versuchte, den unangenehmen Blick des Jesuiten gleichsam von seinem Gesicht abzustreifen. »Ich habe mich um eine Verbindung dorthin auch nicht bemüht. Schwer zu sagen, warum — erspart es mir, bitte!«

»Schon gut, ich glaube dir. Ich dachte nur an dein Vermögen, das der Bluthund Thurn für dich verwaltet. Um Bilina wieder aufzubauen, wirst du Geld brauchen.«

Der Junker lachte bitter. »Mein Oheim Matthias wird keinen Kreuzer für mich locker machen, wenn er von meinem Übertritt erfährt, und ich habe nicht vor, bei ihm zu antichambrieren. Auch Fürst Georg wird unter diesen Umständen eine Vermittlung sicher ablehnen.«

Graf Wilhelm räusperte sich. »Der Fürst ist verstorben.«
»Das wußte ich nicht. Er war schon krank, als ich abreiste. Und wann —.«
»Am Tag des Friedensschlusses im Oktober vorigen Jahres. Seltsamer Zufall, sofern man es einen Zufall nennen will. Stehst du dich gut mit seinem Sohn?«
»Mit Sigismund — ausgezeichnet! Wir sind Kameraden, sind ja miteinander aufgewachsen und gemeinsam unterrichtet worden.«
Der Pater war ganz Ohr. Die Muskeln über seinen Wangen spannten sich, man merkte, daß ihm kein Wort entging. Wilhelm Slavata setzte das Gespräch fort, als sähe er es nicht.
»Du wirst gut daran tun, Neffe, die Kameraderie mit dem neuen Fürsten von Siebenbürgen aufzukündigen. Er ist im Begriff, sich mit der Tochter des Winterkönigs Friedrich zu vermählen. Das ist keine Heirat wie irgendeine andere, das ist ein Signal, eine erneute Herausforderung an Habsburg. Halt dich da heraus, wenn ich dir raten darf.«
Er erhob sich, sah flüchtig zum Pater hinüber, bot Vlasta seinen Arm. »Mit der jungen Herrin von Bilina möchte ich einen kleinen Abendspaziergang unternehmen, wenn sie nichts dagegen hat?«
Vlasta nahm seinen Arm, wandte sich im Gehen noch einmal um und blinzelte ihrem Mann beschwichtigend zu. Nimm die Dinge nicht schwerer als sie sind, schien dieses Blinzeln zu sagen. Spiel mit, wo gespielt werden muß, denn Bilina ist es wert. Unsere Nächte gehören der Wahrheit. Und Vorsicht, Janek — der Schwarze da mit dem dürren Hals ist im Besitz der Macht! Sein Rang ist nur

klein, sein Einfluß um so größer. Auch ist er klug. Ich kenne ihn und seine Mittel, ich habe ihn lange genug beobachten können.

Jan Vincenz nahm das Unausgesprochene mit einer Wachsamkeit wahr, die ihm früher nicht eignete. Wo Knechtschaft fühlbar wird, entwickelt sich der Sinn für Gefahren. Daß er hier mit dem Pater allein gelassen wurde, war ein abgekartetes Spiel. Es galt nun, zwischen scheinheiliger Offenheit und aufrichtiger Verstellung zu lavieren, um den Täuscher zu täuschen.

Aber es kam ganz anders. Der Pater Scholastikus war kein Roßhändler. Sie waren kaum allein gelassen, da düpierte er den Junker mit der geradesinnigen Frage, warum dieser ihn nicht leiden könne.

Jan Vincenz, verblüfft, gab sich einen Ruck. Hierauf ausweichend zu antworten, hätte er als unfair empfunden.

»Was fragt Ihr, Herr Pater, da Ihr es doch wißt? Ihr habt mir die Schwester ins Kloster getrieben.«

»Getrieben?« Der Pater sprach es gedehnt, drehte sein Weinglas in den Händen, lächelte spöttisch. »Es hört sich an, als sei ich mit einer Gerte hinter Adleta hergelaufen, um sie in den Orden hineinzuprügeln wie ein störrisches Schaf in seinen Stall. Ihr kennt Eure Schwester schlecht, Junker. Sie hat einen Weg gewählt, der ihrem Wesen voll entspricht.«

Jan Vincenz schüttelte die Hand, als verscheuche er ein Insekt. »Woher wollt Ihr das wissen? Woher weiß es Adleta? Ein Mädchen von sechzehn Jahren, ein halbes Kind —.«

»Sie ist nur ein Jahr jünger als Eure Gemahlin, die Ihr sogar schon der Mutterschaft für reif befindet.«

»Wer hat Euch verraten, daß —.«
»Ich höre gut, besser als Euer erlauchter Oheim. Ich bekomme auch mit, was ungesagt zwischen den Worten schwingt. In diesem Fall war es nicht schwer. Lassen wir Adleta ihren selbstgewählten Frieden und wenden wir uns Euren eigenen Angelegenheiten zu. Ich bin an diesem Tisch mit Euch zurückgelassen worden, um Euch zu warnen. Ihr seht, ich verstecke mich nicht.«
»Ich weiß es zu schätzen. Wovor aber wollt Ihr mich warnen?«
»Vor Rückfällen in die Gepflogenheiten Eures Vaters Jan Evangelista von Budovetz, der in der alleinseligmachenden Kirche die Heilige Taufe empfing und dann weiterhin ketzerische Gottesdienste hielt.«
Der Junker krümmte sich ein wenig, so schmerzlich war es, dies hinnehmen zu müssen. Seine Augen irrten umher und hielten Ausschau nach Vlasta. Aber die befand sich unter den Fittichen des Oheims Slavata, wurde abgeschirmt und festgehalten am Gängelband einer Liebe, die sich im Bund mit der Macht jede Einmischung erlauben durfte.
Jan Vincenz sagte, die Worte mühsam zusammenklaubend: »Ich werde der römischen Kirche die Treue halten, die ich ihr gelobte, Pater Scholastikus. Euch brauche ich nicht zu verhehlen, daß es mich tägliche Überwindung kostet. Was ein Mensch an gutem Willen leisten kann, bin ich bereit zu tun. Ich habe mich damit abgefunden, daß es in meiner Heimat eine Rückkehr zur Brüderlehre nicht mehr gibt. Die Fäden zu Saros Patak sind zerrissen, die Illusionen der Exulanten widern mich an.«
Er glaubte, damit schon fast zu viel enthüllt zu haben,

aber der Jesuit stieß nach. Seine höckrige Nase kam dem Junker so nahe, daß er den Kopf unwillkürlich zurückbog.

»Ihr werdet noch ein Weiteres tun müssen, Junker, über diese von Euch vorgebrachten Selbstverständlichkeiten hinaus. Ihr werdet Euer Kind, ob Sohn oder Tochter, im rechten Glauben erziehen und ihm den Glauben seiner Väter als üble Ketzerei darstellen, sobald sein Verstand sich mit der Vergangenheit zu befassen beginnt. Keine Beziehung zu Exulanten jenseits der Grenze, zu Skalitz, Lednice oder Puchov, keine Bücher der Pikarter im Haus, keine sonstigen protestantischen Schriften. Man wird Durchsuchungen bei Euch vornehmen, von Zeit zu Zeit, die Meinigen werden es tun im Auftrag des Praepositus Provincialis zu Olmütz. Euer Kind wird die Lateinschule besuchen, die von den Franziskanern unlängst in Bilina eingerichtet wurde, und ihm wird dort eingeschärft werden, daß es die Eltern im wahren Glauben zu stärken und zu überwachen hat.«

»Zu überwachen?« Jan Vincenz krampfte die Hände ineinander. »Wollt Ihr damit sagen, daß mein eigenes Kind mir zum Admonitor bestellt wird?«

»So kann man es ausdrücken. Doch bin ich noch nicht am Ende. Solltet Ihr gegen eines der von uns ausgegebenen Gebote verstoßen, wird Euer Kind Euch nicht mehr gehören. Man wird es Euch wegnehmen und dem Olmützer Kolleg übergeben, wo sein Geist vorzüglich gebildet und seine Seele von Abtrünnigkeit ferngehalten wird. Ihr habt mich verstanden?«

»Ich habe verstanden, Pater Scholastikus. Ihr seid deutlich genug gewesen. Erlaubt, daß ich mich zurückziehe!«

Ein herablassendes Kopfnicken, Jan Vincenz stand auf. Er taumelte, stieß beinahe den Stuhl um, entschuldigte sich und ging. Sein Gesicht war aschfahl geworden, die blutleeren Lippen bewegten sich, ohne daß ein Wort von ihnen kam. Am Nordhang hinter dem steilen Turm, der im Schatten lag, bückte er sich, griff mit der Hand nach seinem Leib und erbrach. Er würgte lange, von einem Krampf befallen, und stöhnte laut auf, als es zu Ende war. Dann ging er zum Brunnen, um sich zu säubern.

Mit Vlasta allein im ehelichen Schlafgemach, bemühte er sich, die Verstörtheit zu verwinden, in die ihn die Abkanzelung durch den Pater versetzt hatte. Er gab vor, daß ihm das gute und reichhaltige Mahl nicht bekommen sei und er sich deshalb gleich hinlegen müsse.

»Ja, tu das, Janek, mir geht es ähnlich. Dein Magen ist an diese Genüsse nicht mehr gewöhnt, und meiner war es nie. Soll ich dir Umschläge machen? Nun, wie du willst. Morgen früh werden wir beide nur ein wenig Hafergrütze zu uns nehmen.

Ach Lieber, ich bin so glücklich, ich kann den Grund nicht länger für mich behalten. Unser Oheim Slavata will uns dreißigtausend rheinische Gulden als Hochzeitsgeschenk vermachen, denk dir! Ich konnt es nicht fassen. Dreißigtausend Rheinische, Janek! Das ist mehr, als wir uns je erträumten. Auf das Geld des Matthias Thurn kannst du pfeifen, mag er's auf seinen Reisen verplempern und verprassen. An ein Gestüt hab ich gedacht – lach nicht! – warum nicht etwas wählen, worin wir uns auskennen? Und am Südhang gegen Bojkowitz will ich Gemüse ziehen, dort ist der Boden gut. Ich freu mich auf die Arbeit, ich freu mich auf unser Kind.«

»Ja«, sagte er mit belegter Stimme und langte nach ihrer Hand. »Ich freu mich auch. Der Müßiggang in den letzten Monaten hat mich entnervt. Arbeit wird mir nötig sein wie nie zuvor. Ich werde Ziegel brennen, wie ich's in Pisek gelernt hab. Es kommt billiger, wenn wir sie selbst herstellen, und ist der Eigenbedarf gedeckt, werden wir damit handeln. Gideon beschafft die Aufträge, er ist der Richtige dafür, und den Ton finden wir in der Gegend von Lhota.«

Sie stimmte begeistert zu. Alles an ihr war hochgespannter Lebenswille, Offensein für die Zukunft. Er hatte kein Recht, es zu dämpfen und mit seiner Trübsal zu ersticken.

Und erstickte beinahe selbst in dieser Nacht, an seiner Niederlage, an der Demütigung, am Gewissenszwang, der ihm zugemutet wurde. Dreißigtausend Rheinische. Noch wagte er nicht, sie in Realien aufzuwiegen und über die praktische Verwertbarkeit nachzudenken. Die war enorm; die äußeren Lebensbedingungen würden sich erheblich steigern lassen. Aber um welchen Preis? Er kannte ihn jetzt. Ich habe mich verkauft, dachte er, indem er sich neben seiner schlafenden Frau im Bett herumwälzte. Ich habe meine Seele und die meines ungeborenen Kindes um dreißigtausend rheinische Gulden verkauft. Gott sei mir gnädig!

Die Kalesche, mit der sie sich am nächsten Morgen auf das letzte Stück ihrer Heimreise begaben, gehörte ihnen nun auch, mitsamt den beiden Rössern, jungen und gutgezogenen Rappen. Der Kutscher blieb in Teltsch.

Wilhelm Slavata geleitete sie bis zum Wagen, der vor dem äußeren Burgtor hielt. Lakaien schleppten sich mit Gepäck und beluden ihn, es war mehr als die zwei Reisetaschen, mit denen sie hergekommen waren. Der Oheim hatte sie reichlich beschenkt.

Er stand neben dem Wagen: weißhaarig, hochgewachsen, kerzengerade trotz seines Alters, die Augen in seinem frischen Gesicht blickten gescheit und gütig. Schlank waren die Beine in den hellen Strümpfen und makellos bis hinab zu den Schnallenschuhen. Sein ärmelloses Wams aus braunem Samt wurde von einem breiten Gürtel zusammengehalten; aus den Spitzenmanschetten der weißen Bluse sahen die schmalen und feingliedrigen Hände hervor. Von Kopf bis Fuß ein wahrer Herr, den man sich in der schwarzen Soutane eines Jesuiten nicht vorzustellen vermochte. Und doch hatte er sie schon jetzt zu seinem Sterbekleid bestimmt.

Er genoß es sehr, als Vlasta ihre Arme um seinen Hals schlang und ihn auf beide Wangen küßte. »Wilhelm oder Wilma wird es heißen, Oheim, wie ich's versprochen hab.«

»Und ich schicke ein Patengeschenk«, ergänzte er.

Der Neffe starrte zu Boden. Erst als Slavata ihm die Hand hinreichte, legte er die seinige zögernd hinein und erwiderte den Blick.

»Eine große Verantwortung hat Gott dir aufgebürdet, Jan Vincenz«, sagte der vom Fenstersturz. »Es liegt nun an dir, was du aus deinem Leben machst. Du kannst es in voller Freiheit gestalten. Solltest du aber untreu sein, so wird man dich fallenlassen, tief hinab. Neun Klafter tief, wenn du verstehst, was ich meine.«

Jan Vincenz verneigte sich, dankte erneut, blieb in allem sehr förmlich. Etwas wie Herzlichkeit brachte er nicht mehr zustande.

Er schwang sich zu Vlasta, die bereits oben saß, auf den Kutschbock, nahm die Zügel, winkte kurz zurück und lenkte die Rappen durchs Tor.
In voller Freiheit gestalten. Es war kein Zynismus gewesen, dazu war der Herr auf Teltsch nicht fähig. Er hatte es ernst gemeint. Wer einverstanden ist, glaubt immer die Luft der Freiheit zu atmen. Die unter dem Zwang leben, wissen es besser.

14

Aber die Freiheit hat viele Gesichter. Sie kann zum Beispiel darin bestehen, daß man auf geradem Weg und ohne die geringste Belästigung von Teltsch über Brünn nach Bilina fährt, am hellichten Tage. Man wählt die beste Straße, jene, die nach dem Friedensschluß als erste ausgebaut wurde, weil sie für den wieder in Gang gekommenen Handel eine alte Querverbindung durch das südliche Mähren bildet. Man versteckt sich nicht in irgendeinem Fuchsbau, sei es Burgruine, Hütte oder Rabbinat; man steigt in einem öffentlichen Gasthaus ab zu einer bürgerlichen Zeit, wenn nämlich die Sonne sinkt und Mensch und Tier ihre Nachtruhe brauchen. Es kann sogar eine Klosterschenke sein wie die in Raigern, wo die Benediktiner einen vorzüglichen Wein anbauen auf den sonnenbestrahlten Hügeln zwischen Brünn und Nikolsburg. Ein Kloster muß man nun nicht mehr meiden.

Und träte da bei der Tür zur Schenke zufällig der Dietrichstein herein, so würde man sich erheben und ihm zurufen: »Gott zum Gruße, Euer Eminenz, ich bin der Junker von Budovetz und Bilina, ein getreuer Sohn unserer alleinseligmachenden Kirche. Geruhen Euer Eminenz, sich an unseren Tisch zu setzen?«

Und vielleicht — wer weiß — würde der Kardinal leutselig danken und bei ihnen Platz nehmen und mit ihnen über die Zeitläufte plauschen in aller Huld und Geneigtheit. Die Kasematten des Spielbergs brauchte man nicht mehr zu fürchten. Dort saßen jetzt andere Leute.

Von Raigern oder Rajhrad brachen sie sehr früh auf, gleich beim ersten Hahnenschrei, und fuhren weiter über Buchlovitz, Ungarisch-Hradisch, Ungarisch-Brod und Bojkowitz nach Bilina. Mit den kräftigen Rössern konnte man die Strecke in einem Tag hinter sich bringen.

Es dämmerte bereits, als sie zu den Ruinen von Bilina hinauffuhren. Das Gemeinschaftsgrab unter dem klobigen Kreuz war mit Moos bepflanzt; ein Fichtenkranz, in den frische Astern geschlungen waren, lag in der Mitte. Jan Vincenz und Vlasta verständigten sich ohne Worte: das Grab konnte warten. Den Beginn eines neuen Lebensabschnitts durften ihnen die Toten nicht verstellen, und ein Rückblick hätte ihnen in dieser Stunde die Schwingen der Wiedersehensfreude gelähmt.

Sie nahmen den Weg durch das Tor. Es stand immer noch als ein Torso dort, losgelassen, freischwebend, seiner Bestimmung beraubt. Man hätte links und rechts von ihm bequemer vorbeikommen können, aber sie fuhren hindurch, um ihm seinen Sinn zurückzugeben. Als erstes, dachte Jan Vincenz, werde ich diesem Tor seine Mauern setzen lassen; aus den ersten Ziegeln, die ich hier brenne, sollen sie entstehen.

Vor dem Eingang zur Scheune, die notdürftig in ein Wohnhaus verwandelt war, standen Prokop und Gideon mit ein paar Leuten aus dem Dorf. Der Riese half Vlasta aus dem Wagen, und sie umarmte ihn stürmisch, bevor es ihm etwa einfiele, sich vor ihr zu verneigen. Gideon überreichte dem Junker ein verschnürtes Päckchen. Das ging auf eine Abmachung in Pisek zurück, von der Vlasta nichts wußte.

»Daran hast du gedacht, mein Guter, du hast das Blatt bekommen? Aber erlaube, daß ich es dir bezahle. Keine Widerrede, ich bin nicht mehr so arm, wie du meinst. Nicht eben reich, doch nicht mehr mittellos. Nur sagt uns, woher ihr von unserer Ankunft wußtet?«

»Euer Oheim hat uns aus Teltsch einen Boten geschickt«, antwortete Prokop an Stelle des Löwy.

»Prokop — du kannst reden!« rief Vlasta, »seit wann, und wie kam es dazu?«

Prokop wies auf Gideon, und der alte Jude erzählte. Als vor wenigen Tagen der Diener des Wilhelm Slavata zu ihnen geritten kam und meldete, daß der Junker und die kleine Zitkova den Übertritt und damit die Heimat dem Exil vorgezogen hatten, daß sie ferner in Prag von einem Priester getraut worden waren und als Herr und Herrin von Bilina demnächst hier eintreffen werden — da war der arme Prokop der Länge nach hingeschlagen und in eine tiefe Ohnmacht gefallen. Gideon war bei ihm geblieben, bis er erwachte, und als er nach Stunden die Augen aufschlug, fand er die Sprache wieder.

»Sie hat es überwunden, sie hat es überlebt. Sie darf

lieben und wird geliebt.« Dies waren seine Worte nach dem Erwachen.

Die Anwesenden sahen ernst und schweigend auf das junge Paar. In diesem Kreis wußte jeder, worauf sich Prokops Worte bezogen. Der Junker drückte Vlasta an sich, und diese wiederum griff nach der Hand des Stallknechts, dem jetzt vorübergehend vor Bewegung die Stimme fehlte.

»Es fragt sich, lieber Prokop, ob du damals nicht noch mehr gelitten hast als ich«, erinnerte sie ihn leise.

Dann ging man ins Haus, wo ein großes Mahl aufgetragen wurde, und ließ der Fröhlichkeit Raum.

Der Lebensstil hatte sich entscheidend geändert. Kein brüderisches Lied erklang, kein Gebet aus den Tagen der Unität. Beim Vaterunser bekreuzigten sie sich, es wurde lateinisch und nicht mehr in der Muttersprache gebetet. Nur wer die Zeichen zu deuten verstand, spürte im Verborgenen die Nachwirkung der Brüderlehre an der Bibelkenntnis all dieser einfachen Leute. Ein gemästetes Kalb hatte Prokop schlachten und zubereiten lassen: der verlorene Sohn war heimgekehrt!

Der warf sich auf seine Arbeit und baute Bilina auf; mit dieser herzhaft zupackenden Frau an seiner Seite fiel es nicht schwer. Die Bleikugeln, die er manchmal an seinen Füßen mitzuschleppen meinte, rührten nicht von rechtschaffener Müdigkeit her, dann wären sie erträglicher gewesen. Sie waren eine Folge mühseligen Verzichts. Wurde er Vlasta leichter? Kann sein, oder auch nicht. Man merkte ihr nichts an.

Sie übte sich in den Riten der neuen Konfession um ihrer Kinder willen und überwachte ihre Befolgung im Hause,

Admonitor von Natur und Neigung. Man darf annehmen, daß es ihre Mütterlichkeit war, die sie zu jedem Opfer bereit machte, und darin handelte sie klug. Ihr erschien es besser, aus eigenem Antrieb dies Wächteramt zu übernehmen, ehe ein windiger Jesuit ihnen den Sohn oder die Tochter zum Wächter bestellte. Daß Kinder ihre Eltern kontrollierten, hätte nach Vlastas Verständnis gegen die göttliche Ordnung verstoßen. Der Junker, der ihre Motive kannte, billigte ihre Handlungsweise und durchkreuzte sie nie.

In einem allerdings blieb der Herr auf Bilina zeitlebens der Brüderlehre verhaftet: er ließ nicht fronen, nicht ein einziges Mal. Ein Urbarium war vom Brand verschont geblieben und verzeichnete einige wenige Zinseinkünfte aus Roboten, von denen schon Jan Evangelista nur geringen Gebrauch gemacht hatte. Jan Vincenz verzichtete ganz darauf. Er zerriß das Urbar nicht, wie der großmütige Zierotin, er hob es als Andenken auf. Der kleine Wilhelm von Budovetz durfte es manchmal betrachten, stellte Fragen und erhielt Antwort.

»Nach dem Schriftstück sind sie unsere Leibeigenen, mein Sohn, aber man muß nicht darauf bestehen. Die Menschen sind Gottes Eigentum und niemandes sonst.«

Die Bauern dankten es ihm, indem sie freiwillig kamen. Es sprach sich herum, wenn er es ohne Hilfe nicht schaffte, dann rückten sie mit ihren Gespannen bei ihm an. Und da sie Geld nicht nehmen wollten, bezahlte er mit Ziegeln.

Manchmal hörte er von den ehemaligen Glaubensbrüdern, und das Herz zog sich ihm zusammen. Den großen Gelehrten Jan Amos Comenius hatte die Unität im Exil zum Bischof geweiht, und der reiste nun von Lissa über Schlesien nach Saros Patak, um unter der Schirmherrschaft des jungen Sigismund eine Schule zu gründen. Ganz nahe an Bilina fuhr er vorbei, durch Puchov und Lednice, und mit ihm reiste die Versuchung für Jan Vincenz von Budovetz.

Aber der Pater Provincial aus Olmütz, der für solche Versuchungen einen sechsten Sinn besaß, hatte dem Junker eine Warnung geschickt: laß dir nicht einfallen, den Ketzer Komensky zu beherbergen noch ihm entgegenzugehen. Hüte dich, sofern deine Kinder dir lieb sind!

Und weil dem Junker seine Kinder ganz besonders lieb waren, verschloß er dem Brüderbischof seine Tür.

Trost fand er bei dem Blatt, das Gideon Löwy ihm aus Nürnberg besorgt hatte. Ein Kupferstich von Albrecht Dürer wiederum, doch nichts von Ritter, Tod und Teufel. Sein früher Heroismus war von der kleinen Zitkova im Palais der Smiřickys in Fetzen gerissen und auf den Kehricht geworfen worden. Sie hatte die drei mit Fug als ihre Nebenbuhler betrachtet, die ihr die Liebe des Junkers stahlen. Das war vorbei. Der Heldenmut, den Jan Vincenz fortan zur Bewältigung seines Lebens brauchte, trug die Züge der Melancholie.

Ein Engel, wieder mußte es ein Engel sein. Die in der Jugend erworbenen Metaphern behaupten sich durch viele Jahre. Es hatte aber der wackere Königsmarck eine tiefgreifende Wandlung erfahren.

Dürers Engel ist weiblich, trübselig und schwer. Er hockt am Boden, den Kopf in die Hand gestützt in einer unverkennbaren Gebärde anhaltenden Grübelns, während die Geräte sämtlicher Künste und Wissenschaften die Falten seines Kleides umlagern. Sie gehören zu den Dingen, die ihm das Schicksal gelassen hat, damit er sie benutze. Doch scheint er zu traurig, um es jetzt schon zu tun, und wie gebannt vom Verlust der Freiheit, der ihn hart betroffen. Seine Rechte hält den Zirkel kraftlos und ohne Willen, als dächte er: ich kann es noch nicht, es ist noch zu früh. Später vielleicht, wenn Saturn nicht mehr so aufdringlich über das ferne Gewässer herüberscheint, der Stern des Unheils und der Knechtschaft, der mich blendet.

Auf einem Mühlstein sitzt ein Kind, genau in der Mitte des Bildes. Immer sitzt inmitten der Verzweiflung eine kleine Hoffnung.

Jan Vincenz hat seinem Engel auch einen Namen gegeben, schon damals, als ihm der Gideon das Blatt übergab. Seine Melencolia heißt BÖHMEN. Vom Boden festgehalten, von einer im Bild nicht erscheinenden Macht niedergedrückt, hat sie sich dennoch ihre Flügel bewahrt. Eng ist der Rahmen, der sie wie ein Käfig umgibt. Sollte sie sich eines Tages erheben, wird sie ihn sprengen, denn sie ist größer als er, und auch in der Traurigkeit ist viel Kraft. Nur wird sie es langsam tun müssen, behutsam und mit Bedacht, um nicht sich selbst und andere zu verletzen.

Noch sitzt sie gefesselt auf der Schwelle, blickt dunkel und versonnen, denkt nach und wartet. Darin hat sie es zur Meisterschaft gebracht. Die Geschichte, die ihr so oft die Freiheit nahm, hat ihr reichlich Gelegenheit gegeben, beides zu lernen: das Nachdenken und das Warten.

Bücher von Edith Biewend

DIE BLINDEN FENSTER

Eine Familienepisode

148 Seiten, Pappband mit Schutzumschlag

Eine niederrheinische Kleinstadt in unseren Tagen, eine berufstätige Frau, alleinstehend, Mutter von zwei erwachsenen Söhnen und einer achtzehnjährigen Tochter, eine patente Großmutter, die den Haushalt führt. Scheinbar harmonisch lebt die Familie in ihrem geräumigen Haus. Aber der Friede trügt. Der Sommer, für alle erlebnisreich und voller Ablenkung, brütet ein Unheil aus . . .

AUF DANIELAS SPUREN

Die Geschichte eines bewegten Lebens

Roman. 2. Auflage. 320 Seiten, Leinen

Sehr früh heiratet die Ungarin Daniela nach allzu kurzer Bekanntschaft einen verwitweten Industriellen. Diese Ehe und die Erziehung seiner Kinder fordern von der jungen Frau alle seelischen Kräfte; mutig und konsequent führt sie durch, was sie für richtig hält.

LIEBEN OHNE ILLUSION

Leben und Werk des Janusz Korczak

120 Seiten, kartoniert

Leicht verständlich und überschaubar werden hier alle wichtigen Lebensstationen eines ungewöhnlichen Mannes nachgezeichnet, eines Arztes, der seine Praxis aufgab, um ganz für die *Ärmsten der Armen*, jüdische Waisenkinder, dazusein.

DIE NACHT IN NAVOJNA

Roman

2. Auflage, 320 Seiten, Leinen

Der Herrnhuter Elias Tabor hat seiner Tochter ein Tagebuch hinterlassen. Es enthüllt ihr das Geheimnis dieses erfolgreichen, doch stets ruhelosen Mannes, der sein Leben lang den inneren Frieden suchte.